W0415585

Antonella Lattanzi

NOCH WAR ES NACHT

Roman

Aus dem Italienischen von
Margit Knapp

KINDLER

Die Originalausgabe erschien 2017 unter dem Titel
«Una Storia Nera» bei Mondadori Libri S.p.A., Milano.

Zitat auf Seite 6 aus: Paolo Volponi, Ich, der Unterzeichnete.
Aufbau Verlag 1980, aus dem Italienischen von Piero Rismondo.

Zitat auf Seite 147 aus: Malcolm Lowry, Unter dem Vulkan.
Rowohlt Verlag 1984, aus dem Englischen von Susanna Rademacher.

Zitat auf Seite 235 aus: Cesare Pavese, Das Handwerk des Lebens.
Claassen Verlag 1988, aus dem Italienischen von Maja Pflug.

1. Auflage September 2018
Copyright © 2018 by Rowohlt Verlag GmbH,
Reinbek bei Hamburg
«Una Storia Nera» Copyright © 2017 Mondadori Libri S.p.A., Milano
Satz aus der Aldus bei Pinkuin Satz und Datentechnik, Berlin
Druck und Bindung GGP Media GmbH, Pößneck, Germany
ISBN 978 3 463 40699 2

Für Leonardo

In der klaren Durchsichtigkeit des Nachmittags hatte der See nur einen einzigen Farbton, er lag fest von seinen Ufern umschlossen da, ohne seine Arme nach den Feldern und den Bäumen auszustrecken. Kein Glanz ging von ihm aus, seine Farben fanden keinen Widerschein in der Umgebung. An dieser Stelle befand ich mich bereits auf gleicher Höhe mit dem Garten vor meinem Haus, die Steigung war zu Ende. Ich hatte nur noch eine ebene Strecke von zwanzig Metern bis zu meiner Haustür vor mir. An dieser Stelle habe ich begriffen, dass mir niemand mehr helfen kann.

Paolo Volponi, Ich, der Unterzeichnete

1

DANACH

Sie griff zum Handy.

«Hallo Manuel», sagte sie. «Manuel, ich bin's. Ich habe Angst.»

«Warum?», fragte Manuel mit Mitleid in der Stimme. Bevor er sie kennenlernte, hatte er sicher nie so geklungen.

«Ich habe Angst», wiederholte sie, ans Handy gepresst. «Da ist jemand.»

«Ganz ruhig. Sag mir, wo du bist.»

«Im Treppenhaus.»

Schweigen.

«Was soll ich tun? Bitte, sag mir, was ich tun soll.»

«Und Mara?», Manuel seufzte. «Wo ist Mara?»

«Hier bei mir», flüsterte sie atemlos. «Manuel?»

«Ja.»

«Ich habe solche Angst.»

«Verschwindet von dort, sofort! Nehmt euch ein Taxi, wir treffen uns in der Bar bei der Engelsburg. Du weißt, welche ich meine», sagte Manuel.

Sie kamen gleichzeitig an. Carla stieg aus dem Taxi, ihre Beine waren schwer, sie schwitzte. Mara schlief auf ihrem Arm. Mit einer Hand hielt sie ihre Tasche fest. Er parkte den Motorroller.

Inzwischen war es Nacht geworden, die Autos sausten den Tiber entlang. Man sah die mächtige, beleuchtete Engelsburg, und doch war es dunkel. Es war August und viel zu heiß. Man konnte kaum atmen, es roch nach Niederlage.

«Wer kann das gewesen sein?» Carla ließ ihm nicht einmal Zeit, den Helm abzunehmen, sondern warf sich ihm entgegen. Ihre Tasche fiel zu Boden. Sie öffnete seine Arme und zwang ihn, sie festzuhalten, sie und Mara. Dann löste sie sich von ihm, hielt ihn aber noch am Handgelenk, sodass es Manuel nicht gelang, seinen Helm zu öffnen.

«Warte», sagte er.

«Was soll ich tun, Manuel?», fragte sie wieder. Dann ließ sie ihn los.

Endlich konnte Manuel den Helm absetzen, er schloss ihn in der Motorradtasche weg. Durch die Hitze klebten seine Haare an der Stirn, an den Schläfen, im Nacken. Er wischte sich den Schweiß ab, hob ihre Tasche auf, hängte sie sich um, dann nahm er das Kind. Er sah merkwürdig aus: ein Mann in dunklem Hemd und blauer Hose mit einem schlafenden Kind im Arm, das den Kopf auf seine Schulter legte, und einer Frauenhandtasche, die ihm um die Beine schlenkerte. Seinen freien Arm legte er um Carlas Schulter und geleitete sie zur Bar, die die ganze Nacht lang geöffnet hatte. Er lockerte sich den Hemdkragen, es war zum Ersticken heiß. Er hielt ihr die Tür auf und ließ sie eintreten.

«Komm, Schatz, wir sprechen drinnen, komm rein», sagte er und sah sich um.

Sie setzten sich an einen Tisch. Er legte die Handtasche auf die metallene Oberfläche, in der sich die Neonlichter der Bar brachen, und bettete Mara vorsichtig auf eine Bank neben sie, machte es ihr so gemütlich wie möglich. Dann nahm er Carlas Hände und sah ihr in die Augen.

«Ich befürchte», sagte er laut, «dass Vito damit zu tun hat. Nein, ich befürchte es nicht nur. Ich bin sicher.»

Er hatte immer mit allem zu tun gehabt, seit Carla zehn Jahre alt war. Und jetzt war sie achtunddreißig. Sie blieben an dem Bartisch mit Blick auf den Tiber sitzen, es war August 2012, ein durchschnittlicher Sommer, sagte der Wetterbericht im Fernsehen (nein, ganz und gar nicht durchschnittlich, meinte Carla, solch eine Hitze hatte sie noch nie erlebt, es war zum Verrücktwerden). Während sie sprachen, warfen sie gelegentlich verstohlene Blicke aus dem Fenster. Ein seltsamer Sandstaub lag auf ganz Rom in jener Nacht, wie der, den der Schirokko mit sich führt. Die Autos, die den Lungotevere entlangbrausten, wirbelten den Staub auf, sodass er sich im Licht der Straßenlampen deutlich vor dem Schwarz der Nacht abhob. Die Busse erzeugten riesige Sandwirbel und fuhren dann mittendurch, die Autos verschwanden darin und tauchten wieder auf. Die größte Ladung Staub bekamen die Motorroller ab, sie waren ganz braun vom Sand.

Es war zu heiß, und es war Nacht. Gelegentlich kam ein Auto vorbei, ein Bus, ein Motorroller, ein Fußgänger. Aber zum Glück war direkt vor der Fensterscheibe, vor der Bar und in ihrer unmittelbaren Umgebung keiner zu sehen, der da draußen lauerte, jedenfalls im Moment nicht.

«Und nicht nur Vito hat damit zu tun, Carla, auch wenn ich es ungern sage», meinte Manuel gerade, als sein Handy in der Hosentasche klingelte. Sein Herzschlag setzte aus, er nahm das Telefon. Carla wurde aschgrau im Gesicht.

Er sah aufs Display. «Keine Sorge, es ist nichts.» Er warf einen flüchtigen Blick auf den Barkeeper, über dessen gesamte Wange sich eine Brandnarbe zog, dann steckte er das Handy wieder ein. «Nicht nur Vito hat damit zu tun», fuhr er fort, «sondern seine ganze Familie, und nicht nur die: auch die Freunde seines Vaters.»

Carla hob ergeben die Hände, dann umklammerte sie die Tasse mit dem Kamillentee, den er trotz der Hitze für sie bestellt hatte. Lange, helle Rauchfahnen stiegen aus der Tasse.

«Aber sein Vater, der General», sagte sie, «verlässt seit fünf Jahren das Bett nicht mehr! Manuel, ich bitte dich, jetzt fängst du auch damit an. Wie kann das sein?»

«Was sagst du, Mama, was meinst du, das Bett nicht mehr?», faselte Mara im Schlaf.

Carla warf einen Blick auf den Barkeeper, doch als er sich zu ihr drehte, sah sie schnell zu Boden.

«Das sind furchtbare, missgünstige Leute», sagte Manuel, «die sprechen nur die Sprache der Gewalt. Das hast du mir doch selbst erzählt. Die schert es nicht, ob der Vater noch auf den Beinen ist oder schon unter der Erde liegt. Sie bleiben Freunde, bis sie zu Feinden werden.»

Carla folgte seinen Worten, aber sie machte ein Gesicht, als hörte sie all das zum ersten Mal. «Es kann trotzdem nicht sein», sagte sie. «Seit Wochen benimmt sich Vito gut, das haben wir doch jetzt schon öfter festgestellt, oder? Er hat aufgehört, es ist vorbei. Nein, Manuel, irgendetwas anderes stimmt da nicht.»

Manuel fuhr sich mit einer Hand übers Gesicht, seine Augen guckten klein daraus hervor, und seine Tränensäcke waren geschwollen. Er schüttelte den Kopf. «Aber Schatz, du hast es mir selbst erzählt. Vito, seine Familie, sein Heer von Freunden. Mit denen ist es nie vorbei.»

Und wie oft hatte Vito ihr gesagt: Ich schwöre dir, ich bringe dich um, Carla. Ich steche dich ab wie ein Schwein, und ich bringe auch unsere Kinder um.

2

DAVOR

Am 6. August 2012 wurde Carlas jüngste Tochter Mara drei Jahre alt. Zwei Jahre zuvor hatte Carla sich von Vito scheiden lassen und war mit Mara in eine Mietwohnung in der Via Prenestina gezogen, so weit wie möglich entfernt von der Wohnung, in der sie bis dahin alle zusammen gelebt hatten. Es war ein altes Viertel, in dem früher die Eisenbahner wohnten und das nun sich selbst überlassen blieb, mit seinen flachen Häusern, den Innenhöfen und den Vorder- und Hintereingängen, die jeweils auf verschiedene Straßen führten.

Die beiden älteren Kinder, Nicola, einundzwanzig, und Rosa, neunzehn, hatten damals zwei Zimmer in einer Studenten-WG gemietet, wenige Blöcke vom Haus der Mutter entfernt. Nicola arbeitete als Hilfskoch in einem Lokal an der Piazza Navona und Rosa als Kellnerin im gleichen Lokal. Zu viert hätten sie in der kleinen Zweizimmerwohnung in der Via Prenestina nicht genug Platz gehabt, außerdem wollte Nicola, dass seine Freundin bald bei ihm einzog, und Rosa genoss ihre neue Unabhängigkeit. Mara, Nicola, Rosa: Sie waren alle Kinder von Vito Semeraro.

An jenem 6. August war es viel zu heiß, die Sonne brannte ungnädig. Es war früh am Morgen, als Rosa und Nicola in die Straßenbahn Nummer 5 stiegen. Sie waren mit der ersten Schicht dran, neben ihren Jobs als Hilfskoch und Kellnerin putzten sie gelegentlich auch in dem Lokal, in dem sie arbeiteten. Beim Einsteigen bemerkte Nicola aus dem Augenwinkel die Silhouette eines Audis in der Via Prenestina, dort, wo die Steigung begann.

Carlas Haus befand sich direkt an dieser Kreuzung. Es schien das Auto des Vaters zu sein.

Nicola drehte sich zu seiner Schwester um. «Ist es er?», fragte er, aber sie hatte ihre Kopfhörer auf. «He, Rosa, ist es er?» Er schüttelte sie.

Sie nahm lächelnd die Kopfhörer ab. Rosa hatte immer dieses Lächeln im Gesicht, eine Art grober clownesker Pinselstrich, man wusste nie, ob es echt war. Sie blickte in die Richtung, in die Nicola deutete, und kniff die Augen zusammen. Wenn sie Angst bekam, wurde sie schlagartig hässlich.

Dann stieg jedoch ein kleiner Mann aus dem Auto, fast ein Zwerg, er kratzte sich am Oberschenkel, wobei er sich auf unnatürliche Weise bückte, und entfernte sich humpelnd in Richtung Pigneto. Das Auto, in dem eine gut gekleidete Frau saß – jetzt konnten sie es endlich besser erkennen –, fuhr davon, verschwand aus ihrem Blickfeld. Rosa lehnte sich an die Haltegriffe der Straßenbahn und atmete erleichtert auf.

«Er hat uns doch vor ein paar Tagen gesagt, dass er wegfahren will. Wie soll er es dann gewesen sein? Er ist in Massafra, weißt du nicht mehr? Nico, du denkst auch immer nur das Schlimmste.»

«Aber er wollte heute zurückkommen», erwiderte Nicola. «Er hätte es sein können.» Er drehte ihr den Rücken zu. Die Straßenbahn fuhr ruckelnd los. Es stank nach Schweiß. Von einem Moment auf den anderen entglitten den Menschen die Gesichtszüge. Sie schmolzen auf ihren roten Sitzen dahin.

Vor ein paar Tagen waren sie beide beim Vater zum Mittagessen gewesen. Während sie aßen, hatte Vito Rosa gefragt: «Gibst du mir ein Brötchen, bitte?» Sie hatte es ihm gegeben und sich daran erinnert, wie einmal die ganze Familie beim Frühstück gesessen hatte. Ihr Vater hatte sich die Aufschrift auf der Brötchentüte genauer angesehen und dann zu ihrer Mutter gesagt: «Warum hast du den Bäcker gewechselt? He, Idiotin, sag, welches Schwein hat dir das verkauft, damit du es mit ihm treibst, he?»

Vito hatte die Geduld verloren, er hatte Carla hochgehoben,

als wäre sie vom Teufel besessen und er der Exorzist, und sie gegen die Wand geschleudert. Dann hatte er sich den Kindern zugewandt und sie mit einem liebevollen, mitleidigen Blick angesehen.

Und so war es immer: Ihr Vater hatte nie unrecht. Es wirkte immer so, als wäre alles, was er tat, zum Guten der Kinder. Seine Kinder hatte Vito nie angerührt, nicht einmal mit dem kleinen Finger, obwohl er Carla schlug, seit Rosa und Nicola sich erinnern konnten. Alles, was Vito tat, schien nur aus Liebe zu geschehen.

Es war früher Nachmittag, als sie ihn anrief. Er saß im Auto, auf dem Rückweg von Massafra, wo seine Familie herkam. Nach der Scheidung hatte sie ihn nie wieder angerufen. Er sah den Namen seiner Exfrau auf dem Display aufleuchten und bekam zittrige Hände. Es passierte oft, dass ihm Carla erschien, umhüllt von einem hellen Licht oder einer dunklen Aureole.

«Vorhin habe ich dich angerufen, um Mara alles Gute zu wünschen. Warum hast du aufgelegt?», sagte er und presste die Zähne aufeinander, dass sie knirschten.

«Hast du heute Abend Zeit?», fragte sie mit einer harten Stimme, die nicht die ihre zu sein schien. «Deine Tochter möchte, dass du zu ihrer Feier kommst.»

Vito brach fast die Stimme, er sagte nur: «Ja.»

«Wir treffen uns in der Wohnung meines Bruders, in meiner gab es eine Überschwemmung, der Heizkessel ist kaputt.» Ein hasserfülltes Zischen.

«Brauchst du Hilfe? Wenn du möchtest, komme ich vorbei und sehe nach, ob ich ihn reparieren kann», sagte Vito.

«Vielleicht nach dem Abendessen, danke.» Carlas Stimme wurde weicher, gegen ihren Willen. «Ciao, Vito.»

«Bis dann.»

Und Vito trat aufs Gas.

Carla schloss die Haustür hinter sich, wobei sich der Armreifen, den ihr Manuel geschenkt hatte, um ein Haar am Türpfosten verhakt hätte. Sie nahm ihre Tochter auf den Arm und hob die Einkaufstüten mit den Geburtstagssachen und dem Abendessen für Mara hoch. Mutter und Tochter schlüpften in den Aufzug. Dort setzte Carla die Tüten und das Mädchen ab, Mara stellte sich auf die Zehenspitzen, um erneut auf den Arm der Mutter zu kommen. Carla drückte die Fünf.

Am Morgen hatte sie Mara mit einem Päckchen geweckt, ein Puzzle aus Schaumstoff mit sehr großen Teilen – eins von denen, die man am Boden zusammensetzt. Alles Gute zum Geburtstag, amore. Mara war noch nicht ganz wach gewesen, das Gesicht vom Schlaf gezeichnet, die Augen halb geschlossen, in ihrem rosa Pyjama, die Wärme des Schlafs und den Kindergeruch an sich. Carla hatte ihre Kinder immer beneidet, als sie klein waren. Jemand umsorgt dich, sagt dir, was du tun sollst, organisiert dir den Tag, kümmert sich um dich. Und dann dieses Aufflammen verhaltener Freude, keine Angst vor der Zukunft, Hemmungslosigkeit. An den Nachmittagen ohne Hausaufgaben oder an manchen Sonntagen im Park erinnerte sie der Geruch ihrer Tochter daran, dass es möglich war, fröhlich zu sein, unbelastet. Genieße diese Zeit, hätte sie ihr sagen wollen. Aber man weiß ja, es ist unmöglich, den Kindern zu erklären, welches Glück sie haben, Kind zu sein.

Ich schwöre dir, ich bringe dich um, Carla. Ich steche dich ab wie ein Schwein, und ich bringe auch unsere Kinder um – wie oft hatte Carla das ihren Exmann sagen hören. Ich schwöre dir, ich bringe dich um, wenn ich mitbekomme, wie du dem Mann am Ticketschalter zulächelst. Ich schwöre dir, ich bringe dich um, wenn du zum Ausgehen ein Kleid anziehst, oder einen Rock. Ich schwöre dir, ich bringe dich um, wenn du eine Freundin hast – mit der Zeit war es schlimmer geworden –, wenn du deinen Bruder triffst, wenn du mit deinen Eltern sprichst.

Kurz vor ihrer Scheidung – es war Sommer, Rosa war gerade in Massafra, um dort zwei Monate bei der Familie des Vaters zu verbringen, und Nicola war mit seiner Freundin im Campingurlaub, danach sollte auch er nach Massafra fahren – schloss Vito Carla nachts im Schlafzimmer ein. Und am Morgen, bevor er zur Arbeit ging, sperrte er sie in einem anderen Teil der Wohnung ein. Sie durfte nur ins Bad und in die Küche, denn Mara war ja gerade erst geboren und könnte etwas brauchen.

«Aber wenn es einen Notfall mit dem Kind gibt?», flehte sie, «wenn es ihr nicht gutgeht? Was soll ich dann machen? Ich bitte dich, Vito.»

«Ich komme alle zwei Stunden zurück, keine Sorge. Du brauchst niemanden außer mir.»

Er nahm ihr das Telefon weg. Carla schrie noch ein wenig herum, dann beruhigte sie sich, als wäre *sie* das Kind von sechs Monaten, das sie im Arm hielt. Sie war so müde. Zwischen einer Milchmahlzeit und der nächsten schlief sie bei dem Mädchen, wachte nur auf, wenn sie hörte, wie der Schlüssel sich im Schloss drehte. Dann erhob sie sich blitzartig.

In dem Moment suchte sie Vitos Nähe, glücklich, ihn zu sehen. Glücklich, dass wieder jemand da war, der sie beschützte. Dass noch ein Zweiter an ihre Tochter dachte. Denn wenn ihr Mann nicht gerade von diesem Teufel besessen war, wurde er für sie wieder zu dem Jungen, in den sie sich als Mädchen verliebt hatte. Er ließ ihr Herz immer noch höherschlagen.

«Ich steche dich ab wie ein Schwein, und ich bringe auch unsere Kinder um.»

Aber die Kinder hatte er zum Glück nie angerührt. Und Vito war ein zwei Meter hoher Mannskerl, mit solchen Armen und Beinen! Eines Tages kam er nach Hause und fand Carla nackt in der Badewanne vor, während Mara in ihrem Zimmer weinte. Da überkam es ihn. Irgendwo musste ein anderer Mann sein! Er packte Carla und ließ sie aus dem Fenster baumeln, nackt, mit dem Kopf nach unten. Die Nachbarin aus dem unteren Stock rief die Polizei. Aber Vito hatte keine Angst vor der Polizei. Seit Jahrzehnten kamen die Ordnungshüter regelmäßig zu ihm nach

Hause. Doch es hatte nie ausgereicht, um etwas gegen ihn zu unternehmen.

«Du musst dich um deine Kinder kümmern», sagte er, als er sie wieder auf dem Boden absetzte. Er gab ihr einen Kuss, dann bedeckte er sie mit einem Laken. «Ich habe dir Blumen mitgebracht», fügte er noch hinzu. «Entschuldige, wir sehen uns in zwei Stunden.»

Und er ging zur Arbeit zurück.

Mutter und Tochter kamen im fünften Stock an. Die Tochter klammerte sich immer noch an die Beine der Mutter.

«Steig aus, los.»

Aber Mara wollte nicht laufen, sie versuchte jetzt, an Carla hochzuklettern, hinderte sie so am Hinausgehen und begann zu quäken. In einem der unteren Stockwerke hämmerte jemand dreimal gegen die Aufzugstür: «Aufzug!»

Carla fluchte. Sie nahm Mara auf den Arm, dann die Tüten und verließ schwer beladen den Lift.

«Aufzug!» Von unten war wieder die Stimme zu hören. Carla suchte mit fahrigen Bewegungen den Schlüssel in ihrer Tasche, dann öffnete sie die Tür.

Die Wohnung ihres Bruders Franco war genauso klein wie ihre, nur zwei Stockwerke höher gelegen. Doch seine war eine typische Singlewohnung und wirkte viel größer und schöner. Sie war auch heller, vermutlich, weil sie weiter oben lag. Jedes Mal, wenn Carla hier reinkam – und sie kam oft, um die Blumen zu gießen, zu kontrollieren, ob alles in Ordnung war, oder um ein bisschen sauber zu machen –, überwältigte sie die Sonnenflut.

Franco war nie da. Im Moment war er in Vietnam, er arbeitete als Kameramann für eine römische Dokumentarfilmerin, die vorher zehn Jahre lang in einem mexikanischen Dorf gelebt hatte. Er folgte ihr und ihren Projekten rund um die Welt.

Eigentlich hatte auch Carla nicht nur Hausfrau und Schneiderin werden wollen. Als Kind konnte sie gut zeichnen und wollte später Malerin werden. Ihre Eltern, die vor ein paar Jahren gestorben waren, waren beide Journalisten gewesen. Wie hatten sie ihr nur erlauben können, ihn zu heiraten? Wie konnte es sein, dass sie sie den Armen dieses Monsters nicht entrissen hatten?

Als Carla klein war, gab es keine Monster, und es hätte nie welche geben sollen – als sie *sehr* klein war, muss man dazu sagen, vor dem berühmten Silvesterfest, bei dem Vito und sie sich kennenlernten. Sie war zehn, er fünfzehn. Freunde von Freunden hatten ihre und seine Familie in ihre Villa nach Terracina eingeladen. Zu jener Zeit bewegten sich Vitos Eltern eigentlich nie aus Massafra fort. Wer weiß, warum sie ausgerechnet dieses eine Mal die Reise auf sich genommen hatten? Und ausgerechnet dieses eine Mal waren auch die Romanos da, Carlas Familie. Aber keine anderen Jugendlichen, nur Carla und Vito. Sieh einer an.

Was es wohl war? Schicksal, Bestimmung, dachte Carla, während sie die Tüten mit Snacks auf dem Tisch verteilte und öffnete. Mara wollte nicht aufhören zu quengeln.

«Was hast du denn, Mara?»

Sieh einer an. Wenn wir in die Zukunft hätten sehen können, in den Sternen lesen oder aus der Hand, mit Tarotkarten oder Pendel, Tische rücken, mit den Toten kommunizieren, Christus befragen oder wen auch immer: Was hätten wir gemacht?

Sie zog das Schaumstoffpuzzle aus der Tasche. Es gefiel Mara richtig gut, mit den vielen Zahlen und Buchstaben darauf. Mit einem Schlag beruhigte sie sich, setzte sich ganz still auf den Boden und begann zu spielen.

Schnell stieg die Hitze von den Herdplatten hoch. Draußen hingegen hatte es ein wenig abgekühlt. Carla öffnete alle Fenster. Ein Windstoß fegte durch die Wohnung und fuhr in Maras hellblonde Haare. Das Mädchen hob den Kopf und sperrte ihre blauen Augen auf. Sie waren klar wie Eis, wie die ihrer Mutter. Mara wirkte glücklich, sie versuchte gerade, den Wind mit der Zunge einzufangen, so wie es die Hunde tun, und winselte dabei auch wie ein Hund.

Carla schaute nach, ob der Sugo für die Nudeln all'amatriciana nicht zu stark kochte. Sie drehte die Flamme zurück. Aus dem Ofen kam der Geruch von Huhn mit Kartoffeln und Kräutern. Sie beugte sich hinab, öffnete die Ofenklappe und sah nach dem Essen. Draußen nahm das Licht ab. Carla schloss den Ofen wieder und wischte sich die Hände an einem Geschirrtuch ab. Während sie darauf wartete, dass das Essen gar war, ging sie zu ihrer Tochter, dem Mädchen mit den erstaunten, weit aufgerissenen Augen aus Eis. Sie setzte sich neben sie und spielte mit ihr.

«Ich habe dich so gern, Mara. Weißt du das?»

«Ich dich auch, Mama», sagte das Mädchen, ohne den Kopf von der gelben Nummer drei zu heben, die ihr auf rosa Hintergrund entgegenlachte.

«So, so gern, Mara. Und du? Hast du mich auch gern?»

«Ja», sagte Mara und spielte weiter.

«Wie gern hast du mich?»

«Nimm», sagte Mara und hielt ihr ein braunes D hin. Carla nahm es und legte die Hand auf den Mund. Sie schaute auf das Puzzle und überlegte, wohin das Stück gehörte.

Am Ende musste Vito das Scheidungsurteil akzeptieren, es war rechtmäßig. Doch er hatte sich mit Nachdruck und einer scheinbar entwaffnenden Aufrichtigkeit verteidigt.

«Er ist auf alles eifersüchtig, auch auf meine Gedanken», hatte Carla ausgesagt.

«Das ist nicht wahr, Euer Ehren», hatte Vito lächelnd geantwortet. «Ich glaube nicht, dass sich Eifersucht messen lässt. Gefühle haben viele Grauwerte. Mich pauschal als eifersüchtig zu bezeichnen ist allein schon eine Lüge.»

«Also waren Sie nicht übermäßig eifersüchtig?», hatte der Richter gefragt.

«Nein. Ich war immer ein sehr guter Ehemann. Meine Frau übertreibt. Die Frauen übertreiben immer. Dazu sind wir Männer da, um sie zur Vernunft zu bringen.»

Von dem Moment an hatte Vito erwartet, dass die Justiz ihn einfach vergessen würde. Denn Scheidung hin oder her, er hatte nie aufgehört, sich bei Carla blicken zu lassen. Es gab Tage, in denen es schien, als hätte er sich beruhigt. Als hätte der Hass, aus dem er bestand, ihn eingesaugt und wäre schließlich ganz verschwunden. In diesen Zeiten begann Carla aufzutauen, ein bisschen weniger misstrauisch das Haus zu verlassen, mit weniger klopfendem Herzen ans Telefon zu gehen, sogar richtige Spaziergänge zu machen. Manchmal auch mit Manuel oder mit Manuel und Mara. Wenn Vito aber die Wut überkam, war diese übermächtig wie ein starkes Beben.

Nach den Tagen des Schweigens kam er immer zurück. Meine Frau gehört mir, bis dass der Tod uns scheidet. Für Vito existierte das Wort Scheidung nicht. Lass ein wenig Zeit vergehen, hatte ihm seine Schwester Mimma in Massafra gesagt, und du wirst sehen, dass du sie wieder zurückkriegst. Dann, im April, war Manuel Bocci aufgetaucht.

Vito hatte seine Freunde aus Massafra mit Nachforschungen beauftragt, und die verstanden ihr Geschäft. Demnach waren Carla und Manuel sich öfter zufällig begegnet. Er war Psychologe und hatte seine Praxis in der Nähe ihrer Wohnung. Er war kein bekannter, aber ein angesehener Psychologe, sozial engagiert, und arbeitete zudem auch in einer Beratungsstelle etwas außerhalb der Stadt.

Carla verbrachte viel Zeit zu Hause. Morgens brachte sie Mara in den Kindergarten und ging dann zur Arbeit. Sie jobbte Teilzeit als Schneiderin in einem chinesischen Laden auf der Piazza Vittorio. Unter all den orientalischen Frauen fiel sie den Stammkunden als einzige Italienerin auf, die sich hinter den Rauchwolken der Bügeleisen versteckte oder über eine Nähmaschine gebeugt mit der Naht eines Saums beschäftigt war. Gegen halb zwei Uhr nachmittags nahm sie die Tram nach Pigneto, sie musste sich beeilen, um die Tochter rechtzeitig von dem Kindergarten an der Piazza dei Condottieri abzuholen. Wenn alles glattging, brauchte sie eine Dreiviertelstunde. Die Angst, zu spät zu kommen, verließ sie nie.

Carla besaß ein altes Auto, einen ziemlich heruntergekommenen Nissan Micra. Ihre Freundin Anna hatte ihn ihr geschenkt, damals, als Carla noch ein paar Freundinnen hatte. Bevor ich ihn verschrotten lasse, nimm du ihn, du kannst ihn gebrauchen, mit den kleinen Kindern, hatte ihr Anna gesagt. Als Vito davon erfuhr, rastete er aus.

«Wo willst du schon mit einem Auto hin?», hatte er gezischt.

Und nur als Akt der Rebellion hatte sie, kurz nachdem sie die Wohnung ihres Mannes – ihres Exmannes – verlassen hatte, das Auto zu sich in die Via Prenestina geholt. Es war längst nicht mehr versichert, und sie hatte auch kein Geld für Versicherung, Benzin, Inspektionen. Seit Ewigkeiten hatte niemand den Wagen benutzt. Nicola hatte nur den Führerschein für den Motorroller, Rosa nicht einmal den. Und Carla selbst war nie gefahren. Sie hatte zwar, kurz bevor sie dreißig wurde, irgendwie die Fahrprüfung bestanden, nach unzähligen Kämpfen mit ihrem Mann. In einer sehr schönen Phase hatte Vito ihr dann sogar geholfen, sich auf die Prüfung vorzubereiten, und mit ihr geübt. Doch danach, als sie den Führerschein hatte, hatte sie nie Gebrauch davon gemacht. Der Micra rottete unten vor dem Haus vor sich hin. Wie alle guten Vorhaben von Carla und Vito.

Carla holte die Tochter vom Kindergarten ab, ging mit ihr einkaufen, dann wieder nach Hause zurück. Wenn sie und Mara alleine waren, nahm Carla auch Heimarbeiten an. Die Frauen aus Pigneto kamen zu ihr, um sich die Kleider enger, die Röcke weiter machen oder auch Vorhänge nähen zu lassen. Mara war ein stilles Kind, sie störte nicht, spielte stundenlang alleine. Einmal hatte eine schicke Signora, die in einer der Villen von Pigneto mit Garten wohnte, sie gefragt:

«Willst du mal zu mir nach Hause kommen und mit meiner Tochter spielen? Sie ist genauso alt wie du, ihr werdet bestimmt viel Spaß haben.»

Mara hatte sie freudestrahlend angesehen. Carla hatte nicht einmal aufgeschaut. Sie hatte den Faden für die Heftnaht an dem Halloween-Kostüm der Signora eingefädelt und gesagt: «Nein.»

Wenn Nicola und Rosa gerade nicht arbeiteten und auch sonst nichts vorhatten, aßen sie bei der Mutter. Die vier waren sich sehr nah. Nicola war überzeugt, dass seiner Mutter nichts geschah, solange er da war. Nach dem Essen gingen Rosa und er für gewöhnlich wieder. Ihr seid jung, sagte Carla, ihr arbeitet viel, geht aus und habt Spaß! (Aber eigentlich bin auch ich jung, ich bin nicht einmal vierzig, ich könnte auch ausgehen und Spaß haben.)

Gegen neun brachte Carla das Kind dann ins Bett. Und wenn Mara schlief, fühlte sie sich endlich lebendig, wenn auch mit Schuldgefühlen. Wie gern hätte sie noch eine Freundin gehabt – Anna, wie sehr vermisste sie Anna! Mit ihr Wein trinken, über Männer reden, über alles. Aber nichts da. Manchmal sah sie sich einen der Filme an, die ihr Nicola mitbrachte. Oft aber schlief sie mit dem Kind ein, wie schon damals, als Nicola und Rosa klein waren. Sie kuschelte sich an Mara und machte sich winzig, als könne das Kind *sie* beschützen. Hin und wieder ging ihr die Frage durch den Kopf: Wer beschützt mich jetzt? Und dann fehlte ihr Vito – der gute Vito. Fast hätte sie ihn angerufen, aber sofort dachte sie: Nein.

Nur selten konnte sie rausgehen, um ein wenig frische Luft zu schnappen: wenn Nicola und Rosa mal für eine Stunde Mara nahmen, nicht länger.

Manuel hatte Carla kennengelernt, nachdem sie ihn schon viele Male gesehen hatte, morgens, wenn sie Mara in den Kindergarten brachte, beim Einkaufen, oder nachmittags, wenn sie für den einen oder anderen Auftrag nochmals zum Markt in der Fußgängerzone ging. Eines Abends hielt sie es nicht mehr aus. Sie würde durchdrehen, wenn sie noch eine weitere Nacht alleine in dieser Wohnung blieb. Ganz leise schlich sie sich davon, nachdem Mara eingeschlafen war. Wenn jemand das erfahren hätte –

Vito, Nicola, Rosa –, was hätten sie ihr nicht alles an den Kopf geworfen! Es hätte Riesenärger gegeben.

Schließlich war sie ein Glas Wein trinken gegangen, in ein Lokal in der Nähe, und war sich noch einsamer vorgekommen als zu Hause. Sie sah sich mit den Augen ihres Mannes, ihres Exmannes: Hure, Dirne. An jenem Abend, als sie Manuel kennenlernte, war sie ein wenig beschwipst.

Bald hatten sie begonnen, sich auf der Straße zu grüßen, ein paar Worte zu wechseln. Sie wusste gar nicht mehr genau, wie es gekommen war, jedenfalls saß Manuel eines Tages auf dem Sofa in ihrer Zweizimmerwohnung. Sie schauten gemeinsam Filme. Sie küssten sich. Sie hatten Sex.

«Ich habe dich nicht verdient», sagte Carla zu ihm.

Sie sah ihn an. Er wirkte so beruhigend, nichts schien ihn erschüttern zu können. Carla wusste nicht, wie wunderschön sie war. Wie klein, sanft und wehrlos sie wirkte.

«Ich kann nur dir vertrauen», sagte sie zu ihm.

Manuel war vierzig Jahre alt. Er war ein attraktiver Mann. In seiner Gegenwart wurden die Frauen alle ein wenig seltsam. Carla hatte furchtbare Angst davor, dass er sie verließ. Und ausgerechnet an dem Abend vor jenem 6. August hatte sie ihn auf der Piazza Venezia mit einer Frau gesehen. Es war purer Zufall. Sie kam sonst nie an der Piazza Venezia vorbei. Die beiden gingen nicht Arm in Arm und auch nicht händchenhaltend. Weder lächelten sie sich vertraut an, noch berührten sie einander. Aber diese Eifersucht war wie ein Knochen, der plötzlich aus dem Knie, dem Ellbogen oder der Hüfte hervorkommt, um in ein Körperteil einzudringen, wo er nicht hingehört – ins Auge, den Hals, den Magen. Es war die typische Eifersucht von Vito, die Carla so gut kannte. Sie bemächtigte sich auch ihrer. Und sie dachte, mit diesem Knochen, der ihr im Hals steckte, waren letztlich ihr Mann und sie – ihr Exmann und sie – gewissermaßen gleich geworden. Etwas Angeborenes verband sie. Wenn es nicht Liebe war, war es Wut.

Die Klingel ertönte, als das Essen noch nicht fertig war. Carla stach gerade mit einer Gabel in das Brathuhn. Die Brühe für Maras Essen köchelte auf dem Herd, die Zucchine alla poverella brieten in der Pfanne, ein typisches Gericht aus Apulien. Als Vitos Stimme aus der Gegensprechanlage kam, fuhr Carla zusammen.

«Ich habe erst um sieben mit dir gerechnet.» Sie öffnete ihm die Tür.

«Ich konnte es nicht erwarten, dich zu sehen.» Er stellte eine Flasche Spumante und eine große Tüte ab und nahm sie bei den Händen. «*Euch* zu sehen.»

Kann solch eine Liebe jemals enden?, fragte sich Carla. Auch wenn sie so furchtbar ist, so traurig. Sie bat Vito, Platz zu nehmen.

Er trug ein leichtes, hellgraues Hemd in der dunkelgrauen Hose, dazu glänzende braune Schuhe. Die Krawatte war gelöst, in seinem tiefschwarzen, mit Gel zurückgekämmten Haar steckte eine Sonnenbrille, obwohl es Abend war. Seine Haut war ganz hell, trotzdem ließ sich sein starker Bartwuchs immer erahnen. Auch wenn er, so wie jetzt, frisch rasiert war. Wie immer kam er ihr riesengroß vor.

Carla kehrte zu ihren Zucchine zurück. Er tat so, als hätte er das Essen nicht gesehen, um nicht alles zu verderben. Für einen kurzen Moment erinnerte er sich an den Tag, als sie ihn ihre Zucchine zum ersten Mal probieren ließ, aber die Erinnerung blieb verschwommen. Er blickte zu Mara, die vor ihrem großen Puzzle saß und ihn ein wenig verschüchtert ansah.

«Siehst du, Mara? Papa ist gekommen!» Carla führte das Mädchen zum Vater.

Er beugte sich zu Mara hinab, sein Herz klopfte. Das Mädchen sah ihn an.

«Mara, sag hallo zu Papa! Freust du dich, dass ich zu deinem Fest gekommen bin? Gib mir einen Kuss!»

Das Mädchen lachte ihn an, gab ihm einen Kuss. Ihr Vater umarmte sie.

«Freust du dich, dass ich da bin?»

Mara sah zu ihrer Mutter. «Ja», sagte sie und umarmte ihn.

«Zeig dem Papa das Puzzle», sagte Carla.

Vito setzte sich neben das Mädchen auf den Boden.

Jetzt wandte Carla ihnen den Rücken zu. Sie hantierte mit den Pfannen, fügte ein wenig Wasser zum Sugo all'amatriciana und schaltete den Ofen aus. Mit einer großen Geflügelschere machte sie sich daran, das Huhn in Stücke zu schneiden. Ihr Exmann sah ihr zu.

«Ein abwechslungsreiches Abendessen», sagte sie.

«Ich sehe es. Ein wenig aus Apulien, ein wenig aus Rom», sagte er.

Er stand neben ihr, mit Mara auf dem Arm. Sie war jetzt aufgetaut und gab ihm Küsschen.

«Papa», flüsterte sie. «Papa, Papa, Papa.»

«Soll ich dir helfen, Carla?»

«Spiel mit deiner Tochter.»

«Wie viele Gäste kommen denn?»

Vito sah auf die noch verschlossenen Packungen Chips, Oliven und Nüsse, auf den heißen Herd voller Töpfe und auf eine hellblonde Haarlocke seiner Frau, seiner Exfrau, die sich aus ihrem Pferdeschwanz gelöst hatte. Er nahm die Flasche Spumante, die er am Eingang hatte stehen lassen, und stellte sie kalt. Die Tüte mit dem Geschenk für Mara legte er auf ein hohes Regalbrett in der Küche, so wie sie es immer für Nicola und Rosa gemacht hatten, als die beiden klein waren und sie noch alle zusammen gewohnt hatten.

«Es sind nur wir.»

Von außen sah man die erhellte Wohnung von Onkel Franco und für eine Weile zwei Silhouetten, die sich Tischdecke, Teller, Besteck, Servietten und Töpfe reichten. Sie unterhielten sich, sie schenkten sich ein. Dann kam eine dritte, kleinere Silhouette hinzu. Hie und da bückte sich die größere der Silhouetten zu ihr hinunter und nahm sie auf den Arm. Oder sie verschwand auf dem Boden. Man konnte erkennen, dass sie spielten. Der Halbmond hatte einen Schleier in der Mitte.

Nicola und Rosa kamen zusammen. Sie stürmten herein und fanden die Wohnung ruhig und warm vor. Wieder fuhr der Luftzug in Maras Haare. Es war ein so heißer Tag gewesen.

«Das ist der heißeste Sommer, seit ich mich erinnern kann. Stimmt's, Mama?», sagte Rosa.

«Der heißeste überhaupt.» Carla gab ihr einen Kuss.

Die Wohnung von Onkel Franco hatte immer schon die perfekte Temperatur gehabt, das perfekte Licht, im Sommer wie im Winter. In Carlas Wohnung hingegen zerfloss man entweder, oder man erfror. Die beiden jungen Menschen erfüllten die Wohnung, in die sie hereingeplatzt waren, mit ihren Stimmen. Sie fanden Carla, Vito und die kleine Mara derart ruhig vor, dass es ihnen fast Angst machte. Mara war nicht einmal ein Jahr vor der Scheidung geboren worden. Nicola und Rosa hingegen wussten alles. Sie hatten alles gesehen.

Sie schenkten Mara ein Fahrrad mit Stützrädern.

Nicola hob seine kleine Schwester hoch. «Los, steig auf.»

Rosa legte ihre Händchen auf die Lenkstange und schob sie an.

«Ruiniert mir bloß nicht Onkel Francos Fußboden», sagte die Mutter.

«Benehmt euch», sagte die Mutter, oder der Vater.

«Warum hast du Papa zu Maras Geburtstag eingeladen?», fragte Nicola Carla leise, als sie für einen Moment allein waren.

Sie lehnten sich rauchend aus dem Fenster. Die Hitze lag wie eine schwere Hand auf ihnen und drückte ihre Köpfe hinunter. Vito hatte aufgehört zu rauchen und zu trinken. Jetzt wollte er, dass es ihm alle nachmachten, sofort. Aber nun bestimmte sie.

«Und warum sind wir nicht bei dir, sondern in Onkel Francos Wohnung, Mama? Ach, Mama!», fügte er hinzu, da sie weiter rauchte und nicht antwortete.

Nicola und Rosa kannten die Regeln auswendig, die man einhalten musste, damit der Vater nicht die Geduld verlor. Manchmal war es nur ein Wort zu viel oder eine Bewegung. Die beiden größeren Kinder hatten sie wie Hellseher zu deuten gelernt. An jenem Abend aber hatte Carla wirklich ein fröhliches Gesicht.

«Es ist angenehmer hier, oder? Man kann atmen», sagte Carla mit Blick in die Ferne.

«Es ist praktischer», sagte er.

Sie lächelte ihm zu und strich ihm zärtlich über die Wange. Dann warf sie die Zigarette weg.

«Außerdem, weißt du, Mara lag so viel daran. Sie ist aufgewacht und hat nach ihrem Vater gefragt. Sie sieht ihn so selten … Es geht uns doch gut heute, oder?»

Sie lächelte ihn noch immer an. Und Nicola stellte keine Fragen mehr, weil an diesem Abend alles natürlich wirkte. Und er dachte, obwohl die Quelle der Angst in jenem Moment in dieser Wohnung war, schien seine Mutter alle Ängste auf einen anderen Ort, auf ihre eigene Wohnung, zu begrenzen.

Im April war Vito zur Furie geworden. Manuel war überzeugt, dass er im nächsten Moment, außer sich an der Exfrau auszutoben, auch ihn angreifen würde. Vito war überall. Wie schaffte er es nur, immer genau zu wissen, wo Carla war und was sie tun würde, noch bevor sie selbst es wusste? Wenn er sie allein auf der Straße überraschte, schrie er sie erst an, dann beschimpfte er sie, oft schlug er sie auch oder attackierte sie. Manuel fühlte sich bereit, ihm die Stirn zu bieten. Er war für sie da.

Und dann gab es die Momente der Gewissensbisse: Vito suchte Carla auf, weil er wusste, dass sie wenig Geld hatte. Er selbst hatte in der Bank Karriere gemacht, war von den Kollegen geschätzt. Und seit einiger Zeit spekulierte er auch an der Börse. Ich habe genug Geld. Der Scheck, den ich dir ausstelle, reicht nicht, flehte er sie an. Es sind auch *meine* Kinder. Lass mich ihnen helfen. Nein.

Gegen Ende Mai war Vitos Gewalt außer Kontrolle geraten.

Die Hinweise an die Polizei hatten nie zu etwas geführt und würden auch in dieser Hasswelle zu nichts führen. Vito war nicht mehr er selbst. Er war so brutal und so wütend, wie Carla ihn nie erlebt hatte. Es gab keine Folgerichtigkeit mehr in seiner Wut. Zum ersten Mal in ihrem Leben hatte Carla auch Angst um die Kinder. Ich steche dich ab wie ein Schwein, und ich bringe auch unsere Kinder um.

Mitte Juni hatte sich dann etwas verändert. Erst war Vito für ein paar Wochen verschwunden. Danach hatte er sich auf Einschüchterungsgesten beschränkt, die eine oder andere Beschimpfung durch die Gegensprechanlage am Haus, eine Nachstellung und auf Telefonanrufe mitten in der Nacht, bei denen er entweder dem Weinen nahe war oder vor Wut platzte.

Eines Abends hatte er sogar Carla und Manuel getroffen, als sie gerade vom Supermarkt zurückkamen. Die beiden unterhielten sich, er trug die schweren Tüten, sie lachte und fuhr sich mit der Hand durch die Haare – die Hure, die Nutte. Sie erstarrte, als sie Vito in seinen Mantel gezwängt vor ihrem Haus stehen sah. Er hatte den Kragen hochgeschlagen, obwohl es Juni war. Die pechschwarzen Haare waren vom Gel plattgedrückt, und doch hatte der Wind sie ein wenig zerzaust.

Er hatte sie nur angesehen, mit einem abwesenden Blick. Seine Augen waren so leer, dass man hindurchsehen konnte, hinter ihn blicken, über ihn hinaus: die Autos, die unter der Brücke hindurchfuhren, die Lichter von der Eisdiele gegenüber, ein Stück Umgehungsstraße.

«Er ist es.» Carla hatte Manuel einen Stoß versetzt.

«Gehen wir weg.» Manuel war grau vor Wut. Er hatte sich umgedreht, um Vito anzusehen, war dann wie angewurzelt stehengeblieben und hatte Vito fixiert.

«Manuel!», hatte sie gekreischt. Sie war dem Weinen nahe. Wie oft hatte er sie weinen sehen.

«Bitte, Manuel. Lass uns gehen!» Sie hatte ihn weggezogen, und er hatte sich ihr zugewandt.

«Komm schon, Manuel. Der bringt uns um.»

«Niemand bringt dich um», hatte er gesagt.

Er hatte Carla vorgelassen und war dann hinter ihr hergegangen. Mit einem Fuß ging er auf dem Gehsteig, mit dem anderen auf dem unwegsamen Straßenasphalt. Zitternd hob er den Blick und sah auf die Horde von Autos, die über die Brücke fuhren. Die Scheinwerfer spiegelten sich in den hohen Straßenlaternen. Darüber der schwarze Himmel, der zu einem schmutzigen Grau tendierte. Kein Stern war zu sehen. Er senkte den Blick wieder, setzte einen Fuß vor den anderen und starrte auf Carlas Hauseingang in der Ferne.

Die ganze Nacht lang war er bei ihr geblieben. Er saß neben ihr, ohne einen Wimpernschlag zu tun, wie jemand, der den Feind erwartet.

«Solange ich da bin, wird dir niemand mehr weh tun, Carla.»

Aber sie war durchgedreht. Sie hatte sich hinter dem Fenster verbarrikadiert, wie im Krieg, und hinausgespäht. Das Licht blieb ausgeschaltet, damit man besser nach draußen sah. Als es zu dämmern begann, hatte Carla Manuel entsetzt angesehen. Und was, wenn Vitos Freunde, die auch die Freunde seines Vaters waren, gekommen waren, um ihm zu helfen? Und eine richtige Attacke vorbereiteten?

Aber es war keiner gekommen. Und seitdem war nichts Erwähnenswertes mehr geschehen.

Sie machten sogar ein bisschen Musik an. Wie lange hatte Carla keine Musik mehr gehört. Sie aßen, tranken, prosteten sich mit dem Spumante zu, den Vito mitgebracht hatte.

«Ist der gut», sagte Carla.

Sie plauderten, lachten auch. Rund um den Single-Tisch von Onkel Franco war es für alle etwas eng.

«Gut, die Pommes!»

Mara steckte sich einen Löffel Zucchine in den Mund.

«Und jetzt ab ins Bett», sagte Carla nach dem Geburtstagsständchen, der Torte, den Kerzen. Und dem Geschenk des Vaters. Es war eine sehr moderne Puppe. Sie hatten eine halbe Stunde gebraucht, um zu verstehen, wie sie funktionierte. Mara ging mit ihr im Arm schlafen.

«Ich muss los», sagte Nicola. «Ich treffe mich noch mit Livia. Und du, was machst du, Rosa?»

«Nimmst du mich mit?», fragte seine Schwester.

Vito stand auch auf und zog sich die Jacke an. Alle waren überrascht. Ein Familienabend ohne Schreie und Schläge.

Nicola und Rosa warteten an der Tür auf den Vater. Sie hatten ihre Helme schon in der Hand und blickten auf Vito und Carla, die für einen Moment zögerten, weil sie nicht wussten, wie sie sich verabschieden sollten. Küsschen auf die Wange? Handschlag? Ciao?

Ein Schauer lief durch die ganze Familie. Man wusste nie, aus welchen Gründen Carla unter Vitos Hände geraten konnte. Der Vater stand mit dem Rücken zu ihnen, sodass die Kinder nicht sehen konnten, welche Muskeln er gerade bewegte. Inzwischen erkannten sie die Wut des Vaters auch an unwillkürlichen Körperbewegungen. Im Raum nebenan murmelte Mara etwas im Schlaf. Man vernahm ein langes Gähnen. Dann drehte sich der Vater zu den Kindern. Er lächelte. Nichts an ihm verriet Hass oder auch nur Verdruss.

«Papa?» Rosa gähnte. Durch die offene Tür kam ein wenig kühle Luft herein. «Cia-o!»

Nicola ging bereits die Treppe hinunter.

Vito machte ein paar Schritte auf die Tochter zu, dann blieb er stehen und ging kurz zurück. Der Alarmzustand war vorüber. Man konnte meilenweit erkennen, dass alles gutgegangen war.

«Ich warte unten auf dich, Papa. Wir kommen zu spät», sagte Rosa. «Nico muss zu seiner Freundin. Wenn er wegen uns zu spät kommt, dann …»

«Ja, wartet unten auf mich. Ich komme in einer Minute nach. Und dann verabschieden wir uns richtig. Wir sehen uns ja nie.»

Nicola hatte mehrere Stufen auf einmal genommen. Er wartete schon auf Rosa, die auf ihren hohen Absätzen langsam hinabstieg.

«Wohin gehst du, sag? Auf Männerjagd?», fragte er.

Nicola lachte, Rosa lächelte.

«Kümmere dich um deinen eigenen Kram», sagte sie.

«He, Rosé, ich hatte es heute Abend viel schlimmer erwartet.» Nicola hob den Kopf zu Onkel Francos Wohnung. Dann warf er einen Blick auf sein Handy. «Was meinst du, wollen wir los? Komm! Wir schicken Papa eine Nachricht. Ich bin echt spät dran, Livia wird schon auf mich warten.»

Als sie im Erdgeschoss ankamen, hörten sie, wie die Tür ins Schloss fiel.

«Wer weiß, wie lange Mama braucht, um alles aufzuräumen. Sie ist ein kleiner Putzteufel», sagte Rosa.

Sie sausten auf dem Motorroller los.

«Und ich glaube, das ist sie nicht ungern.» Nicola beugte sich seitwärts, um die Kurve besser nehmen zu können. «Es entspannt sie.»

Sie kamen an der Remise für die Busse vorbei, fuhren über die Kreuzung an der Porta Maggiore und bogen dann in die Scalo San Lorenzo ein. Es war so angenehm auf dem Roller, kühle Luft strich über ihre nackten Arme. Rom war leer. Der Geruch des Sommers lag endlich über der Stadt. Nicola fuhr sehr schnell. Es versprach ein Abend voller Überraschungen zu werden. Mara schlief in Onkel Francos Bett.

3

Milena war vierzig und hatte eine sechzehnjährige Tochter. Am Tag darauf, dem 7. August, erschien sie in Vitos Wohnung, der Wohnung, in der er mit Carla und den gemeinsamen Kindern zwanzig Jahre lang zusammengewohnt hatte. Es war gegen zwei Uhr nachmittags. Milena wirkte schüchtern. Sie trug eine hochgeschlossene blassrosa Bluse und einen knielangen, dunkelgrauen Rock. Sie hatte ihre Tochter im Schlepptau. Nuccia, Vitos Zugehfrau, öffnete ihnen.

«Wer ist da?», fragte sie, als würde Milena nicht hier vor ihr stehen. Sie betrachtete sie mit gerunzelter Stirn.

Milena nahm den Geruch von gutem Essen und Putzmitteln wahr. Auf der Straße hupte ein Lastwagen. Eine Möwe kreischte, sie hackte mit ihrem harten Schnabel auf eine Taube ein, zerfledderte ihren Kopf, als wäre er aus Butter, und pickte darauf herum.

Im Fernsehen lief gerade eine Sendung über irgendeinen Rechtsstreit: «Also» – eine Frau machte ein konsterniertes Gesicht –, «ich sage nicht, dass ich meine Mutter aus dem Haus jagen will, aber …»

Nuccia konnte einen unendlich lange mit gerunzelter Stirn ansehen. Sie war klein, nervös, an ihren mageren Armen traten die Venen hervor. Sie könnte genauso gut siebzig sein wie fünfzig. Über ihrer Oberlippe und auf dem Kinn war ein ungepflegter Flaum zu erkennen. Sie trug Schlappen und einen blauen Arbeitskittel, der von oben bis unten zugeknöpft war. Kerzengerade stand sie da, die Hand auf der Türklinke. Milena senkte den Blick.

Ihre Tochter Paola, die hinter ihr stand, war viel zu klein für ihr Alter. Sie schien noch ein Kind, höchstens zwölf, so zierlich, dass man sie umarmen wollte.

«Wer ist da?», wiederholte Nuccia und sah Milena weiter an. Sie hatte einen übertrieben süditalienischen Akzent. Wenn man den Dialekt von Massafra nicht kannte, hätte man meinen können, sie sei aus Sizilien. Sie machte Anstalten, Milena die Tür vor der Nase zuzuschlagen, als die fragte:

«Ist Signor Vito da?»

«Nein.» Wieder wollte Nuccia die Tür schließen.

«Entschuldigen Sie.» Milena setzte einen Fuß in die Tür, wirkte dabei jedoch so gefügig, dass dieser Akt mehr als Zufall erschien. «Wissen Sie, wo er ist?»

«Nein.» Nuccia sah auf Milenas Fuß.

«Sein Handy ist seit Stunden ausgeschaltet. Entschuldigen Sie, Signora, wirklich, es ist nur … ich sollte ihn heute früh treffen, wir wollten …» Sie schüttelte den Kopf. «Es kommt mir so seltsam vor.»

Nuccia sah auf die Uhr. Paola spähte ins Haus und bemerkte, dass im Esszimmer gedeckt war. Ein langer Tisch, wahrscheinlich aus Holz, ein weißes, handbesticktes Tischtuch, das aus einer Aussteuer zu stammen schien. Aber es waren nur ein einziger Teller und ein einziges Besteck gedeckt, am Tischende.

«Woher soll ich das wissen?» Nuccia warf einen mitleidigen oder verachtenden Blick auf das Mädchen und schloss die Tür, indem sie Milenas Fuß wegdrückte.

Milena und ihrer Tochter wurde die Tür ins Gesicht geschlagen. Sie machten einen Schritt zurück.

Nuccia wischte sich die Hände an dem Kittel ab. In ihrer Tasche klingelte es.

«Hallo, Gianni», sagte sie. «Ich bin noch da. Signor Vito ist bisher nicht gekommen.»

Sie ging in die Küche, drehte die Lautstärke des Fernsehers

zurück. Es war eine große Küche, für viele Leute, nach altem Stil eingerichtet, wie man sie in den Dörfern im Süden findet. Sie hatte auch den typischen Geruch alter Häuser aus dem Süden, den man nicht wegkriegt. Der Mann, den Nuccia mit «Gianni» angesprochen hatte, schien ihr etwas zu sagen zu haben, denn sie hörte ihm lange zu. Dann sagte sie:

«Er bat mich, das Essen um eins fertig zu haben. Und wie spät ist es jetzt?» Nuccia sah erneut auf die Uhr. Sie zeigte zehn nach zwei. «Er hat gesagt: ‹Und bitte pünktlich um eins.› Um halb zwei wollte er wieder los.»

Wieder hörte sie zu.

«Ja, ich weiß.»

Und hörte weiter zu.

«Wenn er nicht bald kommt, gehe ich nach Hause.»

Kurz darauf klingelte das Festnetztelefon. Nuccia stand gerade vor den Ofen gebeugt, in dem sie die Speisen warm hielt. Sie schaffte es nicht rechtzeitig ranzugehen, sodass der Anrufbeantworter ansprang. Sie vernahm die Stimme am anderen Ende des Telefons.

«Ist Vito da, he, Nuccia?»

Die Stimme klang eisig, als wäre sie wütend auf sie.

«Guten Tag, Signora Mimma. Nein, hier ist er nicht», sagte Nuccia ehrerbietig.

«Er hat das Handy ausgeschaltet. Ich versuche ihn seit sechs Uhr morgens anzurufen», sagte die Stimme von Signora Mimma zu jemand anderem. Dann wieder zu Nuccia: «Ich telefoniere jeden Morgen nach dem Aufstehen mit meinem Bruder. Er schaltet sein Handy nie aus. Warum antwortet er heute nicht?»

«Was weiß ich? … Vielleicht ist die Batterie leer.»

«Er soll mich sofort anrufen, wenn er kommt.»

Aber es vergingen weitere zehn Minuten, dann zwanzig.

Nuccia zog sich im Bad aus. Nackt war sie klein, runzelig und unbehaart – was man angesichts ihres Damenbartes nicht erwarten würde. Sie war runzelig, aber muskulös. Der ganze Körper wirkte leicht gebräunt, nur die Brüste und die Schamgegend waren ein wenig heller. Auf der Haut waren da und dort Zeichen von kleinen Verbrennungen zu sehen, die eine oder andere winzige Narbe und eine größere, die länglich über den Bauch verlief. Sie legte den Arbeitskittel zusammen. Dann schlüpfte sie in den BH, die Unterhose, den schwarzen geflickten Unterrock, den Pulli mit Papageienmuster, den schwarzen Rock. Sie verließ das Bad, sah sich um, schrieb eine Nachricht auf ein Kärtchen und legte es unter den Teller am Tischende. Sie sammelte ihre Sachen zusammen, nahm die Tasche von der Eingangstür, zog die Schuhe an, die sie vor der Tür stehengelassen hatte, und ging.

Vitos Mutter, Signora Titina, war vor einem Jahr gestorben. Die Musikkapelle spielte auf, als die trauernden Frauen in ihr Haus in Massafra kamen. Allen im Dorf flößte die Familie Semeraro großen Respekt ein und auch noch etwas anderes. Die Abwesenheit von Carla und Mara beim Begräbnis hatte damals mehr Aufsehen erregt als die Todesnachricht. Rosa hingegen war da, am Kopfende des Bettes der Großmutter, und hörte nicht auf zu weinen. Sie sah ihren Vater an, der von Kummer gebeugt auf einem Stuhl saß. Nicola stand abseits und beobachtete die Szene mit ernstem, unergründlichem Gesicht. Vitos Vater, Don Peppino, «der General», hatte vor fünf Jahren einen Schlaganfall erlitten und war seitdem nicht mehr aus dem Bett aufgestanden. Das Einzige, was er noch machte, war sabbern und die Augen verdrehen. Er war der Erste aus der Familie, der eine höhere Schule besucht hatte. Dann war er im Krieg gewesen und zum General ernannt worden. Nach seiner Heimkehr war er damit beschäftigt gewesen, Freundschaften zu knüpfen. Jahrelang war er Bürgermeister von Massafra gewesen.

Die Mutter war tot, der Vater krank. Vito war mit zweiundvierzig das jüngste Kind. Blieben seine vier Schwestern. Mimma, die älteste, war dreiundfünfzig. Sie war mit einem Mann verheiratet, den Don Peppino in die «Geschäfte» eingeführt hatte. Im

Unterschied zu den Schwestern war er, seit Vito für den Militärdienst nach Rom gegangen war, sehr oft zwischen Massafra und Rom hin und her gefahren.

Die Stunden vergingen, und Mimmas Bruder tauchte nicht auf. Sie benachrichtigte die Freunde des Generals, packte ihren Koffer und stieg in den Regionalzug von Massafra nach Bari. Von da wollte sie den Frecciargento in die Hauptstadt nehmen. Doch der Zufall wollte es, dass schon kurz vor Modugno ihr Handy klingelte. Don Peppinos Zustand hat sich verschlechtert. Komm zurück. Vielleicht hat er etwas bemerkt. Mimmas Schwester Angela traute sich nicht zu, alleine mit ihm fertig zu werden. Auf die anderen beiden – Lilliana und Fausta – konnte man sowieso nicht zählen, wie alle wussten. Also stieg Mimma in Modugno aus. Was sollte sie jetzt tun? Unter einer erbarmungslosen Sonne überquerte sie die Gleise. Selbst ihre flachen Schuhabsätze gruben sich in den Kies zwischen den Schienen. Das Bahnhofshäuschen war gelb mit einem roten Dach, die Wände waren beschmiert. Mit Mühe gelangte Mimma zu dem gegenüberliegenden Bahnsteig und kehrte nach Hause zurück.

Die Freunde waren bereits losgeschickt worden.

«Vito, dieser Drückeberger, wird schon rauskommen, wo auch immer er steckt», sagte Mimma zu ihrem Mann.

Es war immer noch der 7. August, abends. Nicola lag ausgestreckt auf seinem schmalen Bett. Die Wohnung, in der er mit seiner Schwester und anderen wohnte, war viel zu eng, aber sie konnten sich nichts anderes leisten. Nicolas Zimmer war winzig, was immer noch besser war, als sein Zimmer mit jemandem teilen zu müssen, wie es Rosa tat. Die Wohnung lag ebenerdig, auf der einen Seite ging sie auf einen kleinen Hof, auf der anderen Seite auf die Straße. Die Küche hatte schmutzige gelbe Fliesen, ein wenig dreckig war es eigentlich überall. Der Rollladen an der Balkontür war seit Ewigkeiten halb kaputt. Dahinter erahnte man den kleinen Hof, in dem sich Müll und Zigarettenstummel häuften. Von der Küche kam man in einen schmalen Flur, von dem vier Türen abgingen, plus die Badezimmertür. Insgesamt waren es sechs Bewohner, auf vier Zimmer verteilt. Die Miete wurde unerbittlich schwarz bezahlt, an eine nicht näher identifizierbare Witwe Sirone. Zum Kassieren kamen die Söhne der Witwe einmal im Monat vorbei. In bar, ohne Belege. An der Eingangstür hatte einer der Mitbewohner – ein Junge aus den Abbruzzen, der schon lange dort wohnte – auf ein altes Foto von Maradona zwei Zeiger montiert. Es sah tatsächlich wie eine Uhr aus, aber sie stand immer.

Einmal hatte Nicola die Maradona-Uhr abgenommen, um nachzusehen, ob vielleicht nur die Batterien fehlten. Er hatte sie umgedreht, aber hinten war nichts, kein Getriebe, keine Batterie, nur eine Klammer, um die Zeiger zu befestigen. Erst da hatte er bemerkt, dass sie aus Papier waren.

Derselbe Mitbewohner hatte in der Küche Tausende Aufkleber auf die kaputten Türen des schmutzweißen Küchenschranks geklebt. Eine davon ging weder auf noch zu. An der Badezimmertür war mit Knete ein Poster von The Clash befestigt. Nicola und die anderen konnten sich weder waschen noch pinkeln oder duschen, ohne dass der Typ von der Band in seiner ewigen Bass-Zertrümmerer-Pose sie von oben betrachtete.

Nicolas Zimmer war leer. Seine Balkontür ging auf den Hof, den nur ein kaputtes Gitter von der Straße trennte. Durch diese Tür konnte Livia direkt in sein Zimmer steigen. Und auch Rosa machte es manchmal, wenn sie ihren Schlüssel vergessen hatte. Aber es gab einen Code: Waren die Vorhänge zu, schlief Nicola oder war mit Livia zusammen. Dann durfte niemand rein.

Die wenigen Klamotten, die er besaß, waren in einem Schrank verstreut. Die Anzahl seiner Möbel war überschaubar: das Einzelbett, auf dem er jetzt lag; ein Schreibtisch, der zusammenbrach, wenn man sich zu fest darauf stützte; eine Stehlampe von Ikea, die seine Mutter ihm gekauft hatte. Anders ging es nicht, wenn man sich eines Tages ein Studium leisten wollte. Rosa arbeitete, weil sie nächstes Jahr mit dem BWL-Studium beginnen wollte, wie ihr Vater. Nicola hingegen hatte es nicht eilig mit der Uni. Aber Rosa war bereit, alles zu tun, was ihr Vater von ihr verlangte.

An jenem Abend war Rosa bei ihrer Mutter. Nicola lag auf dem Bett, und Livia saß neben ihm auf dem Boden, mit dem Rücken an das Sperrholzgestell gelehnt, auf dem die Matratze lag. Er streichelte sie.

«Wo zum Teufel ist er?» Nicola seufzte und sah zur Decke hoch, von der der Stuck bröckelte.

«Du wirst sehen, er ruft heute noch an.» Livia drehte sich zu ihm. Nicolas Hand, die ihre Haare gestreichelt hatte, rutschte von ihrem Kopf. «Ist ja nicht das erste Mal, dass er sich seltsam verhält.»

«Und was, wenn er nicht anruft?» Nicola kniff die Augen zusammen. Er hob den Kopf ein wenig und sah zum Fenster. Dann stand er auf.

Auch Livia erhob sich. «Willst du, dass ich heute Nacht hierbleibe?»

Er bückte sich, um eine halbleere Flasche Peroni vom Boden aufzuheben. Das Bier war warm. Sie schwitzten wie die Tiere. Die Körper waren glitschig, die Haare klebten ihnen im Gesicht. Der Schweiß rann vom Hals den Rücken herunter oder vorne über die Brust. Sogar auf den Beinen bildeten sich kleine Tropfen.

«Kann ich das Fenster öffnen?»

Nicola sagte: «Nein.»

Er sah sie an. Sie war nackt, bis auf die hellgraue Unterhose. Nicht einmal einen BH trug sie. Es war ihm unangenehm.

Livia sah ihn an. Er trug nichts außer den schwarzen Boxershorts mit dem grauen Gummiband mit der GAP-Aufschrift, die einmal rundherum lief. Sie fühlte sich schuldig.

«Ob du willst, dass ich bleibe, hab ich dich gefragt. Nicola?»

Nicola sah auf die Bierflasche im Gegenlicht. Er nahm einen Schluck. «Ja, du hast recht. Wird schon nichts passiert sein, verdammt.»

Er zog sie an sich, und sie ließ es geschehen. Langsam schob er ihr Höschen runter und begann sie zu küssen.

«Wie spät war es denn, als er gestern gegangen ist?»

Es war immer noch der 7. August, abends. Rosa saß mit vor Angst geweiteten Augen an einem kleinen Tisch in der Wohnung ihrer Mutter und malte mit Mara ein Bild. Der Tisch war eine Spur breiter als der von Onkel Franco, daher war weniger Platz im Raum. Viel weniger, so kam es einem vor. Es war zum Ersticken: Obwohl alle Fenster offen standen, kam kein Lufthauch herein. Mara war blass und anhänglich. Sie fuhr sich ständig mit den Händen an Wangen und Stirn, um die Haare aus dem Gesicht zu kriegen. Schweißtropfen rannen ihr in die Augen. Sie rieb sie sich mit den kleinen Fäusten, an denen Spuren der Ölkreiden zu sehen waren. Gelb, rosa, rot tropfte es auf das Blatt Papier. Die Farben verschwammen.

«Mama?»

Rosa hielt einen blauen Farbstift hoch. Mara und sie malten das Geburtstagsessen vom Abend zuvor. Blau war der Himmel, den man aus dem Fenster von Onkel Francos Wohnung sah.

«Mama!»

Carla zuckte zusammen. Auch sie saß am Tisch und bestickte mit Kreuzstich eine Geburtsschleife für ein Neugeborenes. Willkommen, Federico. Es war Feinarbeit. Die Signora aus Molise, die sie beauftragt hatte, hatte sie ermahnt, ja gute Arbeit zu leisten. Eigentlich hätte es die Schwiegermutter der Signora machen sollen, aber die war plötzlich verstorben. Sie hatte die halbfertige Arbeit zurückgelassen, und die Schwangerschaft der Signora näherte sich schon dem Ende. Wenn Carla rechtzeitig fertig ist, wird die Signora sie besser bezahlen. Wenn nicht, schlechter. Denn was soll sie mit einer Schleife anfangen, die bei der Geburt des Kindes nicht fertig ist? Dann kann sie sie sich gleich selbst um die Stirn binden, das versteht man doch, oder?

«Was hast du gesagt, Rosa? Entschuldige.» Carla sah ihre Tochter an und wischte sich die Stirn ab. Eine knopfrunde Schweißperle entstand auf ihrer Haut, löste sich, rann über ihre Nase und fiel auf die weiße Geburtsschleife.

Rosa stand auf. Sie räumte Maras Fahrrad und die neue Puppe aus dem Weg. Die Puppe, die der Vater ihr geschenkt hatte.

«Mama, Mama, du bist meine Mama», sprach die Puppe und hob mechanisch die Arme, als wollte sie sie umarmen.

Rosa legte ihrer Mutter die Hand auf die Schulter. «Du machst dir Sorgen, stimmt's?», sagte sie. «Müssen wir uns Sorgen machen, Mama?»

«Aber nein, nein.» Carla versenkte ihre müden Augen in denen ihrer Tochter. «Er wird mit seinen Leuten unterwegs sein. Irgendein Geschäft abschließen.»

Sie nahm die Hand ihrer Tochter. Sie war feucht und weich, als wären sämtliche Knochen daraus entfernt worden.

Irgendein Geschäft abschließen – das war nicht die Ausdrucksweise ihrer Mutter. Panik verschloss Rosa den Magen. Wenn auch Carla in Sorge war, wie sollte dann *sie* gegen die Angst ankämpfen?

«Er ist gleich nach euch gegangen», sagte Carla. Auf ihrem Handy erschien eine Nachricht von Manuel, aber sie bemerkte es nicht einmal. Sie warf einen traurigen Blick auf die Puppe, die jetzt schwieg. «‹Wenn sie Mara nicht gefällt, kaufe ich ihr etwas anderes›, hat er mir gesagt. Im Zweifel könne auch ich das Geschenk aussuchen. ‹Du weißt, was sie will. Such ihr etwas aus, das ihr richtig gut gefällt. Denk dran, dass es mir wirklich wichtig ist.›» Sie hatte einen Kloß im Hals.

«Mama, Pipi!» Mara sah von ihrem Bild hoch. «Ich muss Pipi!»

Rosa beeilte sich, ihre Schwester aufs Klo zu setzen. Die beiden Frauen sahen sich an, atmeten durch, lächelten.

Dann ging von Massafra die Vermisstenanzeige aus.

Ein kräftiger, fast zwei Meter großer Mann war nicht nach Hause gekommen. «Zwei solche Hände, ein Mordskerl, mein

Bruder! Und schön, schön, schön wie die Sonne.» Dunkelbraune, beinahe schwarze Augen, helle Haut und ein Meer von schwarzen Haaren. Augenbrauen, Bart, die Haare auf dem Kopf: alles schwarz. Seit ein paar Stunden antwortet er nicht am Telefon, seit wann genau, weiß man nicht. Zum Mittagessen ist er nicht zurückgekommen, hat die Zugehfrau gesagt. Nun war es fast Mitternacht. Die Angst war groß. Er lebte alleine.

«Signora Semeraro, Sie wissen doch, ich kenne Ihren Vater Don Peppino, seit ich mich erinnern kann.»

Der Polizist war mager, ein Strich in der Landschaft, um die sechzig. Er sah aus dem Fenster. Die Polizeidienststelle in Massafra lag in einer Nebenstraße, die ganz anders aussah als die weißen Kieselsteinwege des Stadtzentrums. Außer der Polizei gab es nur noch eine Tankstelle, das Dorf endete hier. Die Landschaft war felsig, es gab wenig Grün am Straßenrand. Um diese Uhrzeit war es stockdunkel. Der tiefschwarze Himmel schien in der schwülen Hitze verhangen. Wolken, die Feuchtigkeit brachten, ließen sich erahnen. Der Beamte wischte sich die Stirn mit einem Taschentuch ab und steckte es wieder weg.

«Aber wenn nicht mindestens achtundvierzig Stunden vergangen sind, kann ich nichts machen. Außerdem sind mir von hier aus die Hände gebunden, Signora. Ihr Bruder wird in Rom vermisst, wenn er überhaupt vermisst wird. Vielleicht ist er ja nur unterwegs. Glauben Sie mir, er ist irgendwo unterwegs. Von hier aus jedenfalls, Signora Semeraro, kann ich beim besten Willen nichts tun. Aber machen Sie sich keine Sorgen, ich werde mit meinen Kollegen in Rom telefonieren. Ich werde mit allen möglichen Leuten sprechen. Tun Sie mir bloß den Gefallen, Signora, und beruhigen Sie sich.»

Der Polizist atmete heftig aus. In seinem ganzen Leben hatte er noch nicht so lange am Stück gesprochen. Weil er schwitzte, war seine Brille beschlagen. Er nahm sie ab und fuhr mit dem Taschentuch darüber, trotzdem blieben die Gläser feucht, und als er die Brille wieder aufsetzte, sah er nichts.

Mimma blieb artig sitzen und hörte zu. Der Stuhl war aus Holz, mit abgenutzten Kanten, wie in einer Schule. Als sie aufstand, riss ihr Strumpf. Sie sagte kein Wort, und der Polizist wurde ärgerlich. Er hielt ihr die Hand hin.

«Sie werden sehen, es kommt alles in Ordnung. Ihr Bruder ist irgendwo unterwegs und wird zurückkommen.»

Mimma nickte zustimmend. Es war gleichzeitig ihr Abschiedsgruß. Sie presste ihre Tasche fest an die Brust, ignorierte die hingehaltene Hand, ging zur Tür und verließ den Raum.

Die Hitzewelle, die sie empfing, raubte ihr fast den Atem. Enzo, ihr Mann, wartete in ihrem hellblauen Tempra auf sie. Sie blickte nach rechts und links, überquerte dann die Straße. Ihr Mann beugte sich zur Beifahrertür und öffnete sie. Im Autoradio lief eine Fußballübertragung. Mimma hob zum Einsteigen den Rock ein wenig an, setzte sich und presste eine Hand auf die Laufmasche, wie um eine Blutung zu stoppen.

«Und?», fragte er. Er drehte die Lautstärke zurück und sah sie an.

«Ein Haufen armer Trottel sind das», sagte Mimma. «Wir müssen uns selbst kümmern.»

4

Noch vor der Morgendämmerung wurden sie einer nach dem anderen vom Klingeln des Telefons geweckt: Carla, die an Mara gekuschelt schlief, um bei ihr Ruhe zu finden. Mara, auch sie an die Mutter gekuschelt, in ihrem Bettchen. Nicola, der beim Klang des Telefons aufsprang, als hätte man ihm den Kopf unter Wasser gehalten und er wäre kurz vor dem Ertrinken. Auch Livia wachte auf und sah sich um. Sie hatte geträumt, mitten in einer Wüste zu sein, und verspürte großen Durst. Nuccia, Vitos Zugehfrau, lag mit ihrem Mann Gianni im Bett. Sie setzte sich im Nachthemd abrupt auf und schlüpfte, während sie am Telefon antwortete, in ihre Pantoffeln. Und schließlich Roberto und Marco, die einzigen beiden Kollegen, die Vito seiner Familie jemals vorgestellt hatte. Alle antworteten sie zwischen Schlaf und Angst: Ich weiß es nicht.

Sie wussten nicht, wo Vito war. Außerdem hatte man doch erst seit dem Morgen beziehungsweise seit der Nacht davor nichts von ihm gehört. Sie waren verschlafen, vor allem Roberto und Marco. Sie hatten Partner, Ehefrauen, vielleicht Geliebte, und Kinder, die schliefen.

Aber Mimma ließ nicht locker. Irgendwann sagte sie zu ihrem Mann: «Rufen wir diese Frau an.»

Um sie anzurufen, und vor allem, um sie nicht zu beleidigen, musste Mimma ihren ganzen gesunden Menschenverstand einsetzen.

«Hallo. Bist du Milena?»

«Ja. Wer ist da?», sagte Milena.

«Mama», rief eine Stimme im Hintergrund.

«Ich weiß, dass du auch eine Tochter hast. Wer glaubst du eigentlich, wer du bist? Natürlich hast du eine Tochter. Wie kannst du es wagen?»

«Wie kann ich was wagen? Entschuldigen Sie, wer spricht da?», sagte Milena.

«Mama, wer ist da dran?», rief die Stimme.

«Niemand, mein Schatz. Schlaf weiter, Paola, es ist alles gut.»

«Wo ist mein Bruder?»

«Sind Sie Mimma?»

«Hör zu, ich weiß alles. Sag mir, wo er ist.»

«Aber wenn ich es nicht weiß, Signora. Ich suche ihn auch. Ich bin sehr besorgt …»

«Du Schlange! Halt den Mund.»

Als sie diese Worte aussprach, begann es zu dämmern.

«Was wollen Sie dann von mir?», fragte Milena.

«Mama? Wer ist da dran?» Die Stimme klang jetzt näher.

«Es ist noch früh, Schatz, geh wieder schlafen.»

«Weiß deine Tochter, diese arme Seele, dass du es mit verheirateten Männern treibst?»

«Aber Signora, was fällt Ihnen …»

«Wir wissen, dass du weißt, wo er ist. Wir sind nicht blöd. Sprich!»

«Signora, jetzt reicht es. Ich …»

«Wenn ich rausfinde, dass er bei dir ist, fress ich dein Gesicht auf.»

In der Küche war es noch dunkel, obwohl draußen bereits der Tag anbrach. Das Licht kämpfte sich mühsam durch die Gassen des Monti-Viertels, um sich in der schwülen Hitze auszubreiten. Doch dieser Kampf war zum Scheitern verurteilt.

Die Küche war keine Küche. Es war ein Flur mit vier Herdplatten, einer Arbeitsplatte, einem wackeligen Tischchen an der Wand, an dem eigentlich kein Platz für zwei war. Doch sie beide setzten sich jeden Tag dorthin, an die Wand gedrängt, wo an dieser Stelle Essensspritzer zu sehen waren, die sich nicht mehr wegwischen ließen. Außer der Küche und dem Schlafzimmer gab es noch einen winzigen Raum, durch den man hereinkam. Sie beide nannten ihn Wohnzimmer, doch er war nur eine dunkle Kammer. Wenn man einen Tisch hinstellte oder auch nur ein paar Stühle, hatte man keinen Platz mehr, um aufzustehen oder sich hinzusetzen. Jeden Tag zum Frühstück, zum Mittag- und zum Abendessen setzten sie sich an den Küchentisch. Danach ging Paola ans Fenster. Sie lebten in einer Souterrainwohnung, von der aus man auf die Beine der vorbeigehenden Touristen schaute.

Die Wohnung gehörte Milena. Und vor ihr hatte sie ihrem Vater gehört und davor dessen Vater. Damals war Monti noch ein volksnahes Viertel gewesen. Wenn man an seinen Wohnhäusern vorbeikam und nicht hier geboren war, wurde man seltsam angesehen. In den letzten Jahrzehnten war das Viertel dann sehr schick geworden. Immer wenn Paola aus dem Haus ging, stellte sie sich vor, eine Touristin zu sein, eine Künstlerin, eine reiche Hauseigentümerin. Sie wollte von den Terrassen Montis aus auf Rom und seine Foren blicken und den trägen Sprössling einer wohlhabenden Familie als Verlobten haben.

Milena legte das schnurlose Telefon auf das Tischchen und lächelte Paola an. «Es ist nichts», sagte sie. «Geh zurück ins Bett.»

«Was redest du denn da, Mama.» Paola setzte sich neben sie. «Sag mir, wer es war.»

Ein schwacher Lichtstrahl fiel durch die Balkontür herein, wie Wasser schimmernd. Mutter und Tochter sahen zu, wie er blasser wurde und verschwand.

«Es ist nichts.»

Milena stand auf, nahm die Espressokanne, öffnete sie und leerte geräuschvoll den Kaffeesatz im Mülleimer. Dann stellte sie das Unterteil der Kanne auf die Arbeitsplatte, griff nach der Kaffeedose und begann, die Kanne zu füllen.

«Sag schon, Mama.» Paola nahm das schnurlose Telefon in die

Hand und starrte es an. Dann legte sie es wieder hin. «Ich bin kein Kind mehr.»

«Bist du nicht müde?» Milena drehte die Espressokanne zu, stellte sie auf den Herd und machte das Gas an.

«Wer war das?»

«Magst du auch einen Kaffee?»

«Haben sie wegen Vito angerufen?»

«Was willst du essen?»

«Er ist weggegangen, nicht wahr? Wir werden ihn nicht wiedersehen.»

«Milch?»

Milena beugte sich hinab, um die Milch aus dem kleinen Kühlschrank unter der Arbeitsplatte zu holen. Ein niedriger und unnützer Kühlschrank, wie in einem Hotelzimmer.

«Er hat uns verlassen. Stimmt's?»

Milena stellte die Milch auf das Tischchen. «Magst du Cornflakes?»

«Verdammt! Sagst du mir jetzt endlich, wer das war?» Paola schlug mit der Faust auf den Tisch. Der Kaffee kam hoch.

Milena nahm das Handy, wählte eine Nummer und ließ es klingeln. Die Wohnung war feucht. Sie klemmte das Telefon zwischen Ohr und Schulter und ging dann ins Schlafzimmer, um das Bett zu machen, in dem sie mit ihrer Tochter schlief. Von einem Möwenschwarm draußen drang unmenschliches Geschrei herein. Milena wartete, das Handy gegen die Wange gedrückt, das vom Schweiß nass wurde. Sie konnte ein Lächeln nicht unterdrücken.

«Spreche ich mit Carla?»

Es war eine männliche Stimme, der Akzent unverwechselbar. Inzwischen hatte der 8. August begonnen.

«Wer ist da?»

«Signora, sagen *Sie* es uns.» Die Stimme klang entgegenkommend.

«Entschuldigen Sie, aber ich weiß nicht, wer …»

«Gut. Signora, wir sprechen nur zu Ihrem Wohl mit Ihnen. Uns ist bekannt, dass Sie wissen, wo Ihr Mann ist.»

«Entschuldigung. Wollen Sie mir sagen, dass …»

«Signora», die Stimme blieb versöhnlich, leicht vorwurfsvoll, aber gutmütig. «Wir spielen hier keine Spielchen. Weder wir noch Sie. Los, Signora, sagen Sie schon. Wo ist Vito?»

«Entschuldigen Sie. Mit wem spreche ich. Wer sind Sie?»

«Ah, jetzt verliere ich langsam die Geduld. Sie wissen genau, mit wem Sie sprechen. Und Sie wissen auch, wo Vito ist.»

«Was reden Sie da? Ich schwöre Ihnen, wenn ich es wüsste, würde ich es Ihnen sagen.» Ihr versagte fast die Stimme.

«Er hat immer viel Wert auf die Familie gelegt, auf die Kinder, auf Sie. Er würde verbluten für seine Familie. Sicher hat er Ihnen gesagt, wo er hinwollte. Los, kommen Sie schon, Signora, bemühen Sie Ihre Erinnerung.»

«Ich versichere Ihnen, dass …»

«Wir wollen gar nicht wissen, warum er gegangen ist. Das ist Ihre Privatangelegenheit. Sagen Sie uns nur, wo er ist. Dann sind wir quitt. Denken Sie nach, Signora. Befreien Sie sich von der Last, zu Ihrem Wohl und zum Wohl Ihrer Kinder. Sagen Sie uns, wo er ist.»

«Was haben denn meine Kinder damit zu tun? Ich bitte Sie, um Gottes willen, ich weiß es nicht.»

«Eben.»

Die Leitung wurde unterbrochen. Carla legte das Handy auf den Überzug des Bügelbretts. Die Nachrichten von Manuel beachtete sie nicht, reagierte nicht auf seine Anrufe. Stattdessen starrte sie auf das heiße Bügeleisen, das Dampf ausstieß wie ein Drache. Sie fuhr mit den Fingern über den Überzug und dann weiter über das breit gestreifte Männerhemd, das sie gerade bügelte.

Die Besitzerin der Schneiderei war klein und gedrungen. Sie sprach ungern Italienisch. Ihre glatten Haare saßen immer perfekt, wie frisch gewaschen, schwarz glänzend und mit einem blauen Schimmer. Sie wandte sich Carla zu und öffnete den Mund, um etwas zu sagen. Doch in dem Moment ging die Tür auf. Eine magere Frau kam herein und legte ein Paar Jeans auf den Tresen. Hinter ihr stand eine junge Frau, dunkelrot im Gesicht vor Hitze, wahrscheinlich die Tochter. Die magere Frau sagte:

«Guten Tag. Der Reißverschluss muss ausgewechselt werden. Ich kaufe einen und bringe ihn Ihnen zum Einnähen?»

«Nein, Signora.» Die Besitzerin hatte einen chinesischen Akzent, den sie manchmal mehr, manchmal weniger pflegte. «Ich haben Reißverschluss.» Sie bückte sich und zog eine große Tüte voller Reißverschlüsse unter dem Tresen hervor.

Die drei Frauen beugten sich darüber, um einen passenden auszuwählen. Carla gab sich einen Ruck und begann wieder zu bügeln. Ihre Augen fixierten das Hemd, das sie mit einer Hand geübt zurechtzog. Für einen Augenblick hob sie den Kopf, wischte sich die Schweißtropfen ab, bevor sie auf das schneeweiße Hemd fielen. Genau in dem Moment sah sie draußen, auf der Straße, einen Mann vorbeigehen. Sehr groß, Draufgängertyp, schwarze, mit Gel zurückgekämmte Haare. Er warf einen Blick herein und ging schnell weiter. Er sah aus wie Vito.

5

Es war schon später Vormittag, aber er schlief tief und fest. So schläft man, wenn man in der Nacht wach gelegen hat und erst im Morgengrauen Ruhe gefunden hat. Ein zäher Schlaf, mit verklebten Lidern. Ein Schlaf wie ein Loch, in das er gefallen war. Aber sie holten ihn in die Wirklichkeit zurück. Aufwachen! Ich will nicht aufwachen, ich will nie mehr aufwachen. Und er wachte nicht auf. Ein nackter Mann mit feuerroten Brustwarzen tauchte langsam auf, als würde er eine Anhöhe heraufkommen. Er folgte einer Frau. Die Frau hielt ihn an einem langen Seil um seinen Hals. Auch die Frau war nackt und ganz weiß. Er kannte diesen Mann und auch die Frau. Er wusste, wer sie waren. Doch im Traum wusste er es nicht. Es gelang ihm nicht, sich daran zu erinnern. Der Mann folgte der Frau mit gesenktem Kopf. Man sah sein Geschlecht, vernachlässigt und schlaff. Ein schwarzes Haarbüschel umrahmte es. Der Penis war runzelig und zu lang, wie ein Rohr, das kein Ende nahm, oder wie ein Rüssel. Der ist zu lang, dachte er im Traum, zu blass und runzelig. Der Penis hing bis über die Knie hinab, über die Waden, die Füße. Er streifte am Boden. Und an seinem Ende war ein Mund ohne Lippen, mit einem schmutzigen gelben Gebiss. Er wollte nicht aufwachen. Ich schaffe es nicht. Er öffnete die Augen nicht. Aber er war wach. Er vernahm Geräusche, die er nicht einordnen konnte. Instinktiv fasste er sich mit den Händen an sein Geschlecht. Doch da war schon eine Hand an seinem Penis. Er hatte eine Erektion. Und mit einem Schlag war er hellwach.

Es herrschte eine Hitze zum Verrücktwerden. Die Hand, die nicht seine war, war verschwitzt. Er öffnete die Augen nicht. Er seufzte. Die Hand bewegte sich. Es gefiel ihm. Das Wasser lief ihm im Mund zusammen. Die Hand war schweißnass. Alles war nass. Die Hand bewegte sich. Es gefiel ihm. Er spürte einen warmen Hauch am Ohr. Er bekam etwas zugeflüstert. Es klang wie das Zischen eines Dampfkochtopfes. Aber er verstand nichts. Die Hitze verlagerte sich von seinem Ohr auf seinen Mund. Lippen. Er spürte eine Zunge und öffnete den Mund ein wenig. Die Lippen küssten ihn, die Zunge. Dann waren sie wieder weg. Die Wärme verlagerte sich auf seinen Hals. Die Hand bewegte sich schneller. Er wurde härter, noch härter. Er schluckte. Es war heiß. Die Hand bewegte sich weiter. Lippen und Zunge wanderten weiter. Brust, Brustwarzen, Bauch, Unterleib. Die Zunge stieß gegen die Hand, die nicht seine war. Er nahm seine Hand weg, um den Weg frei zu machen. Die Zunge schlängelte sich unter die Hand. Sie war nun zwischen der Hand und seinem Penis. Die Hand bewegte sich weiter, langsam, schnell. Sie drückte zu, gut, nicht zu fest, nicht zu leicht, genau richtig. Ja. Die Hand bewegte sich und jetzt auch die Zunge. Sie leckte, sog, wanderte weiter, über den ganzen Penis, bis zur Spitze. Sie leckte, sog an der Eichel. Die Hand bewegte sich immer schneller. Er konnte ein Stöhnen nicht zurückhalten. Die Hand hielt plötzlich an.

Nein, nein, nein. Er wollte die Augen nicht öffnen. Der Druck auf dem Geschlecht verschwand. Mach weiter. Nun war er verzweifelt. Er öffnete die Augen nicht, hielt den Atem an. Eine riesige warme Welle ging durch seinen Körper. Wasser in den Augen und in den Ohren. Er hielt den Atem an und fühlte sich mit einem Mal vollkommen aufgesogen. Das Gefühl – schön, so schön, mach weiter, ich flehe dich an – kehrte zurück. Dieses Mal war es noch stärker. Und nicht nur sein Geschlecht, sein ganzer Körper war aufgesogen von etwas Warmem, sehr warm, feucht, nass. Er spürte kleine Tropfen auf seiner Haut (überall auf seiner Haut). Und dieses warme Etwas, das ihn eingesaugt hatte, kam und ging, kam und ging. Die Welle wuchs an, er konnte sie sehen. Die Zunge war zurückgekehrt, auf seinen Hals. Ein Kitzeln im Gesicht. Eine Hand umklammerte fest seinen Arm, und etwas atmete.

«Nicht aufhören», sagte er zu diesem Etwas.

Dieses Weiche, Warme, Harte, Feste, Unregelmäßige. Er sah so etwas wie Bergspitzen vor sich, steile Abhänge, wilde Böschungen und am Ende eine Art kleines weiches Kissen. Das warme Etwas bewegte sich weiterhin auf ihm, auf seinem Geschlecht. Er sah die Welle, die Wellen, die anwuchsen, sich aufbäumten. Er wurde ganz hart, sein Atem setzte aus. Die nächste große Welle kam. Er zerging. Er konnte die Augen nicht öffnen. Und dann, ein nächster Wellenschlag, eine noch schnellere Bewegung. Die Welle baute sich über ihm auf. Plötzlich hielt sie an, so hoch, so schrecklich. Und dann brach sie und verschlang das ganze Schlachtfeld.

Etwas rutschte an seiner Seite herab. Sein Körper war ölglatt.

«Es klopft», sagte dieses Etwas.

In dem Moment musste er die Augen öffnen. Er sah aus dem Fenster. Es war schon fast Nachmittag. Und erst als er die Augen geöffnet hatte, konnte auch er das Klopfen hören. Er stand abrupt auf und schlüpfte in seine Boxershorts. Sie fühlten sich kalt und klebrig auf seinem Bauch an und zogen an seiner Haut. Der Körper neben ihm bedeckte sich mit dem Laken. Denn – er hörte es erst jetzt – sie klopften nicht nur, sie riefen auch seinen Namen. Er öffnete die Zimmertür. Da stand Rosa, die Augen gerötet. Sie hatte blaue Augen, wie Carla und wie Mara. Nur er hatte dunkelbraune Augen, fast schwarze.

«Nicola, endlich. Papa ist nicht heimgekommen.»

6

Auch der 8. August ging vorüber, es wurde der 9. mittags. Die Bank fragte nach ihm, in Massafra und in Rom fragte man nach ihm. Vito blieb unauffindbar. Sein Handy war immer noch ausgeschaltet. Vito ist abgehauen, er hatte in letzter Zeit finanzielle Probleme, über die er mit niemandem sprechen konnte. Vito hat einen Unfall gehabt, er war verwirrt, man hatte alle Krankenhäuser nach ihm abgesucht. Nein, Vito hatte gar keine finanziellen Probleme, er war es einfach nur leid zu arbeiten. Er verprasste sein Geld, wie es ihm gefiel. Vito brauchte eine Verschnaufpause. Nach der Scheidung war er nicht mehr der Gleiche. Vito wollte begehrt werden. Es war seine Art, Carla wiederzugewinnen. Vito war abgehauen. Schluss mit Carla, es ist aus, jetzt lasse ich es mir gutgehen. Vito war vor Milena geflohen, die ihn in letzter Zeit bedrängte. Milena war seine Geliebte, aber nein, was heißt hier Geliebte? Vito würde für die Familie sein Augenlicht geben. Milena war eine seiner früheren Kundinnen, die in ihn verliebt war. Eine Obsession, sie verfolgte ihn. Die Tochter von Milena war seine Tochter. Keineswegs, die Tochter von Milena war die Tochter von irgendwem. Vito ist mit einer dritten Frau abgehauen, einer rothaarigen mit beachtlichen Rundungen. Er ist weggegangen, um sich auf der anderen Seite der Erde ein neues Leben aufzubauen, dort, wo immer Sommer ist und keine Exfrauen existieren. Vito hat sich versteckt, und Milena wusste, wo er war. Vito hat sich versteckt, und Carla wusste, wo er war.

Rosa wischte sich heimlich den Schweiß von der Stirn. Sie

setzte ein Lächeln auf und brachte Spaghetti alla gricia und Fleisch vom Grill zu einem Zweiertisch.

Ihr Bruder stand inmitten von Essensdämpfen in der kleinen Küche, gemeinsam mit dem indischen Koch und einer zweiten Aushilfe, einem römischen Jungen. Die Küche war von außen einsehbar. Es war so stickig, man bekam keine Luft. Sooft er konnte, strich er mit der Hand über seine Hosentasche. Dann trocknete er die Hand ab und kontrollierte sein Handy. Sah nach, ob er Anrufe oder Nachrichten bekommen hatte. Guckte, wie spät es war, weil er zu seiner Mutter zurückwollte. Er wollte wissen, wie es Carla ging. Man könnte sie mit einem Löffel vom Boden kratzen, so fertig war sie.

So fanden die beiden Polizisten sie vor: die eine gebeugt unter dem Gewicht der Teller – nochmals Spaghetti alla gricia, Spaghetti cacio e pepe, Spaghetti carbonara, Ochsenschwanzragout, geschnetzelte Innereien – für einen Fünfertisch; den anderen beim Zwiebeldünsten, Fleischschneiden, Pfanneabwaschen, Schweiß-von-der-Stirn-Wischen. Über dem Lokal hing ein riesiges Schild im altrömischen Stil, *In Agonis* stand darauf, es war auch der ursprüngliche Name des Platzes, wo sich das Restaurant befand. Die Polizisten kamen direkt von der Piazza Navona. Bahnten sich ihren Weg durch die Terrasse, ohne zu ahnen, dass sie gerade an Rosa vorbeigegangen waren.

Die Sonne stach, trotzdem waren überall Touristen. Sie strömten in die Restaurants, die alle gleich aussahen wie das, in dem Nicola und Rosa arbeiteten. Es war ein unsägliches Geschiebe und Gewühle. Lachend wurden Fotos geschossen, vor der Fontana dei Fiumi und der Fontana di Trevi, vor dem Kolosseum. Menschenmassen drängten sich an den attraktivsten Plätzen Roms. Wie auf einem Ameisenhaufen oder in einem Würmergewimmel vereinten sich die Touristen an einem Ort und trennten sich dann wieder. Sie kehrten nach Hause zurück, und von Rom blieben ihnen nur die Pflastersteine und die Brunnen in Erinnerung.

«Der Inhaber?», fragten die Beamten.

«Der ist nicht da», antwortete ein dicker Typ, der auf Angeber machte. Er griff sich hinters Ohr. Zerstreut roch er an seinen Fingern.

«Arbeiten Giuseppe Nicola und Annunziata Rosa Semeraro hier?»

Sie waren nicht offiziell angestellt, und die Miene des Typen verdüsterte sich.

«Das ist Rosa», sagte er und deutete auf das Mädchen auf der Terrasse. «Und das ist Nicola.» Er machte eine Kopfbewegung in Richtung Küche.

Nicola hob gerade eine Portion auf römische Art zubereiteter Artischocken aus der Pfanne. Einer der Polizisten klopfte laut an die Glasscheibe, die die Küche von dem Lokal trennte. Alle drei Köche drehten sich gleichzeitig um. Sie sahen in die Bullenaugen, und jedem Einzelnen war der Schrecken im Gesicht abzulesen. Nicola ließ den Teller mit den Artischocken fallen, er zerschellte, es klang wie eine ganze Reihe von Schüssen. An der Küchenwand blieben Reste von Artischockenstücken mit Soße kleben.

«Guten Tag, Signora Romano.»

Sie baten sie, Platz zu nehmen.

«Haben Sie ihn gefunden?», fragte sie.

«Noch nicht, Signora.»

Ein Polizist mit Schnauzbart setzte sich an den Tisch. Ein anderer mit bösen Augen durchmaß die Zweizimmerwohnung wie ein Hund in einem neuen Zuhause. Carla Romano, ehemals Semeraro, brachte den Kaffee. Auch sie setzte sich.

«Kennen Sie Domenica Maria Semeraro, genannt Mimma?»

Der Polizist mit den bösen Augen ging im Zimmer auf und ab, dabei drehte er eine Glaskugel mit dem Motiv der Geburt Christi in seiner Hand. Carla bewahrte sie auf dem Regalbrett neben dem Herd auf, es war ein Weihnachtsgeschenk von Mara gewesen, aber in Wirklichkeit hatte es Rosa gekauft.

«Ja. Sie ist die Schwester meines Exmannes.» Ihre Augen füllten sich mit Tränen.

«Beruhigen Sie sich, Signora.» Der Polizist mit dem Schnauzbart nahm sich Zucker. Ein Löffelchen, zwei, drei, vier, fünf, sechs. Der Kaffeedampf blieb in der Luft stehen. Zu sehr staute sich die Hitze in dieser Wohnung. «Es sind jetzt achtundvierzig Stunden vergangen. Wir sind hier, um Sie zu beruhigen, aber auch, um Ihnen ein paar Routinefragen zu stellen.»

«Signora Domenica Semeraro hat eine Vermisstenanzeige aufgegeben. Warum haben Sie das nicht gemacht? Vito ist Ihr Mann», sagte der, der im Zimmer auf und ab ging.

«Er ist seit zwei Jahren nicht mehr mein Mann.»

«Haben Sie sich nicht gewundert, dass er nicht ans Telefon geht?» Der Polizist blieb stehen und hielt die Glaskugel hoch. Er schüttelte sie, und in ihrem Inneren schneite es roten, weißen und gelben Glitzer.

«Wie ich Ihnen schon sagte, er ist nicht mehr mein Mann, seit zwei Jahren. Wir sprechen uns nie.»

«Aber Ihre Tochter Rosa sagt, dass Sie sich am 6. August gesprochen haben.»

«Es war der Geburtstag meiner Tochter Mara – unserer Tochter. Sie wurde drei. Sie hat so oft nach ihrem Vater gefragt, dass ich ihn schließlich angerufen und ihn zu ihrer Geburtstagsfeier eingeladen habe.»

«Und, ist er gekommen?» Der mit dem Schnauzbart schlürfte seinen Kaffee so laut, dass Carlas Antwort kaum hörbar war.

«Ja.»

«Wo fand die Feier statt?»

«Hier, zwei Stockwerke höher.» Carla sah nach oben, an die Decke. «In der Wohnung meines Bruders.»

Der Polizist sah in seinen Unterlagen nach. «Francesco Ernesto Romano?», fragte er.

«Ja», sagte Carla.

Er wischte sich mit dem Ärmel seiner Uniform den Mund

ab. Der Schnauzbart blieb nass und gelblich gefärbt vom Kaffee. «Wie geht es Ihnen denn sonst, Signora?», fragte er.

«Mein Leben ist ziemlich anstrengend, das können Sie mir glauben.» Sie blickte sich um. «Es ist mühsam, allein mit einem kleinen Kind und mit zwei älteren Kindern, die aber noch so jung sind, dass sie auch meine Hilfe brauchen. Ich arbeite als Schneiderin, Sie können sich vorstellen, wie viel ich verdiene ...» Sie biss sich fest auf die Lippe, um nicht wieder zu weinen.

«Beruhigen Sie sich, Signora. Wir finden Ihren Mann. Alles wird gut, seien Sie unbesorgt.»

Carla hob den Blick, um ihn anzusehen. Ihre blauen Augen waren voller Vertrauen.

«Wir haben eben Domenica Semeraro erwähnt, unter anderem deshalb, weil die Signora überzeugt ist, dass Sie wissen, wo sich Ihr Exmann aufhält. Sie behauptet, dass er niemals fortgegangen wäre, ohne vorher mit Ihnen zu sprechen. Sie bedeuten ihm zu viel, und er liebt Ihre gemeinsamen Kinder. Sie sagt, er hätte Sie nicht verlassen, ohne Sie zu informieren, nicht einmal für zwei Tage. Signora, wenn Ihr Mann, verzeihen Sie, Ihr Exmann, Ihnen etwas gesagt hat ... Wenn Sie wissen, wo er ist ... Mir ist klar, dass ... Aber es ist vor allem, damit er seine Ruhe hat, damit Sie alle Ihre Ruhe haben. Jeder ist frei zu machen, was ... Ich sage das vor allem für Ihre Kinder ... damit Ihre Kinder endlich beruhigt sein können ...»

In dem Moment stützte Carla den Kopf in die Hände. Ihre Ellbogen zitterten auf dem Tisch, der dem sehr ähnlich war, an dem sie alle zusammengesessen hatten, um Maras Geburtstag zu feiern. Es schien so nahe, gestern, heute. Es schien tausend Leben entfernt. Sie begann zu weinen. Die Schluchzer erfassten ihre Schultern, den ganzen Körper. Und wie sie sie so vor sich sahen – klein, schön, vom Weinkrampf geschüttelt, so wehrlos und schutzbedürftig –, fanden beide Polizisten sie verführerisch. Eine erwachsene Frau und doch so klein, fast noch ein Mädchen.

Sie begannen zu beten. Carlas Familie war seit Generationen ungläubig, sie selbst war ungläubig. Das war auch einer der Streitgründe mit Vito gewesen: die kirchliche Trauung, die geistliche Erziehung der Kinder, die Taufe, die Kommunion, die Firmung, der Katechismus, die Messe, die Schulbildung der Kinder. Vito wollte, dass sie in eine Klosterschule gingen, mit Nonnen. Sogar Mara wurde getauft, weil sie damals noch unter einem Dach mit Vito wohnten. Doch sobald ihr das Sorgerecht der Tochter zugewiesen worden war, hatte Carla sie erzogen, wie sie wollte. Keine Messen mehr, keine Abendgebete. Vito behauptete, sie ziehe das Mädchen ohne Schutzengel auf, ohne ein einziges Kreuz in der Wohnung. Wie viele Kreuze gab es im Hause Semeraro, unten in Massafra!

Aber was hättest du tun sollen, Mama, dachte Rosa in dieser Nacht. Sein Verschwinden schmerzt dich noch mehr, weil du ihn verlassen hast. Du fühlst dich schuldig. Denn auch wenn es wahr ist, dass er der schlimmste Mann war, den man sich vorstellen kann – deine Kinder hat er jedenfalls sehr gern gehabt. Und auch dich. Er war unsterblich verliebt in dich, nur war seine Liebe ein Schlachtfeld.

Sie begannen zu beten, weil Rosa es wollte. Rosa war die Einzige, die noch zur Messe ging, sie träumte von einer Hochzeit in der Kirche. Jetzt flehte sie den Herrn an. Als alle um das Bett der Mutter versammelt waren und niederknieten, kam Mara in Tränen aufgelöst mit der Puppe des Vaters angelaufen.

«Sie geht nicht! Sie ist kaputt!», rief das Mädchen.

Nicola versprach ihr, sie am nächsten Tag reparieren zu lassen, und Mara beruhigte sich.

Sie beteten zu Papas Schutzengel, zur Jungfrau Maria, zu Jesus Christus und zu Gott. Lavaspeiende Glutwolken und Hitzewellen gingen durch die Wohnung, von einem Moment auf den anderen konnten sich die Möbel der Reihe nach in der Hitze auflösen.

Den Mond sah man von Carlas Wohnung aus nicht. Überhaupt konnte man nur vom Küchenfenster aus ein kleines Stück

Himmel sehen. Das Schlafzimmerfenster ging auf ein anderes, hohes Gebäude, von dem der Putz abblätterte. Es war Samstag, und das Stimmengewirr aus Pigneto drang herein. Die Autos sausten die Brücke entlang.

Rosa sagte: «Wenn du ihn uns wiederbringst, wird Mama aufhören, mit Papa zu streiten.»

Als das Gebet zu Ende war, setzte sich die Mutter aufs Bett. Es war noch kein Licht an, aber alles schien plötzlich so weich. Sie hatte ihre Kinder um sich.

«Schläfst du heute auch hier?», fragte sie Nicola.

Nicola verzog kurz den Mund, keiner bemerkte es. Livia erwartete ihn zu Hause. In dem Moment klingelte Carlas Handy. Alle sprangen entsetzt auf, als hätte man ihnen Eiswürfel ins Gesicht geschleudert. Aber es war nur Manuel, immer nur Manuel. Wie sehr hätte Carla sich bis vor zwei Tagen gewünscht, dass es Manuel wäre. Aber jetzt nicht. Jetzt wünschte sie, Manuel hätte es nie gegeben.

Nicola, Rosa, Mara, alle wussten von Manuel, und jeder der drei reagierte anders auf ihn. Nicola hatte ihn als Recht seiner Mutter angesehen – jedenfalls behauptete er das. Rosa wollte ihn nicht treffen. Sie hoffte, es wäre nur ein schwacher Moment ihrer Mutter gewesen. Mara war gern mit ihm zusammen. Er war lustig, man konnte mit ihm spielen, und er verlor immer gegen sie.

Aber jetzt, mitten in der Nacht, während sie zusammen bei der Mutter saßen, störte Manuel. Die Mutter tröstete sie, als wären sie alle drei noch kleine Kinder.

«Seht doch, wie schön ihr seid», sagte sie, und ihre Stimme klang wie die einer Geschichtenerzählerin. «Seht doch, wie sehr wir uns lieben. Wir müssen nur all diese Liebe eurem Vater schicken. Glaubt mir, das genügt. Ihr seid schon so groß geworden, und ihr werdet noch größer. Ihr seid gesund, schön, intelligent, voller Liebe, aufrichtig. Ihr werdet sehen, diese Liebe kommt bei ihm an, und er wird sie uns zurückgeben. Ihr wisst, dass euer

Vater und ich manchmal aneinandergeraten sind, aber ihr wisst auch – jeder von uns weiß das –, dass die Liebe nicht aufhört. Die Liebe hört nie auf …»

Und hier, mitten hinein in diesen Singsang, rief Manuel an. Der Klingelton klang fast brutal und wirkte auf alle wie eine Bedrohung. Doch Carla fuhr unbeirrt fort mit ihrem Wiegenlied, als gäbe es kein Klingeln. Und langsam wurde der Ton in den Ohren ihrer Kinder zu einem gleichmäßigen Geräusch, vermischte sich mit dem Stimmengewirr von der Straße, wurde schließlich von den heißen Lavawolken verschluckt und war gar nicht mehr zu hören.

«Mama, du wirst diesen Mann nie mehr wiedersehen, oder?», flüsterte ihr Rosa ins Ohr.

Carla schlief. Für sie klang es wie das Zischeln eines Geistesgestörten in der Nacht.

Am nächsten Morgen bereitete Carla mit einem strahlenden Gesicht das Frühstück für Nicola und Rosa zu. Doch man sah, dass sie ihnen etwas vormachte. Sie kannten sie gut. Sie wollte ihnen ein Gefühl von Normalität und von Sicherheit vermitteln. Sie redete viel. Während sie Brotscheiben und Marmelade auf den Tisch stellte, ließ sie kurz den Blick durch ihre Zweizimmerwohnung schweifen. Wie ähnlich sie jetzt der Wohnung ihres Bruders war. Es wirkte so, als hätten sie vor drei Tagen hier mit Vito zu Abend gegessen und nicht bei Franco. Sie brachte die Butter, die Messer. Just an diesem Tisch sah sie ihn sitzen. Sie streckte eine Hand aus und strich zärtlich über seinen Platz. Hier hatte der Vater ihrer Kinder gesessen.

Nicola stand mit dem Rücken zu seiner Mutter und seiner Schwester und mit dem Gesicht zum Fenster. Er zog fest an seiner Zigarette. Dort, nur zwei Stockwerke höher, hatten seine Mutter und er an jenem Abend zusammen geraucht. Ein Schuldgefühl überfiel ihn, dem man mit dem Rauchen nicht beikommen konnte und auch nicht mit dem bisschen Asche, das vom dritten Stock herabfiel.

Rosa stand auf, um die Servietten zu holen. Dann setzte sie sich. Auch ihre Mutter setzte sich.

«Komm zu uns und iss», sagte Carla zu ihrem Sohn.

Doch Nicola bewegte sich nicht. Carla stand auf und ging zu ihm. Sie legte einen Arm um seinen Rücken, wie man es bei einem kranken Kind macht, als wollte sie ihn zum Tisch führen. Nicola warf die Zigarette ins Spülbecken, er kam und setzte sich. Mara trippelte in ihrem Pyjama herein. Sie drückte die Puppe ihres Vaters an ihre Brust und sagte ganz ernst mit einem großmütigen Blick:

«Geht Puppe nicht gut. Aber Mama, darf sie bei uns bleiben? Bitte!»

Und Carla schenkte ihr und auch den anderen beiden ihr Lächeln voller Liebe und Traurigkeit, dessen Anblick den Kindern das Herz zerriss.

«Klar, mein Schatz. Sei ganz unbesorgt, die Puppe bleibt hier bei uns.» Sie hob Mara hoch und setzte sie in ihren Kindersitz.

«Da», sagte Mara, und Carla setzte auch die Puppe an den Tisch.

Mara sah ihre Mutter mit ihren tiefblauen Augen an. «Geht es Papa gut, Mama?»

Ein Zittern durchlief Carla. «Sicher, Kleine, es wird ihm sehr gut gehen.»

Nicola und Rosa drehten sich zu ihr um und sahen sie an.

Mara sagte: «Auch die Puppe soll gutgehen. Sie wird gesund, stimmt's, Mama?»

7

«Soll ich sie reinlassen, Doktor Valeri?», fragte der Angestellte den vornehmen Herrn um die fünfzig, dessen strenger Blick ganz im Gegensatz zu seiner vertrauenerweckenden Erscheinung stand.

Roberto Valeri nickte. Der Angestellte schloss die Bürotür.

Als die Polizisten eintraten, erhob Valeri sich kurz, um ihnen die Hand zu schütteln, und bedeutete ihnen, sich zu setzen.

«Wir müssen Ihnen ein paar Fragen zu Vito Semeraro, einem Ihrer Kollegen, stellen.»

Der Polizist mit dem Schnauzbart nahm mit einem Seufzer Platz, der mit den bösen Augen blieb stehen.

Sie hatten nicht einmal Zeit, die Reaktion auf diesen Namen im Blick Valeris zu lesen, da öffnete sich die Tür erneut. Ein kleinerer, ebenfalls vornehmer Herr mit breiten Schultern trat ein. Er nickte zum Gruß in die Runde.

«Mein Kollege, Marco Donnarumma», stellte Valeri ihn vor.

Der schnauzbärtige Polizist grüßte und zog sein Notizbuch hervor. «Wie ich eben Signor Valeri erklärt habe», sagte er, «sind wir hier, um Ihnen ein paar Fragen zu Vito Semeraro zu stellen. Seine Schwester Domenica Semeraro hat uns Ihre Namen genannt. Sie sagt, Sie seien Freunde.»

«Wir sind Kollegen, keine Freunde», präzisierte Valeri. «Leider haben wir auch nichts von ihm gehört. Seit ein paar Tagen kommt er nicht mehr in die Bank.» Er sah Donnarumma an.

«Sie haben versucht, ihn anzurufen, aber Sie konnten ihn nicht erreichen.» Der böse Polizist stellte sich neben das große Fenster, das auf einen hellen Innenhof voller Pflanzen ging. Sie mussten einmal sehr grün gewesen sein, aber nun ließen sie wegen der starken Hitze die Köpfe hängen. «Haben Sie eine Ahnung, wo er sein könnte?»

«Es tut uns sehr leid, aber wir wissen wirklich nicht, wie wir Ihnen helfen können. Wenn wir noch irgendetwas tun …» Valeri machte bereits Anstalten, sie zu verabschieden.

«Seit wann arbeiten Sie mit Vito Semeraro zusammen?», fragte der Polizist mit den bösen Augen. Er sah weiter aus dem Fenster, während er sprach.

«Seit ungefähr zehn Jahren», antwortete Donnarumma.

«Und wie ist er so in der Arbeit?»

«Er ist einer der Besten. Er hat eine brillante Karriere hingelegt und zeigt eine Arbeitsmoral, wie man sie selten findet. Wir schätzen ihn sehr.»

«Haben Sie jemals den Namen Milena Spataro gehört?» Der schnauzbärtige Polizist wandte sich an Valeri.

«Vito war immer sehr diskret. Über sein Privatleben wissen wir nichts», erwiderte der.

«Sie ist etwa vierzig Jahre alt.» Der Polizist nahm einen silbernen Brieföffner, der auf dem Schreibtisch lag, und drehte ihn zwischen den Fingern. «Einnehmendes Wesen, lange schwarze Haare, hat eine halbwüchsige Tochter, die noch wie ein Kind aussieht.»

«Wir wissen leider nicht, wie wir Ihnen helfen können.» Valeri strich sein Jackett glatt.

Der böse Polizist wandte sich um und sah sie direkt an. «Ist er Ihrer Meinung nach freiwillig fortgegangen?»

Valeri kratzte sich am Handgelenk. Ein roter Fleck wurde sichtbar, eine kleine Hautirritation. Er verzog den Mund. «Man weiß nie, was in den Menschen vorgeht.»

Donnarumma stimmte ihm zu. Er richtete den Blick auf Valeri. Dann begab er sich zur Tür und legte die Hand auf die Klinke.

«Entschuldigen Sie uns», sagte er, «aber wir müssen weiterarbeiten.»

Der Polizist mit den bösen Augen nickte. «Natürlich.»

Valeri streckte ihnen die Hand hin, ohne aufzustehen.

«Wenn Ihnen noch etwas einfällt» – die Beamten reichten ihm ein Informationsblatt der Polizei und nannten ihre Namen –, «rufen Sie uns an, um jede Uhrzeit. Es gibt eine Familie, mit Kindern, eine Frau in Sorge.»

«Wir machen uns auch Sorgen.»

Valeri sah ihnen nach, während sie hinausgingen. Als sie weg waren, schloss Donnarumma die Tür.

Für einen Moment verharrten sie schweigend im Büro. Dann machte Donnarumma Anstalten zu gehen.

«Geben Sie acht», sagte Valeri, als sein Kollege ihm schon den Rücken zuwandte. «Geben Sie ja acht.»

Sie trafen sich in der Bar Fondi in der Via Milazzo, nahe dem Bahnhof. Über dem Dipartimento di Scienze della Formazione di Roma Tre wehten zwei Fahnen, die italienische und die europäische. Überall drängten sich Touristen, Massen von Touristen, in Gruppen oder einzeln, mit Rucksäcken auf den Schultern. Sie lärmten, lachten. Touristen wie auf der Piazza Navona, wie in Monti.

In Monti hielt sich genau in dem Moment Paola auf, die Tochter von Milena. Sie hatte nichts zu tun, es waren Schulferien, und ihre Mutter war ständig unterwegs. Wohin, erfuhr man nicht, sie sagte es einfach nicht. Sie murmelte irgendetwas vor sich hin, hatte es eilig wegzukommen. Dann blieb sie stundenlang fort, kam erst spätnachts zurück und schloss leise die Tür. Sie wurde immer dünner und war so blass, dass sie schon krank aussah.

Paola saß mit nackten Füßen auf der Stufe vor ihrem Hauseingang und beobachtete die vielen Touristen, die durch Monti spazierten. Wie glücklich sie waren, sie hatten Spaß. Paola aber hatte Langeweile, ihr war heiß, obwohl sie nur ein T-Shirt trug und eine kurze Jeans, die ihr noch ein wenig zu groß war und an der Taille rutschte. Sie wollte auch eine glückliche Touristin sein, in irgendeinem Teil der Welt, nur nicht hier. Die Touristen beachteten sie gar nicht.

«Sorry, the Colosseum?»

«Geradeaus rechts, und dahinten links.»

Paola gab Auskunft, ohne nachzudenken. Sie sagte einfach das Erstbeste, was ihr in den Sinn kam. Bis ein gestandener Mann in Jackett und Krawatte vorbeiging, schön, um die vierzig, mit einem festen Platz im Leben. Er drehte sich kurz nach ihr um, sah sie an. Sie sah ihn an. Und zum ersten Mal fühlte sie sich nicht mehr wie ein Kind. Unter dem langen T-Shirt sah man ihre kleinen runden Brüste. Er warf einen verstohlenen Blick darauf. Ihre Beine waren dünn, glatt, gebräunt von der unbarmherzigen römischen Sonne, nicht vom Meer. Ihre langen schwarzen Haare waren in einem unordentlichen Knoten zusammengebunden. Die Lippen, die Augen. Zum ersten Mal sah sie jemand so an, wie man eine Frau ansieht. Aber glückliche Touristen drängten sich zwischen sie und den Mann. Sie sagte sich: Wenn sie vorbeigegangen sind, ist er sicher auch weg, ich werde ihn nie wiedersehen. Aber es kam anders.

Der schnauzbärtige Polizist war als Erster da. Er nahm an einem Tisch im Freien Platz, rauchte eine Nazionale, bestellte nichts.

Als Nächstes kam Marco Donnarumma, in einem eleganten weißen Anzug. In der Filiale in Prati, wo er arbeitete, hatten sie eine Klimaanlage. Aber hier, mitten in der Stadt, schien der Asphalt dahinzuschmelzen. Auch Marco schmolz dahin. Er glitt auf den Stuhl.

«Entschuldigen Sie mich. Es gab noch etwas Dringendes zu erledigen.» Er bestellte ein Tonic mit Eis.

Der Polizist sagte nichts. Er schnippte gewandt die Kippe weg, sie landete in einem Kanalschacht. Sein Hemd war leicht geöffnet.

Ein großes Muttermal verlief unter seinem Kinn bis an die Brust. Marco zwang sich, nicht hinzusehen.

Als das Tonic kam, nahm Marco einen Schluck. Der Schnauzbärtige zündete sich noch eine Zigarette an und hielt ihm die Packung hin. Marco schüttelte den Kopf. Sein Schweiß tropfte auf den Tisch.

«Ich habe mich bei Ihnen gemeldet, weil …» Langsam, als würde er sich schuppen, verlor er seine Aura von Glanz und Kompetenz. Er breitete die Arme aus. «Also, ich habe nichts Großartiges zu sagen, aber ich habe nachgedacht. Sie wissen doch, wie das ist.»

Er seufzte, wartete auf ein Zeichen. Doch der Schnauzbärtige rauchte und sah auf die Via Milazzo. Eine dicke Obstverkäuferin mit einer schmutzigen Schürze rief etwas. Das Schaufenster ihres Ladens war an mehreren Stellen durchlöchert, es sah nach Einschüssen von Projektilen aus.

Marco trank das Tonic aus und bestellte ein neues. «Ich glaube nicht, dass es mit Vito Semeraro zu tun hat», fing er wieder an. «Eigentlich bin ich sicher, dass es nichts mit ihm zu tun hat. Aber wenn ich so nachdenke, wissen Sie … Gestern konnte ich es nicht sagen vor meinem Kollegen. Es sind Interna, die eigentlich unter uns in der Bank bleiben sollen, aber dann, wie ich Ihnen gesagt habe …»

Er zupfte an seinem Jackett, richtete sich die Krawatte. Langsam hörte er auf zu schwitzen und fand ein wenig zu sich. Der Polizist rauchte ohne Unterlass.

«Vor kurzem hat man einen großen Fehlbetrag in der Bank festgestellt. Die Untersuchungen laufen. Ich weiß, dass man den Schuldigen unter den Angestellten sucht.»

Er schloss die Lippen. Der Schnauzbärtige sagte nichts.

«Ich bin mir sicher, dass Vito nichts damit zu tun hat. Er war immer ein ehrlicher Mensch. Ehrgeizig, aber sauber. Ein Vorbild für uns alle.»

Der Polizist warf wieder eine Kippe weg, die er zwischen Daumen und Zeigefinger gehalten hatte. Ein Möwenschwarm stürzte sich kreischend auf einen Abfallhaufen aus offenen und überfüllten Säcken ein paar Meter vor ihnen entfernt.

Kurz darauf kam Milena nach Hause und fand ihre Tochter nicht vor. Zum ersten Mal seit ihrer Geburt ließ Paolas Abwesenheit sie aufatmen. Milena drückte eine Schachtel an ihre Brust, die sie nun mit zitternden Händen öffnete. Es waren Zettel darin, viele Zettel. Sie blätterte sie in Eile durch, bis zum Ende. Dann fing sie wieder von vorne an und betrachtete jedes einzelne Blatt genau. Unter den Zetteln schimmerte etwas durch, vielleicht irgendwelche Gegenstände. Milena war blass und verschwitzt. Sie hatte abgenommen, war von innen her ausgehöhlt, in nur wenigen Tagen.

Sie hörte auf zu suchen, strich sich mit der Hand übers Gesicht. Ein langer Seufzer entfuhr ihr, und sie sah sich wie hilfesuchend um. Als sie einen Laut vernahm, sprang sie augenblicklich auf, riss die Schachtel an sich. Einen Moment blieb sie wachsam. Eilig schob sie einen Stuhl vor die Speisekammer, stieg darauf und verstaute die Schachtel in einem Regal hoch oben. Sie rückte Tomaten- und Thunfischdosen beiseite, Nudelpackungen, Reis, Cornflakes, Zucker. Sie schob die Schachtel so weit zurück, wie es nur ging. Als sie schnell wieder vom Stuhl stieg, schwankte der für einen Moment, aber er fiel nicht um. Sie war unversehrt und wartete. Doch der Laut wiederholte sich nicht. Paola kam nicht zurück. Milena ließ sich auf den Stuhl fallen und blickte ins Leere.

8

Am 11. August zwischen drei und fünf Uhr nachmittags versuchte Nicola in unregelmäßigen Abständen, seine Freundin Livia zu erreichen. Um Viertel nach fünf rief sie ihn endlich zurück.

«Amore!» Ihre Stimme klang frisch.

«Livia», sagte er, «wo warst du?»

Sie stieg aus dem Bett eines anderen Mannes. Es war eine große Wohnung mit vielen Fenstern, die Klimaanlage surrte leise. Livia kannte das Viertel, in dem die Wohnung lag, sie war hier aufgewachsen. Leise, mit nackten Füßen, begab sie sich in den offenen Bereich mit der Kücheninsel, ein großes, helles Wohnzimmer. Außer diesen Räumen, dem Schlafzimmer und dem Bad gab es nur noch ein Zimmer, wo die Haushaltshilfe die Wäsche aufhängte und bügelte.

«In einer Sitzung.»

Livia nahm sich ein Bier aus dem Kühlschrank. Sie machte es auf und behielt den Öffner in der Hand. Nackt stellte sie sich ans Fenster, die Ellbogen aufs Fensterbrett gestützt. Sie bedeckte sich nicht mal mit dem herabhängenden Vorhang. Sie schaute hinaus. Ein junger Mann schob einen Leiterwagen. Sie trank ihr Bier.

«Die Sitzung, erinnerst du dich?»

Sie klopfte mit dem Flaschenöffner rhythmisch aufs Fensterbrett.

«Nein», sagte er verwirrt. «Okay, Sitzung. Tut mir leid.»

«Macht nichts», sagte sie und nahm wieder einen Schluck.

Er wollte ihr etwas sagen, was wollte er ihr nur sagen? Sie nahm sich eine Zigarette aus einer Packung, die auf der Kücheninsel lag. Das Telefon hielt sie eingeklemmt zwischen Ohr und Schulter. Sie zündete sich die Zigarette an und zog daran.

«Wie geht es dir?», fragte sie. Sie atmete schneeweißen Rauch aus. «Neuigkeiten?»

Der andere Mann kam aus dem Schlafzimmer in die Küche. Er trug Boxershorts und ein graues gebügeltes T-Shirt, sauber, aber am Hals ein wenig eingerissen.

Er hielt die Espressokanne in der Hand und deutete auf sie. Willst du einen Kaffee? Sie zeigte auf das Bier. Er nickte, stellte die Espressokanne ab, öffnete den Kühlschrank, holte sich auch ein Bier heraus und nahm ihr leise den Flaschenöffner aus der Hand.

«Nein.» Nicola seufzte. «Keine Neuigkeiten. Nichts, nichts, nichts.»

«Wo bist du?»

Sie ging ins Schlafzimmer, setzte sich aufs Bett und zog sich ihr schwarzes Höschen an.

«Bei der Arbeit», sagte Nicola. «Wo soll ich schon sein?»

«Ja», sagte sie.

«Heute Abend brauche ich Ruhe.»

«Musst du zu deiner Mutter, oder sehen wir uns? Wollen wir bei dir eine Pizza essen und uns einen Film anschauen oder so was?»

«Lieber was vom Chinesen», sagte er. «Keine Pizza.»

Sie lachte mit heller Stimme, zog sich ein weißes T-Shirt an, eine Jeans, nicht allzu eng, strahlend weiße Turnschuhe, frisch gewaschen.

Kurz darauf war sie draußen auf der Straße, im Auto, schon aufgeweicht von der Hitze, und wurde vom Verkehr verschluckt. Sie bereute es, keine Wasserflasche aus der Wohnung des Mannes mitgenommen zu haben. Ein Blick auf ihr Handy verriet ihr, dass das Büro versucht hatte, sie zu erreichen. Während die

Autos vor ihr endlich losfuhren, räusperte sie sich und rief zurück.

Rosa konnte sich nicht von der Wohnung ihrer Mutter lösen. Sie konnte nicht aufhören, ihren Vater am Handy anzurufen, immer wieder. Mailbox. Hinterlassen Sie eine Nachricht. Eine, zwei, zehn Nachrichten. Am Anfang sagte sie nur:

«Papa, wir suchen dich. Wo bist du?»

Dann war sie dazu übergegangen zu sagen:

«Papa! Melde dich bitte, wir machen uns Sorgen!»

Dann: «Wir haben Angst!»

Schließlich hatte sie angefangen, ins Telefon zu schluchzen: «Papa, Papa, Papa.» So wie es Mara spielerisch an ihrem Geburtstagsabend gemacht hatte.

In letzter Zeit schwieg Rosa am Telefon. Jedes Mal wenn sie ihn anrief, begann ihr Herz heftig zu schlagen. Er wird antworten. Aber Papa antwortete nicht. Und an jenem Abend – wenigstens an einem Abend – war es Nicola gelungen, sie aus der Wohnung der Mutter rauszuholen. Während er auf Livia wartete, die um neun kommen wollte, tranken sie einen Spritz an einem der Tische im Freien bei Mike, der Bar von Pigneto. Es war halb acht. Rosa sah sich um. Jeder Mann war ihr Vater. Sie nahm das Telefon, wollte anrufen, rief nicht an. Nicola blickte in sein Glas, dann stellte er es mit einem Krach auf den Tisch.

«Schluss damit, Rosa, lass das verdammte Telefon liegen.»

«Aber.»

Um die Tränen runterzuschlucken, nahm sie einen Schluck von ihrem Spritz. Er hatte eine helle Farbe. Das Eis im Glas war schon auf dem Weg von der Theke zum Tisch geschmolzen.

«Und hör jetzt auf zu heulen. Es reicht. Du benimmst dich wie ein Kind.»

Sie sah ihn mit diesen eisfarbenen Augen an, die sie alle hatten, alle außer Vito und Nicola. Er seufzte und legte seine Hand auf ihre. Sie drückte zu fest, seine von der Hitze geschwollenen Finger wurden weiß und durchsichtig. Sie biss sich auf die Lippe.

«Es wirkt so, als ob es dich gar nicht kümmern würde, Nico. Du machst immer auf hart und männlich. Du gehst mir auf die Nerven, ehrlich. Bist du betroffen? Bist du nicht betroffen? Aber weißt du, was, mir ist es egal. Du musst es nur sagen, und Mama und ich nerven dich nicht mehr.»

«Aber was sagst du da!» Er schüttelte den Kopf. «Du weißt gar nicht, was du redest.»

Er sog die Wangen ein, und sie verschwanden aus seinem Gesicht, dann tauchten sie wieder auf.

Rosa nahm noch einen Schluck. Ein Strom verschwitzter Jugendlicher, lachend, scherzend, glitt an ihnen vorbei. Rosa betrachtete sie.

«Komm schon, Rosa», sagte Nicola.

«Okay, okay.»

Sie lächelte ihn an.

Irgendwann hielt auch er es nicht mehr aus in der Bar Mike. Immer dieses Warten. Warten worauf? Und ohne dass sie etwas zu ihm gesagt hätte, begann auch er, überall den Vater zu sehen. Zuerst in jedem erwachsenen Mann, dann in allen männlichen Wesen, später auch in den Frauen, den Mädchen, den Kindern. Alle waren sein Vater. Schon auf den ersten Blick oder erst auf den zweiten: offensichtlich Vito. Beim dritten Spritz sprangen sie gleichzeitig auf, sahen sich an und brachen in Gelächter aus.

«Nicht umsonst …» Doch Nicola beendete den Satz nicht. Er hob nur die Arme und sah seine Schwester an. Rosa nickte.

Er ging hinein, um zu bezahlen, während sie draußen wartete. Manchmal, eigentlich oft, wurden sie für ein Paar gehalten. Dann sahen sie sich an und zuckten mit den Schultern. Nicht, dass sie es bis jetzt leicht gehabt hätten. Sie hatten wirklich kein unbeschwertes Leben gehabt, alles andere als das. Und doch, als sie jetzt gemeinsam über die dunkle, nicht ungefährliche Umgehungsstraße nach Hause fuhren, kam es ihnen so vor, als hätten sie in diesen fünf Tagen, seit Vito verschwunden war, ihre wunderbare, silberne Kindheit verloren. Ein Paradies, in dem Liebe und Sicherheit herrschten und aus dem die Schläge, Schreie und Drohungen gelöscht waren, und keiner erinnerte sich mehr daran, dass sie je existiert hatten.

«Gönn Mama ein wenig Ruhe und komm mit nach Hause», hatte Nicola eben zu ihr gesagt. «Lass sie ein bisschen atmen. Du verbreitest nur Unruhe.»

Nicola öffnete die Tür und ließ seine Schwester eintreten.

«Die Dame zuerst.»

Er gab ihr einen Klaps auf den Po. Sie musste richtig lachen und fühlte sich ein wenig geschmeichelt. Beiden tat es gut, nach Hause zu kommen, an einen Ort, der sie nicht an Carla und Vito erinnerte, aber an dem sie trotzdem zusammen waren.

«Trinkst du noch ein Bier mit?», sagte sie.

Nicola hob die Schultern. «Okay.»

«Wie spät ist es?»

«Zwanzig vor neun.»

«Gehen wir in dein Zimmer?»

Sein Blick schweifte durch die Wohnung.

«Noch sind sie alle in ihren Zimmern. Aber gleich ist Essenszeit, und dann bricht hier wieder die Hölle los. Wir sollten uns wirklich eine eigene Wohnung suchen, nur für uns.»

Es war das erste Mal, dass Nicola nicht «eine eigene Wohnung nur für mich allein» sagte.

«Ich hol Bier aus dem Kühlschrank», sagte Rosa. «Ich hab auch noch eine Tüte Pommes. Wie schick wir sind! Zweimal Aperitif heute!»

Rosa redete viel, wenn der Tag lang war.

«Ich bringe gleich alles mit zu dir. Aber bitte tu mir den Gefallen und mach das Fenster auf. Es ist viel zu heiß. Wenn du nicht gleich das Fenster aufmachst, sterbe ich.»

Nicola lag mit nacktem Oberkörper auf dem Bett, als seine

Schwester reinkam. Rosa dachte, dass ihr Bruder sehr schön war. Das Fenster hatte er nicht geöffnet. Sie stellte den Pizzakarton, den sie als Tablett benutzt hatte, neben dem Bett ab. Zwei Bier, die Pommes in einem runden Plastikteil – wer weiß, wozu es ursprünglich gedient hatte. Sie ging zum Fenster und öffnete es. Eine heiße Luftblase kam herein, wie eine Stoßwelle. Sie änderte nichts. Egal, ob man drinnen oder draußen war, man rang nach Luft.

«So», sagte sie zu Nicola.

Er sah sie an. Sie kuschelte sich neben ihn aufs Bett, dann begannen sie zu essen und zu trinken. Krümel von den Pommes fielen auf das Laken.

Nicola runzelte die Stirn. «Ich schlaf hier.»

«Jaaaa, wenn du überhaupt schläfst», sagte sie. «Was weiß ich, was du hier machst.» Sie lachte.

«Komm, spiel nicht die Unschuldige», sagte er.

Sie aßen und tranken. Um Viertel nach neun klopfte es an die Balkontür, und eine Frau kam, wie sie es gewohnt war, direkt vom Hof in die Wohnung herein. Rosas Miene verdüsterte sich. Nicola lächelte.

«Livia!»

Nicola sprang auf und ging seiner Frau entgegen. Man sah ihm an, dass er glücklich war. Livia schwang eine Tüte mit warmem Essen vom Chinesen.

«Tata!»

Sie umarmten sich.

Rosa grüßte Livia flüchtig, während die ihren Bruder küsste. Wie glücklich sie waren, sich zu sehen. Rosa stand auf und schlüpfte in ihr Zimmer, wo ihre Mitbewohnerin auf dem Bett lag, Musik hörte und chattete. Sie fühlte sich wie damals, als Kind, als Nicola sich mit seinen Freunden in seinem Zimmer einschloss und man von ihr nichts wissen wollte.

Sie hörte Livia und Nicola reden und lachen. Ein starker Geruch nach chinesischem Essen strömte herüber. Dann hörte sie plötzlich keine Stimmen mehr, weil sich die beiden wieder küssten. Sie erinnerte sich, dass ihr Bruder, obwohl er nicht einmal zwei Jahre älter war, ihr als Kind und auch noch später als Jugendliche wie ein Riese vorgekommen war. Er war der einzige Mensch, der sie beschützen konnte, wenn Papa wieder einmal alles kurz und klein schlug und auch die Mutter schlug.

Sie hörte Livia und Nicola weiter lachen. Sie schlossen die Tür ab, auch die Balkontür, und zogen den Vorhang vor.

Rosa war unentschlossen, ob sie weiterhin auf die Geräusche der beiden hören oder sich auch Kopfhörer aufsetzen sollte.

Jener Vater, der alles kurz und klein schlug und der auch die Mutter schlug, schien ihr nicht der gleiche Vater zu sein, der seit nunmehr fünf Tagen vermisst wurde. Der Vater, um den sie sich so sehr sorgte, ein wehrloser, herzensguter, verschwundener Vater.

9

Endlich beendete ein Regentag die klaustrophobische Schwüle. Der Himmel war bedrohlich schwarz. Es war der 20. August, und die Stadt war überflutet. Rinnsale wurden urplötzlich zu Sturzbächen und rissen Autos mit sich. Busse und Straßenbahnen blieben im Wasser stehen. Der Tiber brodelte, schwoll an und trat da und dort übers Ufer. Hinter den Wolken eine plötzlich erkaltete Sonne. Es war die Dämmerstunde.

Ein alter Spürhund lief langsam, vor Anstrengung gekrümmt, aber ausgelassen, durch die brachliegende Landschaft etwas außerhalb von Rom. Sein Besitzer und er kamen aus Spinaceto, einer von Einöde umgebenen Trabantenstadt vor Rom. Die Brücke hatten sie zu Fuß überquert und konnten dabei nur mit Mühe den Autos ausweichen. Sie warteten einen ruhigeren Moment ab, in dem der Verkehr weniger wurde, und kletterten gemeinsam über die Leitplanke. Der Mann trug den alten Hund im Arm wie damals als Hundebaby.

Sie hatten sich schon ein Stück weit durch die Felder vorgearbeitet. Dichtes Gestrüpp, eine von der Hitze ausgedörrte und vernachlässigte Vegetation. Ein Gebüsch aus hellbraunen, fast weißen Zweigen. Ein Hauch genügte, und sie würden sich entzünden. Entwässerungsgräben, Berge von Müll.

Jetzt liefen sie mitten durch die Landschaft. Ein heftiger Wind hatte den Regen abgelöst. Das Gebüsch war schwarz von einem der zahlreichen gelegten Brände, die in jenen Tagen die Gegend um Fiumicino heimgesucht hatten. Der Wind hatte das Feuer angefacht. In dunklen Spiralen hatte er es gen Himmel gedrückt.

Wären der alte Hund und sein junger Besitzer noch ein paar Kilometer weiter gegangen, hätten sie das Naturreservat der Decima Malafede erreicht. Und noch etwas weiter wären sie nach Trigoria Alta gekommen, zu den Fußballplätzen, auf denen AS Rom trainiert. Der Hundebesitzer war ein großer Fan von AS Rom, und immer wenn er ein wenig Zeit hatte, kam er mit dem Hund hierher, weil er hoffte, eines Tages den Kapitän zu treffen.

Der alte Hund hieß Jack. Er stolperte über einen großen abgestorbenen Ast, schwankte, drohte zu fallen. Doch dann fing er sich wieder und bahnte sich seinen Weg durch die Vegetation, die mit dem zunehmenden Wind widerstandsfähiger zu werden schien. Auf böenartige Stöße folgte eine seltsame Ruhe. Es war wie in einem Backofen. Rom und seine Umgebung schienen von einem tropischen Klima mit orkanartigen Winden heimgesucht zu werden.

Der junge Mann hob den Blick zum Himmel. Er folgte dem Hund durch das Buschwerk und kratzte sich dabei die Waden auf. Beobachtete ihn, wie er in die Luft schnupperte, den Kopf beugte, am Boden stöberte. Etwas Speichel floss ihm aus dem Maul. Wie immer war er auf der Suche nach etwas Essbarem.

Außer Atem kamen sie endlich auf einer Lichtung heraus, die mit Abfall übersät war. Doch Jack wollte sich damit nicht zufriedengeben. Er blähte die Nasenlöcher auf und lief keuchend weiter. Der Mann folgte ihm. Das Gelände wurde immer unwegsamer.

«Jack!»

Beinahe wären sie in eine Latrine gefallen, doch sie konnten gerade noch ausweichen. Plötzlich versperrte ein großer Vogel ihnen den Weg. Sie liefen und liefen, es wurde immer dunkler. Da tauchte wie aus dem Nichts ein riesiger Müllabladeplatz vor ihnen auf. Jack blieb mit einem Ruck stehen. Sein ganzer Körper war angespannt, voller Energie, als wäre er schlagartig wieder jung. Sein Besitzer wurde von einer schmerzhaften Nostalgie gepackt. Der Hund hob die Vorderpfote. Das war seine Lauschstellung oder die Stellung kurz vor dem Angriff. Seine vom Alter getrübten Augen richteten sich blitzartig auf eine Schar Möwen. Fett und gefräßig saßen sie da, eine neben der anderen. Versunken in diesen Abfallhaufen voller Hausmüll, schlangen sie etwas hinunter.

Jack stellte sehr langsam die Pfote wieder ab. Er war bereit. Da ging unvermittelt ein sintflutartiger Regenguss nieder. Es stürmte und hagelte. Von einem Moment auf den anderen wurde es eiskalt.

Der Regen hörte auf. Der Wind heulte. Der Mann schlang die nackten Arme um seinen Oberkörper. Der Hund bewegte keinen Muskel. Dann sprang er los.

«Jack!»

Der Mann lief hinter ihm her. Ein Anflug von Angst lag in seiner Stimme. Vorsicht, Jack, du bist nicht mehr der unbesiegbare Hund von einst. Bleib stehen, Jack. Doch Jack sah und hörte nichts mehr. Während er lief, schlingerte er nach rechts und links. Das Einzige, was funktionierte, war seine weit aufgeblähte Nase.

Nur wenige Meter vor den Möwen blieb er stehen. Es stank unerträglich nach Abfall und Verwesung. Der Mann war erst erleichtert, doch schnell wurde er wieder von der Sehnsucht nach früheren Zeiten erfasst, als der Spürhund sich niemals damit zufriedengegeben hätte, vor einer Beute, die er sich zum Fraße vorgenommen hatte, haltzumachen. Jack begann zu knurren und zu bellen. Die Möwen hörten ihn gar nicht. Sie blieben dort sitzen, eng aneinandergedrängt, wie ein einziger bedrohlicher Atemzug, über ihre Beute gebeugt, und fraßen.

Der Mann ging zu seinem alten Hund hin. Er legte ihm eine Hand auf den Kopf.

«Ganz ruhig, Jack.»

Doch der Hund wollte weiter bellen und knurren, auch wenn es wie ein Röcheln klang. Er legte eine Kraft und Beharrlichkeit an den Tag, die sein Besitzer seit Jahren nicht mehr an ihm gesehen hatte.

Zwischen den Möwenschnäbeln konnte der Mann einen großen schwarzen Sack ausmachen, an dem die Vögel so gezogen hatten, dass er aus dem restlichen Abfall herausragte. In dem Sack mussten verbotene Abfälle sein, vielleicht sogar giftige. Die Möwen fraßen weiter, ihre Körper waren dick und schlaff vor Fett, ihre Federn schmutzig.

Sie rissen etwas in Stücke. Jack bellte laut. Er stemmte die Pfoten in die vom Hagelschauer aufgeweichte Erde, die der eisige Wind soeben wieder erhärtete. Das Hundefell und die Haut des Mannes waren voller Schlammspritzer. Und mit einem Schlag wurde es wieder unerträglich heiß. Die glühende Sonne brach durch die Wolkendecke. Der Mann wischte sich den Schweiß von der Stirn, der Hund bellte. Er knurrte und zeigte die Zähne. Speichel tropfte aus seinem Maul. Sein Atem ging pfeifend, er keuchte mit heraushängender Zunge, bellte wieder.

Die Möwen drehten sich zu ihm und sahen ihn mit weit aufgerissenen Augen an. Bereit zur Attacke. Doch nur für einen kurzen Moment. Dann wandten sie ihre Aufmerksamkeit wieder der Beute zu und hackten weiter auf sie ein. Der Sack zerriss. Die Möwen versuchten, ihn mit ihren Schnäbeln zu erfassen und hochzuheben, um ihn von dem Schlamm und anderem Abfall zu befreien. Sie fraßen alles, was sie erwischten.

Der Mann zog den Spürhund am Halsband. Er wollte ihn von dort wegzerren, versank jedoch zu sehr im Matsch. Die Augen der Möwen machten ihm Angst. Vorsicht, Jack, diese Augen gefallen mir nicht. Die Möwen blieben, wo sie waren, wild, mächtig. Jack gab nun ein müdes Winseln von sich. Sein Gebell klang heiser, abgehackt, schmerzvoll und trotzdem noch entschieden und wütend. Der Mann zog an ihm, doch der Hund bewegte sich nicht. Auch die Möwen bewegten sich nicht. Der Mann machte zwei Schritte an dem Hund vorbei. Er wollte den Müllsack genauer ansehen. Jetzt war er ganz nah.

Ein noch stärkerer Riss ließ den Sack endgültig bersten. Er war nun frei von dem Schlamm und den in Verwesung begriffenen Abfallresten. Der Gestank wurde unerträglich. Mit einem Mal begannen die Möwen, aufeinander einzuhacken. Sie kämpften bis aufs Blut und laut kreischend um die Herrschaft über die Beute. Vom Kampf verletzt, fraßen sie weiter. Als sich eine von ihnen, mit einem Fleischstück im Schnabel, einen Augenblick lang von dem Kampfplatz abwandte, senkte der Mann den Blick, um besser sehen zu können. Aus dem Sack ragte eine Hand hervor.

10

Polizeidirektor Alaimo kam um neun. Es hatte erneut zu hageln begonnen. Doch in der Zeit, die er vom Einsatzwagen über die Felder zum Müllplatz brauchte, klarte es schon wieder auf. Ein kalter Wind pfiff.

Als Erstes nahm er einen beißenden Gestank wahr. Ein paar Polizisten waren gerade dabei, mit einem Band einen großen Bereich um die Leiche herum abzusperren. Die Blitzlichter der Fotografen leuchteten wie bei einem Gewitter. Der Körper wurde mit einem weißen, fast durchsichtigen Tuch bedeckt, auf dem sich sofort Flecken zeigten. Nun regnete es wieder. Und dann begann es auf das Wachstuch und den Leichnam zu hageln.

Der Hundebesitzer stand gegen einen Baum gelehnt. Er schlang seine Arme um die Brust. Ihm war kalt, er hatte einen Schock erlitten. Der Spürhund lag zu seinen Füßen. Er knabberte zufrieden mit halb geschlossenen Augen an einem Zweig. Die Möwen schwirrten umher. Sie flogen tief, zu tief. Manchmal berührten sie fast den Boden. Ihr Flügelschlag erzeugte einen bedrohlichen Klang. Federn flogen. Sie schienen ihre Augen überall zu haben. Der Spürhund beachtete sie nicht mehr.

Polizeidirektor Alaimo bahnte sich einen Weg zwischen den Möwen hindurch. Mit erhobenem Arm schützte er sich vor ihren schweren Körpern und vor den Hagelkörnern.

Als er den Fundort erreichte, deckte er den Körper auf und sah ihn lange an, bevor er ihn wieder bedeckte. Er sagte etwas zu dem Polizeihauptmeister. Der nickte und eilte auf einen Beamten zu, dann verschwand er in dem dürren, vom Regen niedergedrückten Gebüsch. Die Kollegen von der Spurensuche suchten das Terrain ab. Auch sie wurden stoßweise von den Möwen attackiert. Die Markierungen neben allem, was ein Beweis oder ein Indiz sein könnte, drohten vom Regen weggespült zu werden.

Die Polizisten bewegten sich vorsichtig. Sie nahmen die Umgebung in Augenschein. Plötzlich ließ der Hagel nach, und es hellte auf. Auf der Lichtung kam die Sonne hervor. Noch stach sie nicht. Und die Landschaft erschien, trotz des Unglücks, mit einem Mal schön.

Der Polizeihauptmeister kam zurück. Er sah Alaimo an und schüttelte den Kopf. «Keine Dokumente.»

«Und sonst?»

«Wir warten ab, ob die Spuren etwas ergeben.»

«Besondere Kennzeichen? Narben, Tattoos?»

«Von dem Körper ist nicht viel übrig geblieben. Das haben Sie ja selbst gesehen. Er ist in einem fortgeschrittenen Verwesungszustand.» Seine Stimme klang metallisch. «Aber es ist nicht nur das.» Er deutete mit dem Kopf auf die Möwen. «Das meiste haben sie erledigt.»

«Verjagt sie!» Alaimo sah sich um. «Wenn nötig, mit Gewehren.»

Inzwischen beugte sich der Gerichtsmediziner über den Körper. Er schlug die Abdeckung zurück. Und auch wenn er seine Arbeit schon seit mehreren Jahrzehnten machte: Als er diese Leiche sah, trat er instinktiv einen Schritt zurück. Fast wäre er rückwärts in den Schlamm gefallen. Er hielt sich eine Hand vor den Mund, hob den Kopf und holte Luft. Um ihn herum waren die Kollegen mit ihren eigenen Aufgaben beschäftigt. Katalogisieren, fotografieren, telefonieren, kontrollieren, eingrenzen, suchen. Der Körper war halb bedeckt. Das Gesicht sah zum Himmel. Nur, es gab kein Gesicht mehr. Da war nur Matsch, als wären Fleisch und Knochen durch den Fleischwolf gedreht worden.

Der Gerichtsmediziner sprach leise. Er stand in der Leichenhalle des Krankenhauses Umberto I, zog die Vokale lang und zischte die S-Laute. Dabei vermied er es, den Körper auf dem Obduktionstisch anzusehen. Sie hatten ihn, so gut es ging, wieder zugenäht, nachdem er vorher auch schon in der Autopsie geöffnet worden war.

«Der Tod könnte vor einigen Tagen oder sogar Wochen eingetreten sein. Die anhaltende Hitze hat die Verwesung vermutlich beschleunigt.»

Vor allem galt es herauszufinden, ob der Mann bereits tot war, als man ihn zum Müllplatz gebracht hatte, oder ob er in den umliegenden Feldern gestorben war.

«Er trug keine Dokumente bei sich», sagte eine Nachrichtensprecherin, eine Wolke von blonden Locken auf ihrem Kopf. «Die Analyse der Fingerabdrücke hat auch nichts ergeben. Er war nicht vorbestraft. Aber eins ist den Ermittlern klar.» Sie kniff die Augen zusammen. «Der Mann ist keines natürlichen Todes gestorben.» Nun machte sie eine Pause und sah direkt in die Kamera. «Er wurde ermordet.»

Mit einer Stichwaffe zur Strecke gebracht. Es wurde zweimal zugestochen, einmal am Rücken und einmal am Hals. Doch er war nicht sofort tot gewesen. Der erste Hieb kam ein wenig zögerlich, «ohne Entschlossenheit», hatte der Gerichtsmediziner befunden. Danach war eine Zeitlang nichts passiert. Vielleicht ein Moment der Reue, während der Mann bewegungsunfähig und röchelnd am Boden lag und Blut verlor? Über ihm stand vermutlich der Täter, unsicher, ob er ihn verbluten lassen oder es sofort beenden solle. Dann kam der letzte Stoß in die Halsschlagader. Daran war der Mann gestorben. «Ertrunken in seinem eigenen Blut», hatte der Gerichtsmediziner konstatiert.

Die Ermittler verglichen die genannten Daten mit allen Vermisstenmeldungen der Umgebung. In den Nachrichten und Talkshows wurde über jedes kleinste Detail berichtet. Von dem, was von dem Gesicht des Mannes übrig geblieben war – das die Möwen, wie den Rest des Körpers, ausgeweidet und verschlungen hatten –, wurde ein ungefähres Phantombild erstellt. Doch es tat sich nichts. Ein paar Tage vergingen. Bis am 23. August, kurz vor Mitternacht, plötzlich die Temperaturschwankungen aufhörten und die Hitze zurückkehrte. Eine Hitze zum Steinerweichen, eine Sterbenshitze.

11

Sie kamen mitten in der Nacht.

Der 24. August 2012 ging zu Ende. Mara schlief bei Carla im Ehebett. Wenn man sie so nebeneinanderliegen sah, im Halbdunkel, hätte man nicht sagen können, wer die Mutter war und wer die Tochter. Neben ihnen stand das leere Kinderbett. In letzter Zeit kam Mara nachts immer zu Carla.

«Mama, ich will zu dir», war es weinerlich aus dem Dunkeln gedrungen. Mit einem Seufzer öffnete die Mutter die Augen. Das Mädchen stand schon vor ihr. Ihre weit aufgerissenen Augen leuchteten in der Nacht. Mit ihren Händen hielt sie sich am Bettrand fest und starrte die Mutter mit einem vorwurfsvollen Erwachsenenblick an. Carla nahm sie sofort zu sich. Was mache ich nur, wenn sie größer wird und nicht mehr bei ihrer Mama schlafen will? Sie drückte sie fest an sich. Ich will nicht allein bleiben, Mara. Doch dann tröstete sie sich. Wer weiß, wann sie sich eine größere Wohnung würde leisten können? Wer weiß, ob sie es überhaupt jemals konnte? In Carlas rosigsten Gedanken würde Mara immer bei ihr im Bett schlafen.

In jener Nacht lag auch Rosa neben ihnen. Sie war wie ein Fremdkörper neben Carla und Mara, aber nicht, weil Carla sie weniger liebte als die kleine Tochter, sondern weil Rosa seit Wochen nur Angst verbreitete. Das Bett war infiziert von ihrer Angst, und auch das Zimmer, die Wohnung, das Viertel, ganz Rom.

«Mama, Mama, Mama», beschwor Rosa sie zu jeder Tages- und Nachtzeit.

«Was ist, mein Schatz?» Carla sah sie aus müden, schmerzenden Augen an. Es war der Schmerz einer Heiligen, der Muttergottes, den nur Frauen, die ein Kind haben, ausdrücken können. Der Schmerz von jemandem, der alle Schmerzen auf sich nimmt, zum Wohl der Kinder. Ein Schmerz, dem man sich nicht widersetzt, den man still erträgt und vor anderen verbirgt. Ein reiner, klarer Schmerz, der die Kinder wie ein Dolch in die Augen trifft und sie nicht mehr loslässt.

«Mama, es tut mir so leid», sagte Rosa. «Ich will dir nicht noch mehr Angst machen. Nicola sagt, ich jage dir nur Angst ein.»

Die Mutter sah von ihrer Nähmaschine auf oder von ihrer Hausarbeit, vom Einkauf, von Mara und hieß Rosa neben sich Platz nehmen. Oder vielleicht waren sie auch draußen – dann nahm sie ihre Hand.

«Mach dir keine Sorgen, mein Schatz», sagte sie zu ihr. «Nichts, was du tust, ist unwichtig für mich. Nichts, was du sagst, will ich nicht hören. Du kannst immer mit mir reden, vergiss das nicht.»

Was konnte Rosa da noch machen? Die Stimme der Mutter ließ den Damm brechen, und der ganze Fluss ergoss sich über sie. Weinend umarmte sie Carla.

«Papa», schluchzte sie, «mein Papa.»

Auch Nicola war in dieser Nacht da. Seit seine Schwester vorübergehend in die Wohnung der Mutter gezogen war, wollte er sie nie lange allein lassen. Sobald Rosa für einen Moment außer Reichweite war und man wieder durchatmen konnte, versuchte Nicola, ein paar Worte mit seiner Mutter zu wechseln.

«Mama», fragte er oft in seinem trockenen Tonfall, «gehen wir heute Abend aus? Passt es dir? Nur du und ich, die Kleinen lassen wir daheim.»

An diesem Abend hatte Carla endlich zugestimmt. Sie waren zu dem Chinesen in der Via Albimonte gegangen, kurz hinter der Via Prenestina. Als Mädchen hatte Carla einmal mit ihrer Mutter hier in der Nähe, im Vannini-Krankenhaus in der Via di

Acqua Bullicante, eine alte Tante besucht. Sie kannte diese Tante gar nicht, jedenfalls erinnerte sie sich nicht an sie. Die Mutter hatte sie bei einem ihrer zahllosen Höflichkeitsbesuche einfach mitgeschleppt. Wohin auch immer sie kam, schien ihre Mutter einen Königspalast zu betreten. Ihre einnehmende Art, ihre Haltung hatten Carla stets fasziniert. Sie wirkte so bescheiden, so geheimnisvoll, ganz anders als sie selbst. Wie gern wäre sie wie ihre Mutter gewesen. Irgendwann hielt Carla es nicht mehr aus vor Langeweile, vor Alten- und Krankenhausgeruch. Ihrer Mutter hatte sie gesagt, sie müsse auf die Toilette. Aber in Wahrheit hatte sie von einer Telefonzelle aus heimlich Vito angerufen. Vito war für den Militärdienst nach Rom gekommen, um in ihrer Nähe zu sein.

«Komm», hatte sie zu ihm gesagt. «Ich will dich umarmen.»

Und er war wie ein Blitz da gewesen, vor dem Vannini. Er saß auf seinem Motorroller. Die Uniform ließ ihn fremd und doch vertraut erscheinen. Er sah sie an, als wäre sie von einem leuchtenden Glanz umgeben. Sie hatte sich so schön gefühlt, so sehr Frau. Er war vom Motorroller gestiegen, sie war ihm entgegengelaufen, und jener ganze Tag, sogar der Alten- und Krankenhausgeruch, war ihr in wunderschöner Erinnerung geblieben.

Vielleicht hatte sie auch deswegen diese Gegend hier gewählt, als sie aus der Wohnung auszog, in der sie mit Vito und den Kindern gelebt hatte. Und sicher hatte sie sich auch deswegen an diesem Abend für den Chinesen in der Via Albimonte entschieden. Jedes Mal, wenn sie hier vorbeikam, wurde sie von einer furchtbaren, aber auch süßen Sehnsucht gepackt; ich bin sehr glücklich gewesen an einem Nachmittag, hier in dieser Gegend.

Oder doch nicht. Sie hatte die Wohnung in der Via Prenestina doch nicht in Erinnerung an Vito gewählt. Sie hatte einfach in der Not, schnell wegzukommen, die erstbeste Wohnung genommen, die sie gefunden hatte. Diesmal wollte sie sich nicht wieder von ihrem Mann aufhalten lassen. – Aber sag doch ehrlich, du willst gar nicht gehen, hatte sie gedacht, während sie eilig die Koffer packte. Doch sie hatte den Gedanken vertrieben, wie man einen Feind verjagt. Ohne es zuzugeben, hatte sie gehofft, jemand möge sie aufhalten.

Es gab nicht einmal einen Vertrag zu unterschreiben, keine Kaution zu zahlen, nichts. Alles lief schwarz.

«Wenn Sie wollen, können Sie heute Abend noch einziehen», hatte der Besitzer zu ihr gesagt, ein dicker Mann mit Doppelkinn und einem runden, aufgeblasenen Auswuchs am Hals, der von innen nach außen drückte, als wolle er geboren werden wie ein Kind.

Die Telefonnummer des Wohnungsbesitzers hatte Franco ihr gegeben. Es war vielleicht das Einzige, das ihr Bruder in all den Jahren für sie getan hatte. Du willst wohl nicht deine Schwester auf dem Gewissen haben, hätte sie ihm sagen wollen. Oder bist du nur wie all die anderen und denkst dir: Ich mache jetzt irgendetwas, das beweist, dass ich damals nicht untätig geblieben bin, dass ich dir einmal im Leben geholfen habe?

Es waren zwei endlose Wochen. Nach den allerersten Tagen des Wartens, in denen sie die Kinder aufgefordert hatte, sie mögen Vertrauen haben, ihr Vater werde jeden Moment zurückkommen, hatte Carla plötzlich mit Tränen in den Augen erklärt: «Es reicht. Gehen wir ihn suchen.»

Von da an hatten Nicola und Rosa begonnen, die Stadt zu durchstreifen. Sie wechselten sich ab, um Mara nicht alleine zu lassen, manchmal nahmen sie sie auch mit. Sie hatten haufenweise Flugblätter ausgedruckt mit dem Foto des Vaters und ihrer Telefonnummer, auf denen stand: «Haben Sie ihn gesehen? Er ist am 6. August 2012 in Rom verschwunden.» Damit tapezierten sie die Stadt. Überall hatten sie ihn gesucht: müde und von der Hitze gebeugt in den öffentlichen Verkehrsmitteln, auf endlosen Fußmärschen in der Sonne und später bei Regen und Hagel und peitschendem Wind. Sie hatten alle Leute angerufen, die ihnen in den Sinn kamen. Ganze Nächte lang hatten sie gemeinsam am

Tisch gesessen, um über weitere Möglichkeiten nachzudenken, einen weiteren Ort, noch jemanden, den man anrufen könnte. Oft wurden sie dabei von der Morgendämmerung überrascht.

Alle paar Tage fragte Carla bei der Polizei nach. Ihn zu suchen war ihre Art, sich beschäftigt zu halten. Und sie waren alle zusammen. Am liebsten hätten sie aufgehört zu arbeiten, um Vito noch intensiver suchen zu können. Doch leider brauchten sie das Geld. Sie mussten arbeiten.

In den letzten Tagen hatten die Kinder die Mutter gebeten, sich eine Pause zu gönnen, ein wenig auszuruhen. Aber sie wollte die Hände nicht in den Schoß legen. Sie war unermüdlich. Mit Mara auf dem Arm, an der Hand oder im Kinderwagen durchstreifte sie ganz Rom und Umgebung. So entschieden und mutig hatten sie sie noch nie erlebt. Schritt für Schritt suchte sie Vito, ohne aufzugeben, ohne zu schlafen und zu essen, ohne sich über Hitze oder Kälte zu beklagen.

«Wird sie nicht der Schlag treffen, Nico?», fragte Rosa besorgt.

«Nein, mach dir keine Sorgen. Nur Mut, Rosinella, halte durch.»

Rosa schlief neben ihrer Mutter und ihrer kleinen Schwester. Für Nicola hatten sie in der Küche ein Klappbett aufgestellt. Als würde sie das gemeinsame Warten auf Vitos Rückkehr weniger verloren sein lassen, ein bisschen weniger verzweifelt. Als wäre die Familie zusammenzuhalten das Einzige, das ihnen Kraft geben konnte, eine leuchtende, starke Energie, die Vito sicher nach Hause führen würde.

Beim Chinesen hatten sie und ihr Sohn leise eine paar Worte gewechselt und sich dabei in die Augen gesehen. Von weitem hätte man meinen können: zwei Verliebte. Kurz darauf, wie ein Zeichen, hatte der Sturmwind nachgelassen.

Die Polizei kam nachts um zehn nach drei, umgeben von Dunkelheit wie eine Alge am Meeresgrund. Sie hämmerten an die

Tür der Zweizimmerwohnung in der Via Prenestina. Doch weder Carla noch Rosa oder Mara wachten auf. Nicola hingegen schreckte aus dem Schlaf hoch und öffnete die Tür, ohne zu verstehen, was vor sich ging. Vier Polizisten betraten die Wohnung, bestiefelt und festen Schrittes, drei Männer und eine Frau. Jetzt fuhren auch Mara und Rosa aus dem Schlaf hoch. In Sekundenschnelle waren die Beamten in Carlas Zimmer. Sie schlief noch. Schließlich öffnete sie die Augen, weil einer der Polizisten sie heftig schüttelte.

Die Schläge an der Tür hatten sie nicht aufgeweckt und auch nicht Maras Weinen, Rosas Stimme, Nicolas Schreie: «Was wollt ihr? Was macht ihr hier? Geht weg! Es ist ein Kind im Raum!»

Carla war in einen hypnotischen Schlaf versunken – wie damals, vor gar nicht allzu langer Zeit, als Vito zu einem seiner Kontrollbesuche nach Hause gekommen war und sie auf dem Sofa vorgefunden hatte, die neugeborene Mara im Arm.

Auf dem Bett liegend, noch ganz verschlafen, konnte Carla nur ein Detail auf ihrer Augenhöhe ausmachen: die Springerstiefel der Polizisten.

Rosa war schon auf den Beinen und hielt die wimmernde Mara auf dem Arm. Nicola stand an der Tür und schrie weiter, sie sollten sie in Ruhe lassen.

«Was ist denn los?», fragte Carla.

«Sie müssen mitkommen», sagte die Polizistin.

Sie wollte aufstehen, fiel jedoch zurück. Einer der Polizisten reichte ihr seine behandschuhte Hand und half ihr auf. Carla nahm seinen Geruch wahr. Nicola warf sich auf sie. Ein Polizist, der im Hintergrund geblieben war, hielt ihn fest.

«Bleib ruhig, mein Schatz», sagte Carla zu ihm.

Doch Nicola schlug in den Armen des Polizisten weiter um sich. Der Mann hatte dichte dunkle Augenbrauen und ein leicht verformtes Ohr. (Eine kleine Deformation, man sah sie nur aus nächster Nähe. Doch gerade weil das Ohr auf den ersten Blick ganz normal aussah, schien einem die Verformung, wenn man sie entdeckte, umso größer, schrecklicher. Man wich zurück und konnte ihm nicht einmal mehr ins Gesicht sehen.) Dieser Polizist hielt Nicola fest, und es wirkte, als würde er ihm helfen, auf den Beinen zu bleiben.

Rosa sagte: «Aber was ist denn los, bitte, bitte?»

Der andere Polizist, der weiter hinten stehen geblieben war, antwortete mit rauer Stimme: «Die übliche Prozedur.»

«Kann ich mich anziehen?» Carla sah den Mann an, der ihr aufgeholfen hatte. Diese Augen verlangten nach Schutz, nach Liebe. Ein wunderschönes, sinnliches Mädchen. Sie kleidete sich an. Die beiden Polizisten hielten sie an den Armen und begleiteten sie so zum Ausgang.

«Signora», sagte plötzlich der, der ihr aufgeholfen hatte. «Signora, machen Sie sich keine Sorgen. Es ist nichts. Sie müssen nur mit uns aufs Revier kommen. Wir haben ein paar Fragen.»

«Was zum Teufel macht ihr da?», schrie Nicola. «Warum nehmt ihr sie mit? Was wollt ihr? Wir sind die Opfer, und ihr behandelt uns wie Tiere. Schande über euch!»

Sie führten sie ab, ohne ihr Zeit zu lassen, sich von den Kindern zu verabschieden. Rosa stand mit Mara fest im Arm wie eine Witwe da. Der Polizist mit den dunklen Augenbrauen ließ Nicola erst im letzten Augenblick los.

«Wohin bringen Sie sie?», fragte Rosa in der Tür. «Bitte, so hören Sie doch!»

«Mach dir keine Sorgen, Mama», sagte Nicola, «ich rufe jetzt sofort jemanden an. Bleib ganz ruhig.»

«Mama», sagte Rosa und sah sie an.

Carla versuchte etwas zu sagen, aber die Polizisten ließen sie nicht. Der, der ihr aufgeholfen hatte, hielt den Blick gesenkt. Sie zerrten sie aus der Wohnung. Plötzlich begann Mara laut zu weinen und streckte ihre Ärmchen nach ihr aus.

«Mama! Meine Mama!»

Rosa schluchzte und versuchte gleichzeitig, vor ihrer Mutter stark zu wirken. Nicola brach nun, da der Polizist ihn losgelassen hatte, fast zusammen.

«Mach dir keine Sorgen, Mama.»

Die Aktion hatte keine fünf Minuten gedauert. In wenigen Augenblicken war Carla hinter der Tür verschwunden. Doch es gelang ihr noch, ihren Kindern einen Blick zuzuwerfen. Und dieser Blick traf sie tief. Es war ein angstfreier, sanfter Blick.

Sobald sie im Treppenhaus waren, befahl der vierte Polizist: «Los, beweg dich!»

«Halt den Mund, di Blasi», sagte der Polizist, der Carla aufgeholfen hatte.

Er sah sie an, und in seinen Augen schien Mitleid zu schimmern.

«Respekt für die Signora.»

Sie brachten sie aufs Revier. Seit sie die Wohnung verlassen hatte, hatte Carla kein Wort gesagt. Weder hatte sie protestiert, noch auf die flüchtigen Fragen des Polizisten, der ihr aufgeholfen hatte, geantwortet. Er war freundlich und schien die üblichen Dinge zu fragen, die einen beruhigen sollten. Im Auto blieb sie stumm. Sie sah aus dem Fenster. Noch war es Nacht, und doch verging man vor Hitze. Sie sah einen jungen Mann im Halbschlaf joggen und hatte das Gefühl, ohnmächtig zu werden.

Das Polizeirevier in der Via di San Vitale, nicht weit von der Station Casilina, war dunkel. Viele Treppen führten in viele Räume. Die vier Beamten, die sie eskortierten, sagten etwas zu dem uniformierten Mann am Eingang. Sie führten sie eine kleine Rampe hinauf, die Wände waren weiß und schmutzig. Dann durchschritten sie eine Glastür. Es war noch immer Nacht. Hin und wieder begegneten sie anderen Polizisten in Uniform oder in Zivil, keiner schenkte ihnen besondere Beachtung. Die Polizisten, die sie begleiteten, tauschten schnell ein paar Worte mit ihnen aus, während sie mit kurzen verächtlichen Blicken gestreift oder gänzlich ignoriert wurde.

Auf dem Revier existierten in jenem Moment zwei unterschiedliche Welten. Die eine war die Welt der Guten, der Polizisten. Die andere war die Welt derjenigen, die man aus einem gewissen Grund hierhergebracht hatte. Was auch immer dieser Grund war, er brachte sie auf die falsche Seite. Auf dieser Seite war sie die Einzige.

Sie warteten auf den Aufzug. Als sich die Lifttür öffnete, ließ ihr der Polizist, der ihr aufgeholfen hatte, den Vortritt. Er behandelte sie als Frau.

Sie fuhren ein paar Stockwerke hoch, wie viele, hätte Carla nicht sagen können. Im Aufzug hielt sie die Augen gesenkt. Nur manchmal erhaschte sie einen Blick des Polizisten, der ihr aufgeholfen hatte. Es war ein verständnisvoller, trauriger Blick. Sie erwiderte ihn mit ihrem Blick, dem einzigen ihr möglichen. Er fing ihn auf. So unbeschützt, voller Angst, so schön.

Sie bogen in einen Gang mit beigen Wänden und einem braunweißen Fußboden ein. Eine Reihe von Holztüren, eine neben der anderen, ging davon ab. Manche waren offen, andere geschlossen. In einem erleuchteten Raum nahm Carla im Vorbeigehen eine Frau wahr. Sie kannte sie. Milena senkte den Blick. Ein Polizist kam, betrat den Raum, in dem Milena war, und schloss die Tür.

Auch Carla wurde in ein Zimmer geführt.

«Wollen Sie Ihren Anwalt anrufen, Signora?», fragte der Polizist, der ihr aufgeholfen hatte.

Carla schüttelte den Kopf. «Warum sollte ich einen Anwalt anrufen?»

«Sind Sie sicher? Es ist Ihr Recht.»

«Ich bin sicher, ja», sagte Carla.

Verwirrt blickte sie sich um. Der Polizist nickte.

«Setzen Sie sich.»

Er deutete auf einen Schreibtisch und einen Stuhl. Carla setzte sich mit dem Rücken zur Wand, das Gesicht dem Raum zugewandt. Hinter ihr hingen eine Reihe von Polizeiabzeichen und das Foto von Napoletano mit seinen dünnen Lippen und der vorgereckten Brust. In seinem Blick lag etwas Weibliches. Sie ließen sie allein.

12

Hinter dem geschlossenen Fenster kreischten die Möwen. Sie betrachtete sie. Sie schwitzte, die Hitze drückte ihr die Kehle zu. Im Tiefflug kreisten sie vor der Scheibe, entfernten sich für einen Moment, kehrten wieder zurück. Sie fixierten sie mit drohenden Augen. Eine von ihnen schlug gegen das Fenster, als wolle sie einbrechen. Das Glas ging nicht kaputt. Der Aufprall der Möwe klang wie ein Schuss. Carla erschrak und sprang auf.

Was aus der Möwe geworden ist – ob sie verletzt oder tot war oder unsterblich –, konnte sie nicht mehr sehen. Denn jetzt ging die Tür auf. Carla drehte sich um. Polizeidirektor Alaimo trat ein. Direkt hinter ihm die beiden, die in ihrer Wohnung gewesen waren, der Polizeihauptmeister mit dem bösen Blick und der mit dem Schnauzbart.

«Setzen Sie sich, Signora Romano», sagte Alaimo.

Sie setzte sich. Alaimo ging auf denTisch zu. Der Polizist mit dem Schnauzbart und der mit der bösen Miene stellten sich ihm zur Seite.

«Polizeihauptmeister Cecchi.» Alaimo deutete auf den Schnauzbärtigen. «Und Polizeihauptmeister Orlandi.» Er zeigte auf den anderen. «Wenn ich mich nicht irre, kennen Sie sich bereits.»

Carla hob den Blick zu den beiden. Sie erkannte sie, und das hatte etwas sehr Tröstliches. Als stünden ihr Vater oder ihre Mutter vor ihr, ihr Bruder oder ihr Mann, ihr Exmann.

Dann sah sie hilflos zu Cecchi und flüsterte mit sanfter Stimme: «Was wollen die von mir?» Sie schüttelte den Kopf. «Warum haben sie mich hierhergebracht?» Und dann, an Alaimo und Orlandi gewandt: «Was wollen Sie?»

«Signora», sagte Cecchi, während Orlandi eine Kamera am Schreibtisch befestigte und auf Carla richtete. Er stellte sie an. Alaimo nahm ihr gegenüber Platz. Für einen kurzen Moment kam er Carla wie ein Arzt vor.

«Wozu die Kamera?»

«Machen Sie sich keine Sorgen, das ist der Amtsvorgang», sagte Cecchi. «Signora», fuhr er mit leiser tiefer Stimme fort, «bestätigen Sie mir, dass Sie Ihren Anwalt nicht anrufen wollen?»

«Meinen Anwalt? Wozu denn?»

«Antworten Sie mit Ja oder Nein.»

«Nein, kein Anwalt.»

Cecchi nickte. Er seufzte. «Es tut mir sehr leid, Signora, aber ich habe eine schlechte Nachricht für Sie. Signor Vito Antonio Semeraro» – er machte eine Pause –, «Ihr Exmann, ist leider verstorben.»

Das Möwengekreische wurde lauter. Das Zimmer war ein Backofen. Carla hob den Kopf und sah hinaus. Es war Nacht, es musste noch Nacht sein. Es war zwar schon so heiß wie am Tag, doch es war Nacht, schwarze, endlose Nacht.

Cecchi, Orlandi und Alaimo saßen vor ihr. Sie krümmte den Rücken, und wie gegen ihren Willen sanken ihre Schultern. Dann brach sie in Tränen aus.

Die drei Polizisten gaben keinen Laut von sich.

Carla schluchzte. Es gelang ihr sichtlich nicht, die Schluchzer zu unterdrücken. Im Tränenfluss waren unverständliche Worte zu vernehmen. Nur in einem gewissen Moment konnte man heraushören: «Das ist nicht möglich.»

«Es tut mir leid, Signora», sagte Orlandi. «Wir haben eine Leiche, die wir auf einem Müllplatz in Spinaceto gefunden haben, als Ihren Exmann identifiziert, dank eines Kassenbons, den er in der Jackentasche hatte. Weitere Bestätigungen folgten bald darauf.»

Der Kassenbon war von einer Bar, in der Vito oft frühstückte. Die Polizei war mit dem Vermisstenverzeichnis dort gewesen, und die aus der Bar hatten es durchgesehen und sofort auf Vitos Namen gezeigt. Während sie auf die Ergebnisse der DNA-Untersuchungen gewartet hatten, war dies für die Ermittler die einzige Bestätigung seiner Identität gewesen. Denn der Körper war zerstört, aufgefressen, in Verwesung begriffen. Aber das sagte der Polizeihauptmeister nicht. Er verließ den Raum.

Milena war leichenblass. Sie hatte geschwollene Augen und schwarzbraune Augenringe. In einem anderen Raum des Polizeireviers saß sie an einem anderen Schreibtisch und umklammerte die Kante so fest, dass ihre Fingerknöchel ganz weiß wurden. Ein Knirschen ließ sich vernehmen. Sie biss sich in die Unterlippe, dann knirschte sie wieder mit den Zähnen.

«Mein Gott!», rief sie aus.

Es klang wie eine Explosion. Sie starrte Orlandi an, der von dem einen in den anderen Raum gewechselt hatte. Etwas Untröstliches und Wütendes lag in ihrem Blick. Orlandi richtete die Kamera besser auf sie aus.

«Wie ist es passiert?», flüsterte sie, die Hände immer fester an die Schreibtischkante geklammert. «Bitte, sagen Sie es mir.»

«Er wurde getötet.»

Milena drehte den Kopf zu dem von Möwen bevölkerten Fenster. Draußen konnte man nichts erkennen. Jenseits der Fensterscheibe vermischten sich schmutzige Körper, fettes Fleisch, Federn und Schnäbel in einem einzigen Flügelschlagen.

«Getötet? Wie?»

Ihre Zähne schlugen aufeinander. Sie wurde von einem heftigen Zittern erfasst. Es wurde immer stärker und wollte nicht aufhören, sodass Orlandi besorgt fragte: «Soll ich einen Arzt rufen?»

Das unablässige Geräusch des Zähneklapperns ließ nicht nach. Sie schüttelte den Kopf. Zitternd sah sie Orlandi an und sagte: «Hat er gelitten?»

«Ich muss Ihnen ein paar Fragen stellen», erwiderte Orlandi.

«Wer ist es gewesen?» Milenas Zähne schlugen fester aufeinander.

«Wer es gewesen ist, Signora, das können Sie mir sagen.»

13

Der Morgen des 25. August brach an. Eine pralle Sonne ging auf, sie schien zu triefen wie flüssiges Fett.

«Wo waren Sie in der Nacht vom 6. auf den 7. August 2012?»

Milena wurde von einem unsichtbaren Gewicht niedergedrückt. «Ich habe es Ihnen doch schon gesagt. Daheim, mit meiner Tochter.»

«Sie meinen Paola Spataro?»

«Ja.»

«Kann Ihre Tochter das bezeugen?»

«Das weiß ich nicht. Sie hat geschlafen …»

«Um welche Uhrzeit ist Ihre Tochter eingeschlafen?»

«Um zehn.»

«Also um 22 Uhr?»

«Ja, 22 Uhr.»

«Bestätigen Sie mir, dass Ihre Tochter Paola Spataro am Tag darauf, dem 7. August, schulfrei hatte?»

«Ja, wie alle anderen Kinder auch im August.»

«Geht Ihre Tochter immer um diese Zeit ins Bett, auch wenn sie keine Schule hat?»

Milena atmete hörbar. «Ach …»

«Wie kommt es, dass Ihre Tochter Ihren Nachnamen trägt?»

«Was hat das damit zu tun? Entschuldigen Sie, aber das sind private Angelegenheiten.»

«Es gibt jetzt nichts Privates mehr. Bitte beantworten Sie die Frage.»

Milena schloss die Augen.

«Ich frage Sie noch einmal, Signora. Wer ist der Vater Ihrer Tochter? Und warum trägt Ihre Tochter nicht den Nachnamen ihres Vaters?»

«Weil … Einen Vater hat es nie gegeben.»

«Kann es sein, dass der Vater Ihrer Tochter Vito Semeraro ist?»

Milena riss die Augen weit auf. «Nein.»

«Kann es sein, Signora, ich wiederhole, kann es sein, dass Ihre Tochter Paola Spataro einer außerehelichen Beziehung zwischen Ihnen und Vito Semeraro entstammt?»

«Nein.»

«Und kann es sein, Signora, dass Sie – und das wäre nur allzu verständlich –, dass Sie, ich sage nicht Hass, aber doch zumindest einen gewissen Groll gegen Signora Carla Romano hegten, die mit ihren drei Kindern Vito Semeraro ganz für sich hatte? Während Sie und Ihre Tochter … wie soll ich sagen … allein waren?»

«Entschuldigen Sie, was reden Sie da? Vito und Carla waren seit zwei Jahren getrennt.»

«Seit wann haben Sie und Semeraro sich regelmäßig gesehen?»

«Seit …»

Milena richtete zwei flehende Augen auf Orlandi. Sie füllten sich mit Tränen.

«Ich bitte Sie … Um des Gedenkens an Vito willen, bitte …»

«Tage, Monate, Jahre?»

«Jahre.» Milena senkte den Kopf. Sie unterdrückte ein Schluchzen.

«Wie viele Jahre?»

«Viele.»

«Mehr als zwei?»

«Ja.»

«Mehr als drei?»

«Ja.»

«Dann könnte es also sein, Signora, dass Semeraro Ihnen versprochen hat – ich weiß nicht, es ist nur eine Annahme –, dass er eines Tages seine Frau verlassen und mit Ihnen und Ihrer Tochter zusammenleben würde?»

Milena begann wieder zu zittern. «Ja, vielleicht habe ich das gehofft.»

«Und dann ist es geschehen. Er hat seine Frau verlassen, oder? Hat er das für Sie getan?»

Milena stützte den Kopf in die Hände. «Nein. Es war seine Frau, die ihn verlassen hat.»

«Sie behaupten, Semeraro wollte sie gar nicht verlassen?»

«Vito hätte sie nie verlassen.» Sie senkte den Blick zum Tisch.

«Ist es vorstellbar, Signora Sparato, dass Sie sich gefreut haben, als Semeraro und seine Frau sich endlich trennten? Wir sind alle nur Menschen, Signora, seien wir ehrlich.»

«Ist das ein Verbrechen?» Milena sah ihn eisig an.

«Und kann es im Folgenden sein, dass die ständigen Ausflüge Vitos in das Leben seiner Exfrau, die Tatsache, dass er sie weiterhin aufsuchte, Ihnen missfiel?»

«Ist das ein Verbrechen?»

«Nach wie vielen Jahren, Signora?»

«Wie meinen Sie das?» Milena hob den Blick.

«Kommen Sie schon. Jetzt können Sie es mir sagen. Wie viele Jahre waren Sie mit Semeraro zusammen?»

«Ich schwöre Ihnen, ich weiß es nicht.»

«Mehr als zehn?»

«Ja.»

«Mehr als fünfzehn?»

«Ich glaube …»

«Wie alt ist Ihre Tochter Paola Spataro?»

«Was hat das damit zu tun? Mein Gott …»

«Meines Wissens ist Ihre Tochter sechzehn. Oder täusche ich mich?»

«Sechzehn, genau. Aber wenn Sie unterstellen, dass …»

«Ist gut, Signora Spataro. Machen wir weiter.»

Milena seufzte.

«Wussten Sie von der Geburtstagsfeier von Semeraros jüngster Tochter Mara?»

«Ja.»

«Kann es also sein, dass Sie, als Sie von dem Treffen der Familie erfuhren, eifersüchtig waren?»

Milena antwortete nicht.

«Das wäre ganz normal, Signora. Wir sind alle nur Menschen, oder?»

Milena sah ihn an.

«Ist es möglich, dass Sie sich verraten fühlten? Verständlicherweise. Dass Sie eine Versöhnung fürchteten zwischen Semeraro und der Romano und der ganzen Familie?»

Familie. Familie. Das Wort kreiste in Milenas Kopf. Draußen auf der Straße war ein Knall zu hören. Orlandi und Milena wandten gleichzeitig den Kopf zum Fenster.

«Signora Spataro, ich frage Sie noch einmal: Wo waren Sie in der Nacht vom 6. auf den 7. August?»

«Zu Hause.»

«Und im Morgengrauen des 7. August? Wo waren Sie?»

«Die ganze Zeit zu Hause, mit meiner Tochter. Ich bin wie immer um sechs aufgewacht. Meine Tochter steht später auf, gegen elf, glaube ich, seit Ferien sind.»

Milena knirschte mit den Zähnen. Sie schlugen aufeinander. Doch sie antwortete und antwortete. Sie ließ den Kopf sinken. Er war so schwer.

«Also schläft Ihre Tochter abends um zehn ein, auch wenn sie keine Schule hat, und wacht morgens um elf auf.»

Milena sah ihn an.

«Das Mädchen schläft jede Nacht dreizehn Stunden?»

«Aber …»

«Signora, wo waren Sie in den Morgenstunden des 7. August?»

Orlandi legte die Hände auf den Schreibtisch.

«Zu Hause, zu Hause.» Milena beugte sich noch weiter vor.

Dieses Gewicht lastete auf ihr. Sie streifte schon fast den Schreibtisch. Es fehlte nicht viel, und ihre Lippen hätten die glatte Oberfläche berührt.

«Sind Sie sicher?»

«Ja.»

«Gibt es Zeugen, die das bestätigen können?»

«Aber nein. Welche Zeugen denn? Ich habe Ihnen doch schon gesagt, meine Tochter hat geschlafen. Wir waren allein, sie und ich, wie immer. Was wollen Sie eigentlich von mir? Haben Sie doch ein wenig Respekt, ein wenig Mitleid mit ...»

«Einer Witwe?»

Aus Milenas Kehle drang ein Gurgeln. Etwas Schwarzes kochte tief da unten.

«Sie behaupten, dass Sie in der Nacht vom 6. auf den 7. August zu Hause waren und geschlafen haben, richtig?»

Milena antwortete mit einer Stimme, die nicht die ihre war:

«Ja.»

«Und wo waren Sie am 7. August? Semeraros Zugehfrau Anna Abatangelo, genannt Nuccia, sagt, dass Sie sich zu Semeraros Wohnung begeben haben, um ihn zu suchen. Richtig?»

«Richtig.»

«Haben Sie die Rolle der verzweifelten Frau gespielt, Signora Spataro?»

«Wo waren Sie am Abend des 6. August 2012?»

«In der Wohnung meines Bruders. Wir haben den Geburtstag meiner Tochter Mara gefeiert.»

«Sie meinen Maria Addolorata Semeraro?»

«Ja, Dottore. In der Familie nennen wir sie Mara.»

«Wer war an jenem Abend in der Wohnung Ihres Bruders Francesco Ernesto Romano mit dabei?»

«Meine Kinder, Mara, Nicola, Rosa, und Vito.»

«Sind sie alle Kinder von Vito Semeraro?»

«Wie meinen Sie das?»

«Ist Semeraro der Vater von allen Ihren drei Kindern?»

«Was für eine Frage. Natürlich.»

«Sprechen Sie lauter, Signora.»

Die Möwen draußen kreischten so laut, dass man fast schreien musste, um sich zu verstehen. Alle Fenster waren verriegelt, damit sie nicht hereinkamen. Sie hielten sich auf der Höhe der Scheiben auf. Ihr Flügelschlag verursachte einen Lärm wie in einem Schlachthof, ihre schmutzigen Federn wirbelten durch die Luft. Alaimo war hinausgegangen, nur Cecchi blieb zurück.

«Ja. Vito ist der Vater von Nicola, Rosa und Mara.»

«Sind Sie sicher?»

«Natürlich bin ich sicher.»

«Ist das die Wahrheit?»

«Entschuldigen Sie, was sagen Sie? Ich verstehe Sie nicht. Selbstverständlich ist das die Wahrheit.»

Cecchi machte sich Notizen. «Wann traf Semeraro in der Wohnung Ihres Bruders ein?»

«Ich weiß nicht, so um sechs, glaube ich. Viertel nach sechs», sagte Carla.

«Waren Sie irgendwann allein in der Wohnung?»

«Ja. Nein. Mara war da.»

«Von wann bis wann waren Sie alle zusammen? Sie, Ihre Kinder und Vito Semeraro.»

«Moment … Lassen Sie mich nachdenken. Vito ist, glaube ich, so um sechs gekommen, Viertel nach sechs. Mara und ich waren da. Ich habe das Essen zubereitet, die beiden haben gemeinsam gespielt. Wissen Sie, sie sehen sich so selt…»

Cecchi machte eine abwertende Geste. Sie unterbrach sich. Dann begann sie erneut.

«Die Kinder sind, glaube ich, gegen sieben gekommen. Ich habe nicht auf die Uhr gesehen. Ich hatte genug zu tun mit dem Kochen, Tischdecken, dem Mädchen …»

«Mit ‹Kinder› meinen Sie Giuseppe Nicola und Annunziata Rosa Semeraro?»

«Ja, genau. Rosa und Nicola, unsere Kinder.»

«Wie verstehen Sie sich mit Ihren Kindern?»

«Gut. Wir sind oft zusammen, essen …»

«Fahren Sie fort.»

«Wie ich Ihnen sage. Wir sind zusammen, essen …»

«Signora Romano, es heißt, Ihr Exmann und Sie waren nicht gut aufeinander zu sprechen. Können Sie das bestätigen?»

«Es gab Meinungsverschiedenheiten in der Vergangenheit …»

«Es gibt mehrere Anzeigen von Ihnen gegen Semeraro. Das nennen Sie Meinungsverschiedenheiten?»

«Nein. Aber inzwischen …»

«Wenn Sie wollen, zeige ich Ihnen die Anzeigen, Signora, und helfe Ihrer Erinnerung auf die Sprünge.»

«Nein, nein. Das ist nicht nötig. Ich erinnere mich schon.»

«Ja, und? Was sagen Sie mir nun? War Ihre Beziehung angespannt?»

«Nicht doch, nein. Das habe ich Ihnen doch schon gesagt. Es ging uns gut. Das war Schnee von gestern. Wir waren fröhlich, glauben Sie mir. Seit Monaten …»

«Und warum haben Sie dann die Feier in der Wohnung Ihres Bruders veranstaltet und nicht bei Ihnen?»

«Einfach so … Die Wohnung meines Bruders ist größer, man hat mehr Platz. Meine ist klein und …»

«Angesichts der Menge an Anzeigen gegen Ihren Exmann, Signora, frage ich Sie noch einmal: Gab es Zwischenfälle an dem Abend? Zwischen Semeraro und Ihnen? Oder zwischen Semeraro und seinen Kindern?»

«Ich sagte es schon, Herr Polizeihauptmeister. Kein Zwischenfall. Und außerdem …»

«Lenken Sie nicht ab.»

«Kein Zwischenfall.»

«Sind Sie sicher? Einige Nachbarn behaupten, Schreie gehört zu haben.»

«Schreie? Was für Schreie?» Sie riss die Augen auf.

«Das sollen *Sie* mir sagen.»

«Wann denn, bitte? Meine Kinder waren da, sie können es bezeugen.»

«Dann lügen Ihre Nachbarn also?»

«Keine Ahnung. Nein. Warum sollten sie lügen? Aber es gab kein Geschrei, wirklich nicht, das schwöre ich Ihnen. Klar, es war ein Fest, vielleicht haben wir … ein wenig Lärm gemacht. Aber wir waren gut gelaunt, alle zusammen. Sie können meine Kinder fragen …»

«Wie haben Sie den Geburtstag gefeiert?»

«Das Übliche. Torte, Geschenke, Essen, ein bisschen zusammen sein.»

Cecchi ermunterte sie mit einem Kopfnicken, fortzufahren. «Und dann?»

«Dann sind sie gegangen», sagte Carla.

«Wann genau?»

«Um neun, glaube ich. Halb zehn spätestens.»

«Alle gleichzeitig? Ihre Kinder und Semeraro?»

«Nein. Die beiden großen Kinder sind etwas früher gegangen. Sie haben unten auf den Vater gewartet, um sich zu verabschieden. Aber schließlich sind sie gegangen, weil er noch einen Moment länger brauchte.»

«Mit wem brauchte Semeraro noch einen Moment länger?»

«Mit wem schon? Mit uns beiden natürlich. Mit mir und dem Mädchen.»

«Mit dem Mädchen oder mit Ihnen? Signora Romano, hören Sie, Ihre Zurückhaltung ist jetzt wirklich nicht angebracht.» Er sah sie mit funkelnden Augen an.

«Vor allem mit mir. Aber es waren nur zwei Minuten.»

«Vorher sagten Sie, einen Moment lang.» Er machte sich Notizen.

«Um Himmels willen, Polizeihauptmeister.» Carla holte tief Atem. Ihr Gesicht veränderte sich. Sie sah ihn kopfschüttelnd an. «Ein Moment. Zwei Minuten.»

Sie sah ihn weiterhin an. Cecchi senkte zum ersten Mal den Blick. Carlas Augen waren wunderschön, verängstigt. Ich bitte dich, sagten sie.

Es war ganz still.

Dann fing sich Cecchi. Aber er war getroffen.

«Sie sind also alleine geblieben», sagte er, und es klang fast weich.

Carla nickte.

«Können Sie es laut sagen, Signora, für die Aufnahme?»

«Ja.»

«Ja, das heißt, Sie sind allein geblieben?»

«Ja.»

«Was hat Ihre Tochter Mara gemacht?»

«Geschlafen.» Sie schüttelte den Kopf. «Sie ist so klein, Herr Polizeihauptmeister …»

«Also, Signora. Ich fasse zusammen. Wenn das Mädchen schlief, will es die Logik, dass Semeraro nicht mit Ihnen und Ihrer Tochter Mara länger gebraucht hat, richtig? Er hat nur mit Ihnen länger gebraucht.» Er hatte keine Kraft mehr in seiner Stimme. Voller Kummer sah er sie an.

«Nein, nein.» Carla sprach leise. «Mit uns beiden. Vito und ich sind in das Zimmer gegangen, in dem Mara schlief. Er wollte sie sehen. Es war seine Tochter, Herr Polizeihauptmeister. Er wollte sie ansehen, während sie schläft. Nur zwei Minuten. Die Zeit nahm er sich, um uns zu verabschieden, ohne die großen Kinder. Und um seiner jüngsten Tochter ciao zu sagen. Ihr über die Wange zu streichen.»

«Das letzte Mal.»

«Das letzte Mal, ja. Doch das wussten wir in diesem Moment noch nicht.»

Cecchi seufzte, er senkte den Blick. «Signora Romano, gab es zum Zeitpunkt des Verschwindens von Vito Semeraro noch eine, wie soll man sagen, emotionale Bindung zwischen Ihnen und Ihrem Mann?»

«Wie bitte?»

«Sie haben gerade gesagt, dass Sie Zeit brauchten, um sich zu verabschieden, Sie und Semeraro, ohne die großen Kinder. Warum?»

«Wie, warum?»

«Gab es noch eine emotionale Bindung zwischen Ihnen? Antworten Sie!»

«Nein doch. Nein, Herr Polizeihauptmeister. Vito ist wegen des Mädchens geblieben.» Sie stöhnte. Sie sah ihm in die Augen. «Und außerdem, Herr Polizeihauptmeister, ja, auch unseretwegen.»

«Sehen Sie also, dass die Situation nicht klar ist? Semeraro und Sie, waren Sie zusammen oder waren Sie es nicht?»

«Aber nein. Was reden Sie da?»

«Warum hat er dann länger gebraucht, um sich zu verabschieden? Vielleicht wollten Sie die Nacht zusammen verbringen? Signora, seien wir ehrlich, das wäre kein Verbrechen.»

«Vito und ich waren ein ganzes Leben lang zusammen, Herr Polizeihauptmeister, *mein* ganzes Leben. Ich habe ihn mit zehn kennengelernt. Als wir geheiratet haben, war ich sechzehn. Ich habe ihn so viele Jahre geliebt … Ist es Ihrer Meinung nach nicht erlaubt, dass sich zwei Menschen in Ruhe verabschieden, die drei Kinder zusammen haben und zwanzig Jahre lang verheiratet waren?»

Cecchi antwortete nicht.

«Mit Sicherheit gab es noch eine – wie nennen Sie es? – emotionale Bindung zwischen uns. Meine Güte, Herr Polizeihauptmeister, kann es denn Ihrer Ansicht nach überhaupt sein, dass zwei Menschen, die ein Leben lang zusammengelebt haben, keine emotionale Bindung mehr haben? Oder verstehen Sie unter emotionaler Bindung eine Beziehung? Dann sagen Sie es mir klar, und wir hören auf damit.»

«Signora Romano, hatten Sie und Ihr Exmann eine Beziehung zu dem Zeitpunkt, als Vito Semeraro starb? Ich meine sexuell oder rein emotional. Nachdem Ihre Ehe bereits beendet war, versteht sich.»

«Nein.»

Cecchi sah hinaus. Vor dem Fenster flogen noch hungrige Möwen hin und her. Bevor er die Frau mit einer weiteren Frage bedrängte, herrschte für einen Moment – einen etwas zu langen Moment – Stille. «Und danach, was ist danach passiert?»

«Er ist gegangen.»

«Wann?»

«Halb zehn, höchstens zehn. Wie gesagt, ich bin mit den Zeiten … Ich schaue nicht jede Minute auf die Uhr.»

«Fahren Sie fort.»

«Und dann sind wir zum Schlafen in unsere Wohnung hinuntergegangen.»

«Wen meinen Sie mit wir?»

«Mich und meine Tochter Mara.»

«Sofort?»

«Nicht sofort, nein. Etwa eine halbe Stunde später. Ich habe in der Wohnung meines Bruders noch aufgeräumt.»

«Also wann waren Sie und Ihre Tochter Mara zurück in Ihrer Wohnung?»

«Ich weiß es nicht, Herr Polizeihauptmeister. Keine Ahnung. Vielleicht gegen halb elf.»

«Was hat das Mädchen gemacht?»

«Sie schlief.»

«Sie bestätigen mir also, dass Sie und Ihre Tochter grob gesprochen vor Mitternacht in Ihre Wohnung zurückgekehrt sind?»

«Früher. Um elf spätestens.»

Carla sah Cecchi mit riesigen, hilfsbedürftigen, aber entschlossenen Augen an. Wie jemand, der stolz leidet, im Wissen, dass er diesen Schmerz nicht verdient hat.

«Und was haben Sie zu Hause gemacht, Sie und Ihre Tochter Mara?»

«Mara schlief ja bereits. Ich habe sie ins Bett gelegt. Auch ich war sehr müde. Kaum in der Wohnung, habe ich mich für die Nacht zurechtgemacht und ins Bett gelegt, um neben meiner Tochter zu schlafen, wie immer.»

«Wann sind Sie eingeschlafen, Signora?»

«Um halb zwölf, spätestens.»

«Also haben Sie am Abend des 6. August spätestens um halb zwölf geschlafen?»

«Genau.»

14

«Wartet unten auf mich. Ich komme in einer Minute nach, und dann verabschieden wir uns.»

Das waren die letzten Worte, die Vito an Nicola und Rosa gerichtet hatte.

«Es war das letzte Mal, dass wir ihn gesehen haben, und wir haben nicht auf ihn gewartet», sagte Rosa mit glasigem Blick.

Sie hielt ihr Handy noch in der Hand. Nicola und Livia saßen am Küchentisch in der Wohnung der beiden Geschwister. Livia hatte Mara auf dem Schoß, die ihren Mund berührte, ihre Haare, ihre Wangen. Sie trällerte ein Kinderlied. Die gelben Fliesen waren schmutzig, es war eigentlich überall ein wenig schmutzig. Die Tür ging auf, und einer der Mitbewohner kam herein.

«Ciao.»

Er ging direkt in sein Zimmer. Nicola und Livia sahen Rosa an.

«Wir haben nicht auf ihn gewartet», wiederholte sie.

Da stand Nicola auf und riss die Balkontür auf.

Er hob den Rollladen ein wenig hoch. Man konnte nur auf den kleinen gassenartigen Hof sehen, der auf allen vier Seiten von Hauswänden eingegrenzt wurde, sodass die anderen Fenstergitter ganz nah waren. Die Mauern der Nachbarn schienen sich an ihr Haus zu drängen, es jede Minute mehr zu belagern. Die Straße, die dahinter lag, konnte man von hier aus nicht sehen. Nicola zündete sich draußen eine Zigarette an.

«Wir haben nicht …», hörte man Rosa von drinnen.

Sie stand regungslos da, umklammerte immer noch das Handy.

Sie sah Livia an. Sie sah auf den Rücken ihres Bruders. Sie wartete auf die Schmerzwelle, die sie umwerfen würde. Sie wartete darauf, endlich zu verstehen, was geschehen war. Ihr Vater war tot. Ihr geliebter Vater, der ihr im dunkelblauen Meer von Tarent das Schwimmen beigebracht hatte. Nicola war auch da, noch ganz klein, mit Schwimmflügeln, seine Augen waren rot vom Salzwasser. Er glaubte, unter Wasser Blasen machen zu können. Doch sein Mund erreichte kaum die blaue Oberfläche, auf der sich die Sonne brach. Eine gelbe Sonne, wie man sie nur als Kind sieht. Und sie beide wähnten sich weit draußen im tiefen Meer, wie die Schiffe, so wie man nur als Kind Schiffe, Bastionen und Worte als weit weg empfindet. In Wirklichkeit waren sie nur wenige Meter vom Ufer entfernt, und ihre Mutter erwartete sie lachend an der Strandlinie. Sie wartete auf die drei: den Vater und die beiden Kinder. Die Handtücher für die Kinder hatte sie schon parat, wie alle Mütter auf der Welt. Ihre hellblonden Haare waren von der Sonne nicht richtig ausgebleicht, aber doch aufgehellt. Die Augen kniff sie zusammen, wegen des hellen Lichts. Die Augen, die blau wie die ihrer Kinder waren. Nein, umgekehrt, sie hatten die blauen Augen ihrer Mutter.

Man hörte das Lachen ihres Vater, der zu ihr sagte: «Komm, Schatz, beweg deine Füße! Ja, genau so!» Das Lachen ihres Vaters sagte ihr, dass ihr niemals jemand etwas Böses antun könne. So wie das bei allen Vätern der Welt war. Aber was wusste Rosa schon? Sie war nur ein Kind. Und alles war so sonnig, so leuchtend, so echt. Sie erinnerte sich an keinen Moment aus ihrem Erwachsenenleben, der ihr so echt erschienen wäre wie jene Augenblicke ihrer Kindheit. Das fiel ihr erst jetzt auf, während sie zurückdachte und so viele Erinnerungen wie möglich abrief und um sich scharte wie eine Viehherde. Ihre Tiere, ihre Erinnerungen. Denn sie wusste, dass auch sie so schnell wie möglich verstehen musste – wie es ihre Ohren und ihr Mund schon verstanden hatten –, was geschehen war.

Sie erinnerte sich an den Tag des Erdbebens. Sie war in der

Schule, noch in der Grundschule, und sie war voller Panik. Sie hatte sogar Angst vor dem bloßen Gehen. Denn was, wenn meine Schritte die Erde noch einmal wecken würden und erzittern ließen? Während die anderen Kinder schon wieder im Hof spielten, als sei nichts gewesen, sah sie ihren Vater atemlos hereinstürzen. Denn, ja, ihr Vater kannte sie genau, und er wusste nur zu gut, was seine Rosinella dachte. Sie hatte sich in die Arme des Vaters gestürzt. Und er hatte sie festgehalten. Er war verschwitzt und besorgt. Und dann plötzlich, noch während er sie festhielt, verflog seine Sorge, und er brach in sein wunderbares Gelächter aus. Mein Gott, das wunderbare Lachen meines Vaters. Und auch sie hatte zu lachen begonnen.

Jetzt versuchte sie sich daran zu erinnern, damit ihr die Erinnerung helfen könnte, zu begreifen. Die Bilder ihrer Kindheit erschienen ihr, mehr als alles andere, als ihr wahres Leben. Doch nun musste sie verstehen, so schnell wie möglich, auf der Stelle, dass ihr Vater tot war. Für immer.

Livia blieb mit Mara auf dem Schoß sitzen und hielt sie fest. Aber das Mädchen entwand sich ihren Armen, rutschte vom Stuhl und begann mit den tiefen, schmutzigen Küchenschubladen zu spielen. Sie zog daran, um sie zu öffnen, und sang dazu.

«Pass auf, Mara», sagte Livia. «Du tust dir weh.» Es kam ihr so unpassend vor, etwas zu sagen. Aber was sollte sie tun.

Sie stand auf und hob das Mädchen hoch. Mara begann zu schreien.

«Du tust dir weh, Kleine», sagte Livia, mehr, um von den Geschwistern gehört zu werden als von Mara.

«Du bist böse!», sagte Mara. «Lass mich los!»

«Hey, Mara.» Livia hob die Stimme ein wenig. Sie fühlte sich in Schweiß gebadet, dann war ihr wieder eiskalt. Sie stammelte: «Komm schon, Mara.»

Aber das Mädchen schrie weiter. Keiner der Geschwister rührte sich.

«Soll ich mit ihr rausgehen?», fragte Livia, wo sie doch eigentlich nur ihren Nicola umarmen wollte.

Was sollte sie tun? Was erwartete Nicola von ihr? Was war jetzt das Richtige? Und wie sollte sie sich von nun an verhalten? Was sagen? Nicola, hilf mir, zu verstehen, was ich tun soll. Aber wie konnte Nicola jetzt daran denken, dass sie auch in diesem Raum war? Dass sie überhaupt existierte? Würde er sich jemals wieder an sie erinnern? Nun, da etwas so Schreckliches geschehen war, etwas so Furchtbares, das sich Livia nicht vorstellen konnte. Was sollte man fühlen? Was würde passieren? Ihr kam es so vor, als seien Nicola und sie bis zu diesem Moment zwei gleiche Wesen gewesen, von der gleichen Art, wie ein Hund und ein Hund. Doch seit jenem Telefonat waren sie es nicht mehr. Als hätte das, was passiert war, sie mit Gewalt in zwei Wesen verschiedener Arten verwandelt, die sich nicht erkennen konnten. Was denkst du, Nicola? Was kann ein Mensch denken, wenn ihm so etwas Schreckliches passiert ist? Was kann ihm dann noch seine Freundin bedeuten, oder die Jahreszeit, das Liebemachen, eine Umarmung?

«Er ist umgebracht worden», sagte Rosa wie überrascht.

Nicola drehte sich zu ihr um und sah sie an.

Livia wollte kotzen. Aber sie sagte sich: Nein. Du hast kein Recht dazu.

Sie hielt diesen kleinen Aal Mara in ihren Armen fest. Das Mädchen protestierte und wand sich. Livia wurde schwindlig. Sie hatte Angst, auch um sich. Was wird aus meinem Leben? Wird es je wieder einen glücklichen Tag mit ihm zusammen geben? Hör auf damit, du hast nicht das Recht dazu, sagte sie sich. Aber wie lassen sich Gedanken kontrollieren? Was denkt ein Mensch, der soeben erfahren hat, dass sein Vater umgebracht wurde? Was kann ihm jemals wieder wichtig sein? Du bist eine Egoistin, sagte sich Livia. Hör auf.

Rosa legte das Telefon auf den Tisch.

Nicola sah sie an.

Livia sah auf die beiden. Das war kein Blick unter Geschwistern. Sie selbst hatte auch einen Bruder. So gesehen hatte sie immer auf gleicher Stufe gestanden mit Nicola und Rosa. Sie wusste, was es hieß, Schwester zu sein. Livia sah auf die beiden. Aber das war kein Blick unter Geschwistern, das war … Livia schwitzte. Sie schienen nicht zu schwitzen. Es war ein anderer Blick, den sie nicht verstehen konnte. Er enthielt alles, was sie wusste und nicht wusste. Alles, was sie erlebt und vom Leben verstanden hatte, und auch das, was sie noch nicht gesehen hatte und nie sehen würde. In ihm spiegelte sich das, was auch die beiden Geschwister nie sehen würden, das, was vorher geschehen war, und das, was danach kam. Es war ein Blick … Livia fühlte sich ohnmächtig.

Es war zu heiß. Mara war so schwer. Nicht umfallen, sagte sie sich. Du kannst jetzt nicht umfallen. Wenn jemand in Ohnmacht fallen oder weinen kann, sind es sie beide, oder das Mädchen. Du nicht, du hast kein Recht dazu. Es war ein Blick, den sich Livia nie hatte vorstellen können. Es geht um sie, sagte sie sich. Nicht um dich.

Nicola ging auf Rosa zu, die Augen auf sie geheftet. Sie atmeten. Man hörte das Atmen im Raum. Sie sahen sich an, als hätten sie sich eine Ewigkeit nicht gesehen oder als wären sie seit einer Ewigkeit Liebende. Als gingen nicht zwei Geschwister aufeinander zu, sondern zwei, die sich erkennen. Sie sind voller Wärme. Nicola ging auf Rosa zu und sah sie ohne Unterbrechung an. Auch sie sah ihn an. Livia hatte Angst hinzusehen. Und als sie ganz nah waren und der Raum von ihrem Atem erfüllt war, berührten sie sich.

15

DER TAG DAVOR

Es war der 24. August, um neun Uhr morgens. Ihre Mutter war schon weg, sie war in letzter Zeit immer draußen unterwegs. Paola vermutete, nein, sie war sicher, dass es mit Vitos Verschwinden zu tun hatte. Aber sie hatte keine Lust mehr nachzufragen. Nach jenem Tag vor zwei Wochen, als Milena im Morgengrauen den Anruf bekommen hatte, hatte Paola die Mutter immer drängender gefragt: Geht es um Vito? Aber die Mutter wich den Fragen aus, als wären es Pusteblumen.

Paola hatte entschieden, dass es sie nun nicht mehr interessierte. Der Schmerz der Mutter war ihr egal. Und auch der eigene Schmerz.

«Wir werden ihn nicht mehr wiedersehen, oder? Er hat uns verlassen.»

Ja, das hatte sie gesagt. Und doch hatte sie von ganzem Herzen gehofft, dass es nicht wahr wäre. Vito konnte sie nicht verlassen. Er war seit je der Mann ihrer Mutter gewesen. In einem gewissen Sinn war er auch ihr Mann. Gut, da gab es eine Frau, Carla. Sie war vorher seine Frau, und dann seine Exfrau. Und es gab auch Kinder. Die konnte man nicht ausradieren. Die würden nie zu Ex werden. Paola war ja nicht dumm.

Wer war er denn, wenn nicht dein Mann (und ihr Vater – so hatten sie es ihr beigebracht, so hatte sie es gelernt)? Vito wollte Milena nicht verlieren. Mehr noch: Er wollte Milena hundertprozentig besitzen. Paola war sicher, dass Vito sich nie hatte vorstellen können, sie oder Milena eines Tages zu verlieren. Sie beide hätten ihn nie verlassen, das war klar wie diese Sonne, die seit so vielen Tagen die Stadt verzehrte.

Er kann sich nicht vorstellen, dich zu verlieren. Aber fühlt er, dass du nicht mehr ausschließlich ihm gehörst? In der Rolle als dein Mann (oder dein Vater, ja) gibt er dir den Großteil des Geldes, von dem du lebst. Er taucht ständig in deinem Leben auf. Er kommt zu dir nach Hause und sagt: «Ich habe Hunger. Ich habe Durst.»

Er fährt mit dir ans Meer. Und du liebst ihn mehr als alles andere auf der Welt, und das sagst du ihm auch. Nur er schläft tagelang in deiner Wohnung. Nur er zeigt dir, auch damit, wie gern er dich hat. Als es der Mutter schlechtging, wer hat angerufen? Er. Als es Paola schlechtging, wer kam und half ihr? Er. Er ist dein Mann. (Oder dein Vater.) Wer sonst?

Wie leicht es ist zu vergessen, sagte sich Paola. Sie öffnete die Augen und schloss sie wieder. Sie dachte fast nie an Vito.

Die Erinnerung an ihn verblasste, und Vito selbst schien nicht mehr zu ihrer Wirklichkeit zu gehören, nun, da sie ihn länger nicht mehr gesehen hatte. Würdest du auch deine Mutter vergessen?, fragte sie sich. Den einzigen Menschen, mit dem du immer alles geteilt hast? Die Einzige, die sich immer um dich gekümmert hat? Ja. Und ich würde auch mich selbst vergessen.

Sie stand auf. Sie konnte nicht mehr schlafen. Arme Mama, dachte sie. Und sofort danach: Und wenn sie etwas von Vito wusste? Und es vor mir verheimlicht, weil es sie nervt, mich immer dazwischen zu haben? Sie zuckte mit den Schultern.

Milena tauchte am Nachmittag wieder auf. Vollkommen erledigt kam sie herein und zog sich die Schuhe aus. «Ich komme gerade von der Arbeit», sagte sie.

Doch Milena wusste, dass ihre Mutter nicht mehr ins Büro ging, seit Vito verschwunden war. Sie arbeitete als Sekretärin für einen Buchhalter aus Centocelle. Die Stelle hatte Vito für sie gefunden. Der Buchhalter stand kurz vor der Rente.

Paola musste die Mutter gar nicht fragen, sie konnte sich ihren Anruf bei ihrem Chef heute früh lebhaft vorstellen: Guten Morgen, ich habe mir leider eine schwere Grippe eingefangen und schaffe es nicht mal aus dem Bett.

Die Mutter warf sich aufs Bett, ohne sich auszuziehen. «Entschuldige, mein Schatz. Mir platzt der Kopf.»

Sie schlief ein. Wer weiß, vielleicht hatte die Mutter den ganzen Tag auch noch nichts gegessen. Paola hatte sich in jeder anderen Situation um sie gekümmert, sie getröstet. Wie es ihre Mutter immer bei ihr getan hatte. Aber diesmal war es anders.

Nach zwanzig Minuten wachte die Mutter auf. Sie wusch sich das Gesicht. Ihr Kleid war zerknittert und mit Schweißrändern befleckt. Sie gab ihr einen Kuss. «Ich gehe wieder zur Arbeit.»

Sie sah sie an. Vielleicht erwartete oder hoffte sie, dass Paola sie von dieser Obsession retten würde. Und ihr sagen würde: Was ist los, Mama? Ich glaube dir nicht, dass du wieder zur Arbeit gehst. Das ist noch nie vorgekommen. Sag mir, was los ist. Setz dich, Mama. Ich helfe dir.

Doch Paola widmete sich ihrer Maniküre. Sie hatte die Hände in eine Schale mit warmem Wasser getaucht und sagte: «Okay. Ah …»

Sie hielt die Mutter auf, als die schon an der Tür war.

«Ich schlafe heute bei Daria.»

«Bei wem?» Milenas Blick war verschleiert, schmerzvoll.

«Bei meiner Freundin Daria», sagte Paola. «Wir essen Pizza, und danach schlafe ich bei ihr.»

«Wo wohnt sie?», fragte Milena.

«In Monteverde.»

Milena blieb auf der Türschwelle stehen. Man sah, dass sie von irgendwoher ein Gedanke, eine Einsicht traf und ihr etwas zu sagen versuchte. Aber sie war zu müde, zu traurig, es gelang ihr nicht, dieser Stimme zu folgen.

«Ist gut. Aber ruf mich an.»

Paola ließ das Wasser von den Händen abtropfen und trocknete sie mit einem Tuch ab. Dann nahm sie eine Pinzette. Milena wollte ihr gerne zusehen, doch es ging nicht. Ihr Blick war verschleiert von einem Gefühl der Niederlage. Sie schloss die Tür mit einem dumpfen Schlag. Und erst da hatte Paola einen Gedanken, der sich bis zu jenem Moment nicht hatte offenbaren wollen: Mama ist in der Nacht, als Vito verschwand, weggegangen. Habe ich sie nicht erst im Morgengrauen wiederkommen hören? Wo war sie die ganze Nacht?

Sie sah sich um und atmete tief ein. Warum fragst du sie das nicht? Aber wieder wollte sie nicht daran denken. Unwillentlich stach sie sich mit der Pinzette in den Finger.

16

Orlandi kam herein und wischte sich den Schweiß ab. Milena fuhr zusammen. Wie lange hatten sie sie hier drinnen alleine gelassen? Eine halbe Stunde? Eine Stunde? Mehr? Orlando heftete den Blick auf sie.

«Und?», sagte er.

«Was?», fragte Milena.

«Wollen wir aufhören, uns auf den Arm zu nehmen, und endlich anfangen zu reden?»

«Wie meinen Sie das?»

Kein Laut war zu hören. Nur Orlandis mühsamer Atem. Diese Hitze, dieser Schweiß.

Carla sah sich um wie jemand, der mit verbundenen Augen an einen Ort gebracht worden war und dem man eben die Augenbinde abgenommen hat. In dem Raum des Polizeipräsidiums stand die Luft. Der Vormittag des 25. August ging dem Ende zu. Alle waren müde, allen war zu heiß.

Sie hatten sie die ganze Nacht lang bis in den Morgen hinein befragt; dann hatten sie sie allein gelassen. Kein Lufthauch war zu spüren, kein Laut zu hören. Die Möwen waren plötzlich verschwunden, vielleicht gestorben. Carla hatte die Hände verschränkt. Irgendwann strich sie sich über ihre Wange. Die Tür ging auf.

Mit schuldbewusstem Blick kam Cecchi herein. «Hatten Sie Zeit zum Nachdenken?»

Carla sah ihn verloren an. «Denken?», sagte sie wie im Traum. Sie sah eine große schwarze Kakerlake mit langen Fühlern und riesigen Beinen quer durch den Raum laufen.

«Wollen wir weitermachen?», fragte Cecchi. «Sind Sie bereit, Signora Romano?»

Carla nickte. «Natürlich …»

«Ich sage Ihnen doch, ich war mit meiner Tochter Paola zu Hause. Ich habe geschlafen. Wo soll ich sonst gewesen sein?» Milena versagte die Stimme.

Orlandi wischte sich erneut den Schweiß ab, der von seinem Gesicht tropfte. «Und können Sie mir dann erklären, Signora Spataro, wie es möglich ist, dass zwischen 10.30 Uhr am 6. August und 7.30 Uhr am 7. August – genau zu der Zeit, in der der Mord begangen wurde – Ihr Handy in der Via Prenestina geortet wurde? Genau an dem Haus, wo Signora Romano, die Exfrau des verstorbenen Vito Semeraro, wohnt?»

Milena sah ihn an.

«Semeraro war an jenem Abend dort zum Abendessen. Und Sie wussten das. Wie kommt es, dass auch Sie dort waren? Sind Sie ihm nachgegangen?»

Milena sah ihn an.

«Warum haben Sie uns mehrmals gesagt, dass Sie an jenem Abend zu Hause bei Ihrer Tochter schliefen, während Sie sich in Wahrheit vor dem Haus der Romano befanden? Oder soll ich besser sagen, in der Wohnung des Francesco Ernesto Romano?»

Milena sah ihn an. «Drinnen?»

«Wir haben ein Gutachten, Signora, das beweist, dass Semeraro an einem anderen Ort umgebracht wurde als dort, wo der Leichnam versteckt wurde. Das letzte Mal lebend gesehen wurde er in der Wohnung von Francesco Ernesto Romano. Waren Sie auch da, Signora? Waren Sie in dem Haus, in dem Vito Semeraro das letzte Mal lebend gesehen wurde?»

«Nein …», sagte Milena.

«Kann es nicht sein, Signora, dass Sie aus Eifersucht eine unüberlegte Tat vollbrachten?»

«Nein … Ich war … vor der Wohnung von Carla Romano …»

«Wollen Sie sagen, dass Sie dem armen Semeraro hinterherspioniert haben? Haben Sie ihn verfolgt und basta? Oder hat es Sie plötzlich gepackt, und Sie wollten ihn tot sehen?»

«Sind Sie sicher, Signora Romano, dass Sie in jener Nacht sofort nach Hause gegangen und mit Ihrer Tochter Mara eingeschlafen sind? Bitte denken Sie genau nach.»

«Ja.»

«Und sind Sie sicher, dass Sie die ganze Nacht mit Ihrer Tochter zu Hause geblieben sind? Um Himmels willen, Signora, überlegen Sie!»

«Aber ja, ja doch», sagte sie verzweifelt. «Ja.»

«Wollen Sie nicht noch mal darüber nachdenken? Ich frage Sie das ganz ehrlich.»

Carla zuckte unbehaglich mit den Schultern.

Cecchi holte tief Luft. Er schloss die Augen. Es herrschte Stille. Dann sprach er, und es klang, als würde jemand sein Leben bedrohen. «Wenn Sie zu Hause waren, Signora Romano, wie Sie eben sagten, und schliefen …»

Cecchi legte eine Hand auf den Schreibtisch. Carla sah auf seine Hand. Auch Cecchi blickte darauf.

«Können Sie mir dann sagen, warum …»

Er sprach leise.

«Warum …»

Er hob die Augen und sah sie an, voller Schuldgefühle, voller Zuneigung.

«… warum zwischen 22.25 Uhr und Mitternacht Ihr Handy in der Nähe des Castel Sant'Angelo geortet wurde?»

Carla hob den Blick zum Himmel. Aber da war nur die schmutzweiße, feuchte Decke.

«Signora Spataro, haben Sie Vito Semeraro aus Wut oder Eifersucht getötet?»

«Nein. Ich warte. Ein Leben lang warte ich», sagte Milena.

«Signora Romano, haben Sie Ihren Mann, Ihren Exmann, getötet, um endlich ein freies Leben zu führen?»

«Aber nein …»

«Haben Sie ihn umgebracht? Kommen Sie, Signora Spataro, es gibt keinen Grund mehr zu lügen. Befreien Sie sich von dieser Last.»

«Kann ich meine Tochter anrufen? Nur ganz kurz. Bitte!»

Carla sah Cecchi plötzlich streng an. In ihren Augen blitzte Abscheu auf, als wäre er der Befragte und sie die Polizistin.

«Signora Romano», sagte Cecchi.

«Ich bin hier.»

«Mama», antwortete Paola. Sie saß verlassen zu Hause auf dem Boden, die Schultern gegen die Tür gelehnt. Ihre Hände, in denen sie das Telefon hielt, zitterten.

«Mein Schatz», sagte die Mutter mit plötzlich ganz ruhiger Stimme. «Ich habe so oft versucht, dich zu erreichen. Dein Telefon war immer aus. Ich habe mir …»

«Wo bist du? Ein Anwalt hat angerufen, Mama. Er hat mir gesagt, dass … dass Vito … Er hat mir alles gesagt, Mama.»

«Mein Schatz», sagte die Mutter. «Mach dir keine Sorgen. Wie geht es dir, mein Liebes? Es wird alles gut werden. Sei ganz ruhig, alles wird …»

«Mama», sagte Paola und holte zur geschlossenen Tür gewandt tief Luft.

«Sag, mein Liebes.»

«Mama, warst du es?»

17

Sie hatte gestanden. Sie hatte weder auf die Ankunft des *Anwalts* gewartet, noch hatte sie von ihrem *Recht zu schweigen* Gebrauch gemacht. Man hatte sie mit keinem *eindeutigen Beweis* gekriegt. Niemand hatte sie *zu Fall gebracht*. Lauter Wörter, die ihr jetzt wieder einfielen. Als Blitze leuchteten sie in ihrem Kopf auf, wie damals, als sie mit ihrer Tochter schwanger war und sie eines Tages beim Spazierengehen, ohne Vorwarnung, Blitze in ihrem Kopf spürte, bevor sie in Ohnmacht fiel. Ihr Mann hatte sie aufgefangen und sich tagelang liebevoll um sie gekümmert. Wörter, die nicht zu ihrem wahren Leben gehörten, Wörter wie aus einem Film. Es gab eine wirkliche Welt und eine Traumwelt. Das wusste doch jeder.

Zwei Frauen wurden im Polizeipräsidium befragt. Vielleicht gab es auch andere Verdächtige. Doch auf dem Präsidium waren sie zu zweit. Und eine der Frauen hatte ein *umfassendes Geständnis* abgelegt, wie es kurz darauf in den Zeitungen hieß. *Femme fatale* hatten sie sie genannt.

Letztlich sind die Ausdrücke, mit denen man Mörder und Mörderinnen oder mutmaßliche Mörder und Mörderinnen bezeichnet, immer die gleichen. Als wären auch die Mörder und Mörderinnen immer die gleichen. Ein eifersüchtiger Mann, eine betrogene Frau, eine verletzte Geliebte, eine unterdrückte Ehefrau, ein Serienmörder, ein eiskaltes Paar, ein Vatermörder, ein Muttermörder, eine durchgedrehte Mutter. Als könnte man die Mörder und Mörderinnen oder mutmaßlichen Mörder und Mörderinnen alle in eine dieser wenigen Formen gießen. Du steckst einen Mörder in die Form, einen anderen nimmst du heraus.

Das eine oder andere Indiz gab es, aber es reichte nur für weitere Ermittlungen, nicht für eine Anklage: Da waren die falsch angegebenen Zeiten und die Funkzelle, in der die Handys eingeloggt waren. Doch es konnte die eine Frau so gut wie die andere gewesen sein. Es gab keinen Beweis, der eine der beiden belastete. Es konnte sogar jemand ganz anderer gewesen sein. Einfach weil es keinen Beweis gab. Aber sie hatte gestanden. Sofort. Warum?

«Es reicht», hatte sie gesagt.

Sie hatte den Kopf gehoben, hatte ihren Blick auf den Polizeihauptmeister geheftet, dann auf Polizeidirektor Alaimo, der dazugekommen war und schweigend und mit bitterer Miene an dem Verhör teilgenommen hatte. Die Hitze hatte sich ein wenig gelegt. Noch immer fürchtete man eine neuerliche Attacke der Möwen. Geduckt warteten die Vögel auf den richtigen Moment, um anzugreifen.

Jemand hatte die Fenster ein wenig geöffnet. Ein wunderbarer Geruch strömte herein. Endlich roch der Sommer gut. Alaimo und der Polizeihauptmeister hatten einen schnellen Blick ausgetauscht. Sie sagten nichts.

«Ich bin es gewesen», hatte sie gesagt.

Sie war aufgesprungen, als würde der Stuhl brennen. Der Polizeihauptmeister hatte sie ermahnt, sich wieder zu setzen.

Alaimo hatte zustimmend genickt. «Erzählen Sie, Signora.»

Die Stimme von Alaimo klang, als würde er sagen: Sie werden sehen, alles wird gut.

«Erzählen Sie», sagte er, «wie Sie ihn umgebracht haben.»

«Ich bin es gewesen», hatte sie nochmals wiederholt.

Dann hatte sie ihre Hände so fest ineinander verschränkt, dass sich kleine halbmondförmige Risse auftaten, aus denen es zu bluten begann. Und es war, als hätte dieses Blut seit Monaten, seit Jahrhunderten, seit Ewigkeiten darauf gewartet, sich zu zeigen.

«Aber ich habe ihn immer geliebt.»

18

«Nein», sagte Polizeidirektor Alaimo.

Er sah aus dem Fenster. Ein Junge auf Rollschuhen fuhr gerade unten vorbei, die Sonne brannte, er ratterte über die Pflastersteine. Die knielange Hose des Jungen ließ eine dunkelrote, fast braune Narbe sichtbar werden, die die Wade entlang verlief und sich im Strumpf verlor. Alaimo zündete sich eine Zigarette an. Nach einem Zug drückte er sie aus und warf sie aus dem Fenster.

«Was denken Sie, Herr Polizeidirektor?», fragte Cecchi hinter ihm.

«Was soll ich schon denken, Ihrer Meinung nach?» Alaimo drehte sich um und sah seinen Kollegen mit hartem Blick an.

«Es könnte doch so gewesen sein, wie die Romano sagt. Sie hat ihn aus Notwehr umgebracht.» Cecchi tastete nach seinem Muttermal am Hals und kratzte heftig daran. Sofort lösten sich kleine Hautfetzen, das Muttermal hob und senkte sich. «Wir können die wiederholten Gewaltausbrüche des Ehemanns nicht einfach außer Acht lassen; und auch nicht die zahllosen Anzeigen der bedauernswerten Frau während der letzten Jahre. Sie hatte ihn verlassen, die beiden waren alleine in der Wohnung. Es ist leicht vorstellbar, dass er in jener Nacht den Kopf verlor und versucht hat, sie zu töten.»

Alaimo wandte sich wieder dem Fenster zu. Er zündete sich eine neue Zigarette an. «Von wegen bedauernswerte Frau, Cecchi. Dass ich nicht lache! Sie ist eine Mörderin. Sie hat ihren Mann umgebracht. Und mit Sicherheit hat ihr jemand dabei geholfen.»

«Ja, sie hat ihn umgebracht. Aber wie Sie eben sagten, sie hat die Tat gestanden. Ich meinte nur, es könnte doch sein, dass der Mann versucht hat …»

«Könnte sein.» Alaimo sah hinaus. «Aber was geschah *nach* dem Mord, verdammt? Eine Frau von nicht einmal fünfzig Kilo lädt sich einen über hundert Kilo schweren Körper auf und trägt ihn bis nach Spinaceto? Und zu diesem Punkt sagt die Romano nur, sie sei es gewesen, sie hat alles alleine gemacht.» Er wandte sich zu ihm und sah im direkt in die Augen. «Cecchi, was für ein Scheißgeständnis ist das?»

Cecchi antwortete nicht.

«Und die Spataro? Warum hat sie uns angelogen? Sie war da, am Tatort, die ganze Nacht. Alle beide waren sie am Tatort. Die Exfrau und die Geliebte. Wir müssen herausfinden, was in der Nacht wirklich passiert ist. Was sie uns verbergen.»

«Sicher», sagte Cecchi.

«Der Richter hat für Carla Romano Sicherungshaft angeordnet. Aber es gibt einen Komplizen, Cecchi, das ist so sicher wie das Amen in der Kirche. Diesen Komplizen müssen wir finden. Das hat oberste Priorität.»

Die beiden Männer schwiegen, sie standen Rücken an Rücken. Der eine, Cecchi, wirkte gebeugter, müder als der andere. So verharrten sie, schweigend, einander abgewandt, und der mit den gebeugten Schultern suchte eine Antwort auf alles.

19

Zur gleichen Zeit kehrte Milena nach Hause zu ihrer Tochter zurück. Nachdem sie ihr die ganze Wahrheit gesagt hatte, wurde Milena von einem verzweifelten Weinkrampf geschüttelt. Nun erwartete sie, dass Mutter und Tochter gemeinsam in Tränen ausbrachen und sich in die Arme fielen.

Paola jedoch sagte nur schmallippig: «Er war also gar nicht mein Vater.» Und dann: «Und er war auch nicht dein Mann.»

Sie sah ihre Mutter streng an. Milena streckte eine Hand nach ihr aus. Die kleine, dunkle Wohnung schien sich plötzlich auszudehnen und zu drehen. Milena wartete auf ein Zeichen der Nähe. Die ausgestreckte Hand verlangte danach, ergriffen zu werden. Aber Paola erhob sich nur.

«Wir haben Vito nie etwas bedeutet», sagte sie. «Nur uns hat er alles bedeutet.»

Die Mutter erhob sich. Sie ging in die Küche und begann, die Teller abzuwaschen. Als ihre Tochter sie rief, trocknete Milena sich die Hände an der Schürze ab, wie es die guten und braven Frauen tun, jene, die nicht den Verstand verloren haben für den Mann einer anderen. Ein ganzes Leben lang haben sie beide auf ihn gewartet. Und nun ist dieser Mann tot. Ermordet.

Sie setzte ein Lächeln auf und ging zu ihrer Tochter. «Sag, mein Schatz.»

Sie nahm neben ihr Platz und griff nach ihrer Hand, umschloss sie mit beiden Händen. Doch Paola entzog sie ihr.

«Gestern war ich nicht bei Daria, Mama. Ich hatte Sex mit einem Mann.»

Wer? Was?

«Und mit wem, mein Schatz?» Milena fühlte Tränen und Wut in sich aufsteigen. Aber warum?

«Es ist nicht wichtig, wer es war, Mama. Ich hatte Sex mit ihm. Er ist zweiundvierzig.»

«Willst du darüber sprechen?»

«Das geht dich nichts an, Mama. Was ich dir sagen wollte, habe ich dir gesagt.» Ihre Lippen waren schmal und ihre Augen streng, ohne Verständnis für die Mutter.

Wer ist es? Wer ist dieser Mann?, dachte Milena. Wer ist meine Tochter? Bei dem Gedanken an das Geschlecht eines Mannes im Körper ihres Mädchens verlor sie beinahe die Besinnung. Sie kannte diesen Körper von Geburt an. Dieser Körper war in ihrem gewesen. Was war das für ein Mann, der ein junges Mädchen verführte? Paola hatte ihr doch sonst immer alles erzählt.

«Paola», sagte sie.

Aber es war sinnlos. Dann dachte sie voller Wut, wenigstens hat Paola jemanden, um die Leere auszufüllen, die uns jetzt umgibt. Und ihr wurde klar, dass sie – auch wenn es nicht richtig war – auf ihre Tochter eifersüchtig war. Sie hätte auch gern einen Mann gehabt oder eine Frau, irgendjemanden, der ihr sagte: Es geht alles vorbei, ich bin da. Sie wusste, dass es nicht richtig war, so zu denken. Sie war eine erwachsene Frau und eine Mutter. Es war an ihr zu sagen: Alles wird gut, ich kümmere mich darum. Es geht vorbei.

«Willst du etwas essen?»

Es war Abend. Paola nickte kaum merklich.

Milena erhitzte in der Küche die Pfanne für das Fleisch, während Paola mit ihrer Verwirrung allein gelassen war und weiter träumte, ein wenig erschöpfte Dame, ein wenig Kind, das getröstet werden und seinen Teil unumstrittener Liebe bekommen will – und diesen Teil wollte sie nun von jenem Mann haben. Sie blieb mit geschlossenen Augen sitzen und fuhr sich sanft mit der Hand übers Gesicht, den Hals, die Brust. Sie seufzte.

Milena machte sich unterdessen daran, den Salat zu schleudern. Dann legte sie zwei Fleischstücke in die zu heiß gewordene Pfanne, die sofort zu brutzeln begannen. Mit ernstem Gesicht kam sie zu ihrer Tochter und sagte: «Essen wir hier, oder?» Dabei sah sie auf den Boden.

Und Paola verstand, dass Milena Vito vor sich sah, bei einem dieser Essen, wo sie lachend auf dem Boden gesessen hatten. Paola, Milena, Vito; sie drei.

Die Mutter legte die Fleischstücke auf die Teller, die Paola ihr hinhielt, um sie dann auf den winzig kleinen Tisch zu stellen. Sie reichte Paola Salz und Öl und lächelte sie an.

«Was willst du trinken?» Sie beugte sich zum Kühlschrank. «Wasser, Wein?»

Sie nahm Wasser und Rotwein raus. Nie zuvor hatte Milena ihrer Tochter Wein angeboten. Paola füllte ihr Glas und trank, ohne sich den Mund abzuwischen. Milena legte Servietten auf den Tisch, dann das Besteck. Ihr Handy klingelte. Aber Paola war schneller. In Windeseile schnappte sie es sich von der Anrichte neben dem Herd, stellte auf laut und machte ihrer Mutter ein Zeichen: Sprich.

«Hallo», sagte Milena kreidebleich.

«Da hast du aber Glück gehabt, Hure.»

Milena blieb keine Zeit, Luft zu holen. Der Akzent, den auch Vito hatte, brach plötzlich durch, nur war die Stimme jünger. «Hast du ein Glück gehabt, dass du es nicht gewesen bist. Sonst wärst du jetzt tot.»

Milena riss den Mund auf, sie fasste sich an den Hals.

«Hör mir zu, Hure.»

Wie alt mochte diese Stimme sein? Wie oft hatte diese Person mit Vito gesprochen? War es jemand aus der Familie? Aus seinem Freundeskreis?

«Hör mir gut zu! Du und deine zurückgebliebene Tochter, ihr lasst euch nicht mehr blicken. Hast du verstanden?»

Ihr schwanden die Sinne. Sie setzte sich und nickte.

«Hast du verstanden? Antworte!»

«Ja.»

«Pass bloß auf, Hure.»

Damit war das Gespräch beendet.

«Weg hier», keuchte Milena. Sie schnappte nach Luft. «Weg hier.» Zitternd schenkte sie sich ein Glas Wasser ein. Doch als sie Paola vor sich sah, riss sie sich zusammen.

Sie rang nach Worten, um mit ihrer Tochter zu sprechen, von Frau zu Frau. So gut sie konnte, erzählte sie ihr von sich, von Vito, von seiner Familie. Sie sagte ihr alles, bis auf ein kleines Detail. Ein Detail aus jener Nacht, in der der Mord passiert war. Sie hatte beschlossen, es niemandem zu erzählen, komme, was wolle. Dieses Detail würde sie immer für sich behalten.

20

«Kehren wir für einen Moment zum Abend des 6. August zurück, Signor Bocci.» Die Staatsanwältin hatte Manuel Bocci einbestellt, die letzte Person, mit der Carla in der Mordnacht gesehen worden war. «Können Sie bestätigen, dass Sie Signora Romano an jenem Abend getroffen haben?»

«Ja.» Manuel sah sich um. Das Büro der Staatsanwältin war aufgeräumt und sehr sauber, es wirkte anonym. Sie hatte lange, gelockte, feuerrote Haare und trug große goldene Ohrringe.

«Warum haben Sie sich getroffen?»

«Carla hatte mich angerufen. Sie war sehr aufgeregt. Sie sagte, dass jemand in der Wohnung ihres Bruders war.»

«Und was haben Sie gemacht?»

«Ich habe ihr gesagt, sie soll schnell mit Mara von dort weggehen.»

«Warum?»

«Weil ich befürchtete, dass Vito Semeraro damit zu tun haben könnte – wie immer.» Manuel saß aufrecht da, frisch rasiert, die Hände im Schoß, mit stolzem Blick. Er antwortete präzise und sicher.

«Wie war Ihr Verhältnis zu Signor Semeraro?»

«Inexistent. Ich habe ihn nur manchmal flüchtig gesehen.»

«Können Sie mir sagen, bei welcher Gelegenheit?»

«Semeraro hat seine Exfrau oft verfolgt, er hat sie bedroht, auch in meiner Gegenwart. Irgendwann hat er begonnen, mich ebenfalls zu bedrohen, und meine Verwandten.»

Die Staatsanwältin hatte ein offenes Notizbuch vor sich liegen. Gedankenverloren kaute sie an ihrem Kugelschreiber. «Wohin haben Sie ihr geraten zu gehen?»

«Ich habe ihr gesagt, wir treffen uns in der Bar Castel Sant'Angelo, in der Nähe meiner Wohnung.»

Die Staatsanwältin nickte. Es stimmte, sie sind in der Bar Castel Sant'Angelo gewesen, das bestätigten auch die üblichen Funkzellen-Analysen und der Barkeeper mit der Brandwunde auf der Wange, der die beiden zusammen gesehen hatte. Sie waren lange in der Bar gewesen, zusammen mit dem Mädchen.

«Haben Sie sich dort schon mal vorher getroffen?»

«Ja.»

«Was geschah in der Bar Castel Sant'Angelo?»

«Sie war so fertig … Ich habe ihr gesagt, dass es bestimmt mit Vito zu tun hat. Und dass sie sich nicht sorgen soll. Dass wir gemeinsam eine Lösung finden.»

Die Staatsanwältin bedeutete ihm fortzufahren.

«Ich habe ihr gesagt, dass es endlich Zeit ist, ernsthaft etwas gegen die Gewalt ihres Exmannes zu unternehmen, und dass ich mit einem Anwalt meines Vertrauens sprechen würde.»

«Und dann?»

«Dann hat sie mich unterbrochen.»

«Was hat sie getan?»

«Sie hat, ganz unvermittelt, gesagt: ‹Er ist tot.›»

«Hat sie gesagt, wer tot ist?»

«Nein. Aber ich habe sofort verstanden.»

«Und wer war tot?»

«Vito Semeraro.»

«Und Sie, Signor Bocci …» Die Staatsanwältin bückte sich, um in ihrer Tasche zu kramen. Für ein paar Sekunden verschwand sie unter dem Schreibtisch und sprach von unten. «Was dachten Sie, als die Romano Ihnen diese Enthüllung machte?»

«Es war nicht bloß ein Gedanke, es war eine schreckliche Gewissheit …»

Die Staatsanwältin kam wieder hoch. «Welche schreckliche Gewissheit?» Sie begann, an einer E-Zigarette mit starkem Vanillegeschmack zu ziehen.

Manuel war jetzt schweißgebadet. Sein gutes Hemd klebte an seinem Körper. «Vito Semeraro hatte versucht, Carla umzubringen. Und sie hat sich gewehrt.» Er wischte sich mit einem Taschentuch die Stirn ab. Auch die Staatsanwältin triefte vor Schweiß.

«Sie wollen sagen, die Romano hat ihn umgebracht?»

«Lassen Sie mich erklären», sagte Manuel.

Die Staatsanwältin zog eine Grimasse, dann nickte sie.

«Ich bin Psychologe und Psychotherapeut, Frau Staatsanwältin, und arbeite unter anderem in einer Beratungsstelle. Ich habe also schon öfter mit Gewalt gegen Frauen zu tun gehabt. Außerdem wurde ich als Sachverständiger zu verschiedenen Prozessen hinzugeholt.»

Die Staatsanwältin hustete, nahm ein Taschentuch aus der Tasche und wischte sich den Mund ab. «Also?»

«Also fällt es mir nicht schwer, mir vorzustellen, was passiert ist. Das ist gewissermaßen mein Job. Vito war zu allem fähig. Aus Eifersucht hätte er jeden vernichten können, der sich zwischen ihn und Carla stellte, auch mich. Alle wissen das.»

«Wer sind alle, Signor Bocci?»

Manuel lächelte sarkastisch. «Sie an erster Stelle. Es gibt von mir erstattete Anzeigen gegen Vito, wenn Sie die Güte hätten, das nachzuprüfen. Eine davon ist gegen unbekannt, aber ich weiß – und Carla auch –, dass es sich hierbei nicht um Unbekannte handelt, sondern um seine Freunde aus Massafra. Da liegen also all diese Anzeigen vor, und Sie fragen mich, wen ich mit ‹alle› meine? Das heißt doch, Sie machen Ihre Arbeit nicht gewissenhaft, wenn Sie mir gestatten, das zu sagen, Frau Staatsanwältin. Es gibt all diese Anzeigen von mir und von Carla. Sprechen Sie eigentlich miteinander, oder handeln Sie einfach, wie es Ihnen gerade passt?»

Die Staatsanwältin schrieb etwas in ihr Notizbuch.

«Und nicht nur das», fuhr Manuel fort. «Wer auch immer in den letzten zwanzig Jahren Kontakt mit Carla hatte, weiß, dass Vito Semeraro schon immer gewalttätig ihr gegenüber war. Er war ein aufdringlicher, brutaler, höchst gefährlicher Mann. Ich weiß nicht, wie vielen Frauen ich geholfen habe, aus einem familiären Umfeld dieser Art herauszukommen. Wenn ihnen keiner hilft, ist ihr weiteres Schicksal vorgeschrieben, leider.»

«Und Sie haben ihr geholfen?»

«Ich ahnte – wie jeder mit nur ein bisschen gesundem Menschenverstand –, dass sie ihn früher oder später umbringen könnte. Was hat die Polizei getan, um eine Tragödie wie diese zu verhindern, Frau Staatsanwältin?» Manuel schlug mit der Faust auf den Tisch.

Die Staatsanwältin sah ihn gelangweilt an. «Fahren Sie fort.» Sie nahm einen Zug Vanillegeschmack.

«Wenn sich Carla nicht verteidigt hätte, würden wir jetzt Vito den Prozess machen und nicht ihr. Und Carla wäre tot, eins der vielen Opfer gewalttätiger Männer, denen die Justiz nicht hilft. In der Tat hatte ich Carla empfohlen, nicht auf den Wunsch ihrer jüngsten Tochter zu hören und den Semeraro zur Geburtstagsfeier einzuladen. Wenn es unbedingt sein muss, hatte ich ihr gesagt, geht etwas essen, zu McDonald's oder so, wie es alle machen. Doch wenn Sie wüssten, wie sehr Carla ihren Kindern verbunden ist, was sie alles tun würde, um sie glücklich zu machen, wenn Sie das wüssten …» Er holte Luft und sah ihr theatralisch in die Augen. «Sehen Sie nicht, wie viele Frauen ihr Leben lassen? Ich sehe es, Frau Staatsanwältin. Wer hat denn je die Hilfeschreie von Carla erhört, von all diesen Frauen? Sie hätten sie sterben lassen wie all die anderen.»

«Signor Bocci!»

«Sagen wir doch, wie es ist», fuhr Manuel erregt fort. «Es ist offensichtlich, dass Carla aus Notwehr gehandelt hat. Worüber reden wir eigentlich noch?»

«Was hat Carla Romano gemacht, nachdem sie Ihnen gesagt hat: ‹Er ist tot›?»

«Sie hat gesagt: ‹Hilf mir.›»

«Und Sie, halfen Sie ihr?»

«Natürlich nicht, Frau Staatsanwältin.»

«Was haben Sie dann gemacht?»

«Ich bin gegangen.»

Mit einem Schlag schien die Staatsanwältin das Interesse an ihm verloren zu haben. Sie kramte wieder in der Tasche und zog das Handy hervor, hielt es sich in einiger Entfernung vors Gesicht, kniff die Augen zusammen und begann hinunterzuscrollen. Manuel wartete ab. Erst dachte er, es ginge um etwas, das mit seiner Befragung zu tun hatte. Als die Stille zu lange andauerte, schielte er auf ihr Handy. Die Staatsanwältin überflog seine Facebook-Seite. Er wusste nicht, warum, aber diese Entdeckung alarmierte ihn.

«Sind wir fertig?», fragte er.

Nun hob die Staatsanwältin den Blick, als würde sie erst in dem Moment bemerken, dass Manuel noch da war. «Gewiss», sagte sie müde.

Manuel stand auf.

«Nur noch ein paar Formalitäten, dann können Sie nach Hause gehen.» Sie machte ihm ein Zeichen, sich wieder zu setzen. «Dann bestätigen Sie mir also, dass Sie in der Nacht vom 6. auf den 7. August – jener Nacht, in der der Mord an Vito Semeraro begangen wurde – außer in der Bar Castel Sant'Angelo nicht mehr mit Carla Romano zusammen waren?»

«Ja.»

«Wohin sind Sie gegangen, nachdem Sie die Bar verlassen hatten?»

«Nach Hause. Aber weil ich so durcheinander war, hielt es mich nicht dort. Also habe ich noch eine Runde mit meinem Motorrad gedreht.»

«Was bedeutet das, eine Runde gedreht?»

«Ich musste den Kopf frei bekommen.»

«Gibt es dafür Zeugen?»

«Ja, eine Frau. Sie hatte eine Panne auf der Brücke. Ich habe ihr geholfen, den Reifen zu wechseln. Danach habe ich sie nach Hause gebracht. In der Morgendämmerung war ich zurück. Wenn Sie das überprüfen wollen, müssen Sie sie nur finden.»

«Ist Ihnen bekannt, Signor Bocci, dass es eine Straftat ist, von einem Verbrechen zu wissen und es den Behörden nicht mitzuteilen? Sie könnten wegen Begünstigung angeklagt werden.»

Manuel schien dieser Vorstoß nicht zu beeindrucken. «Ich weiß, wie das läuft. Ich habe nicht nach dem Gesetz gehandelt und bin sehr wohl bereit, dafür geradezustehen.»

«Warum haben Sie geschwiegen? Wo Sie doch wussten, was Sie erwarten würde?»

«Weil ich ein loyaler Mensch bin.»

«Aber da waren ja auch noch die verzweifelten Kinder und die Verwandten, die Vito Semeraro suchten. Hatten Sie kein Mitleid mit ihnen? Sie hätten ihnen helfen können.»

«Vito Semeraro war tot. Wie hätte ich da helfen können?»

Die Staatsanwältin sah lange aus dem Fenster. «Wissen Sie, was, Signor Bocci? Ich würde sagen, Ihre Haltung ist klar.»

Manuel lächelte.

«Aber zur Sicherheit beginnen wir von vorne. Wo waren Sie am Abend des 6. August, nach neun Uhr?»

21

Mimma stand in der stechenden Sonne. Sie hatte sich ein Tuch um den Kopf gebunden und war ganz in Schwarz gekleidet. Vor ihr war eine endlose Schlange, fast nur Frauen, auch hinter ihr. Auf einer Wand stand geschrieben: «Es ist unnütz, draußen zu leben, wenn du drinnen stirbst.»

Neben ihr waren Rosa und Nicola, hinter Nicola war Livia. Sie hielt sich ein wenig abseits, doch mit ihrer ganzen Körperhaltung wollte sie zeigen, dass sie eine von ihnen war, zu ihnen hielt, das sah man ihr an. Mimma trug Mara auf dem Arm, die ein kanariengelbes Hütchen mit einem weißen Blumenkranz auf dem Kopf trug, als Schutz gegen die Sonne. Ihre Wangen waren von der Hitze gerötet. Sie presste einen gelben Bären an sich.

Die U-Bahn-Station war nicht weit entfernt. Als sie sie verlassen hatten, fühlten sie sich wie in einer anderen Stadt. Oder besser gesagt, nicht wie in einer Stadt, sondern in einer geheimen Zone, die niemand sehen konnte, nur die Leute in der Schlange.

Zwischen dem großen Eisentor am Eingang und den Gebäuden dahinter lag ein breiter asphaltierter Platz, an der Mauer stand ein grauer Wachturm. Der Pfosten, an dem der Name dieses Ortes stand, hatte einen warmen Blauton, fast Hellblau. Von außen konnte man die Gebäude erahnen und vielleicht einen Sportplatz. Viele hohe, in der Hitze vertrocknete Platanen standen da. Man hörte nicht, wie die Menschen drinnen die Namen derer riefen, die draußen standen. Die heraushängenden Kleider sah man noch nicht. Sie waren zu weit weg.

Auf einmal begannen die Menschen draußen zu schreien und zu drängeln. Mimma stolperte in ihren braunen Sandalen. Sie hatte übereinanderliegende Zehen, die rot lackierten Fußnägel waren lang und nach unten gebogen, sodass sie manchmal den Boden streiften.

«Ich nehme Mara jetzt», sagte Rosa zu Mimma.

Sie wollte sie ihr abnehmen, doch Mimma ließ das Mädchen nicht los. Rempelnd bahnte sie sich ihren Weg durch die Menge und gelangte schließlich zum Eingang. Das von der Sonne erhitzte Gitter öffnete sich. Vor ihnen erschien, von Wachen gesichert, auf einem blau-weiß gerippten Schild angekündigt, die Strafanstalt Rebibbia.

Mimma, mit dem Mädchen auf dem Arm, war nicht mehr zu sehen.

Als kleines Kind war Mimma einmal in Bari am Gefängnis vorbeigegangen und hatte die Insassen gesehen, wie sie in Erwartung der Besucher die Namen ihrer Familienangehörigen schrien. Sie hatten ihre Kleider an die Gitter gehängt und andere persönliche Dinge, wie zum Beispiel Pflanzen, an die Fenster gestellt. Das ist schrecklich und zugleich schön, hatte Mimma gedacht, ein Gefängnis mitten in der Stadt. An jenem Tag war sie lange stehengeblieben und hatte die Familienangehörigen in der Schlange beobachtet. Vielleicht fühlten sie sich, wenn sie die Laute aus dem Gefängnis hörten, ihren Verwandten näher, hatte sie gedacht. Oder auch ferner, weil sie ihnen ja kaum nahe kommen konnten.

Als Mimma größer war, hatten die Freunde ihres Vaters, des «Generals», sie ihre Meinung über Gefängnisse ändern lassen. Und jetzt dachte sie nur, diese Hure, sie ist es, die hätte sterben müssen, und nicht mein heiliger Bruder Vito. Nun, ob er mehr oder weniger heilig war, war nicht der Punkt. Der Punkt war, dass er ihr Bruder war. Ab einem gewissen Moment kam er ihr sogar wie ihr Sohn vor. Sie hatte keine eigenen Kinder bekommen können. Und so war er ihr Ein und Alles, ihr Augenlicht, und diese am Busen genährte Schlange hatte ihn ihr für immer weggenommen.

«Tante!», rief Rosa im Gedränge.

Mimma boxte sich mit Mara auf dem Arm durch die Menge. Und plötzlich begann auch sie zu rufen.

Einige Zeit später passierten Rosa und Nicola ebenfalls den Eingang, dicht aneinandergedrängt. Der aufgebrochene schwarze Asphalt reflektierte die Sonne. Nicola wandte sich kurz um. Nicht, um Livia zu suchen, die draußen geblieben war, sondern um noch einmal auf Rom zu blicken. Als würde sich das große schwere Gittertor auch hinter ihm schließen.

Das Besuchszimmer war ein enger, langer Schlauch, überlaufen und karg eingerichtet. Ein schmaler Metalltisch stand in der Mitte, an den Seiten Bänke, wie man sie bei sonntäglichen Mittagessen auf dem Land benutzte. Ein Neonlicht wie im Krankenhaus flackerte an der Decke. An der Wand standen die Wärter.

Häftlinge und Familienangehörige saßen eng zusammengedrängt auf den Bänken. Sie wollten sich küssen und umarmen, aber die Wärter passten auf. Gelegentlich schritt einer ein. Sich zu berühren oder zu umarmen war verboten.

Hochrot im Gesicht, mit dem Mädchen auf dem Arm, kam Mimma herein. Sie wollte die Erste sein. Mara verhielt sich still im Gedränge. Sie presste die Finger zusammen, als würde sie den gelben Bären noch in Händen halten, den sie ihr am Eingang abgenommen hatten.

«Es ist ein Stoffbär, ihr Idioten, keine Kalaschnikow!», hatte Mimma gesagt.

«Zügeln Sie Ihre Zunge, Signora», hatte ihr eine Wärterin mit glatten blonden Haaren tonlos zu verstehen gegeben.

Sie durchsuchten den kleinen Bären vor den Augen des Mädchens, das nichts sagte. Am Ende behielten sie ihn im Wärterhäuschen. Mara bemerkte nur halb, dass sie den Bären gar nicht mehr in der Hand hielt. Ihre Augen waren weit aufgerissen und tiefblau wie die ihrer Mutter, so entwaffnend, so schön.

Mimma setzte sich auf die Bank. Ihre Augen, zwei riesige runde Scheiben, suchten Carla. Schwarzer Schal, graues Gesicht, dunkle Augen und Augenbrauen, violette, dünne Lippen, das Kinn vorgereckt, Haare auf dem Kinn. So wartete Mimma. Den schwarzen Pullunder hatte sie in den weiten Rock gesteckt, der ihr bis zu den Knien reichte und ebenfalls schwarz war. Die dicken beigen Strümpfe verdeckten die hervortretenden Venen. Die braunen Sandalen ließen die geschwollenen Zehen mit den roten hakenförmigen Fußnägeln erkennen. Mimma hielt Mara mit einer Hand fest an sich gedrückt. Die andere Hand, dunkelbraun, legte sie auf den Metalltisch. Bewegungslos starrte sie dorthin, wo die Gefangenen den Raum betraten. Carla kam herein.

Sie sah Mimma nicht sofort. Sie blickte sich um. Sie schwitzte. Nur die eisblauen Augen waren zu erkennen, umgeben von einem dunklen Meer – auch sie war ganz in Schwarz gekleidet. Während niemand sie ansah oder während sie nicht bemerkte, dass jemand sie ansah, wirkte sie wie die Jungfrau Maria. Sie schien schwach und bewegte sich schwankend in diesem Raum. Als sie Mimma entdeckte, presste sie die Lippen zusammen. In ihren Augen leuchtete ein heller Blitz auf.

«Mara!», schrie sie und warf sich auf das Mädchen.

«Signora», mahnte eine Wärterin.

Carla musste sich hinsetzen, ohne ihre kleine Tochter umarmen zu dürfen.

Trotzdem gelang es ihr, sie zu berühren. Doch Mimma entzog sie sofort ihren Händen.

«Mama», sagte Mara.

Aber sie streckte die Arme nicht nach ihr aus. Sie weinte nicht, sie lachte nicht. Die beiden Frauen, Mimma und Carla, sahen sich in die Augen.

«Dieses Mädchen nehme ich dir», sagte Mimma.

«Du nimmst mir gar nichts mehr», sagte Carla.

«Alles werde ich dir nehmen, alles.»

«Sie wird bei Rosa und Nicola bleiben. So will es das Gesetz, Mimma.» Sie sah Mara an. «Ganz ruhig, meine Kleine. Alles wird gut.»

«Es gibt kein Gesetz. Du wirst hier drinnen sterben.»

Carla stand auf. Dann setzte sie sich wieder. Leise, damit Mara sie nicht verstand, sagte sie: «Du kannst nichts machen. Ihr könnt nichts machen.»

«Seit wann hast du ihn betrogen, du Hure?»

«Ich bitte dich, achte auf deine Worte, Mimma. Hier ist ein Kind.»

«Ich weiß, dass hier ein Kind ist. Und du, wann hast du schon daran gedacht, he? Seit wann hast du ihn betrogen?»

«Ich habe Vito nie betrogen.»

«Pass auf, was du sagst», knurrte Mimma. Sie näherte sich ihrem Gesicht, ihrem Mund. «Und erlaub dir ja nicht, noch einmal seinen Namen in den Mund zu nehmen!»

Carla sah sie an. «Bitte, Mimma, das Mädchen …»

«Mit wem hast du ihn umgebracht, mit wem hast du mir meinen Vito getötet?»

«Bitte, rede leiser.» Sie sah Mara an.

«Ich werde dir alles nehmen. Siehst du nicht, wo es ist, dieses Kind? Auf meinem Arm.» Sie drückte Mara fester an sich. Das Kind sah sich ängstlich um.

«Schau es dir gut an, dieses Mädchen, denn du wirst es nie mehr wiedersehen.»

«Lass sie in Ruhe!»

«Seit wann hast du ihn betrogen?»

«Ich habe ihn nie betrogen.»

«Sag mir, mit wem du ihn umgebracht hast, Hure. Schau dieses Mädchen an», sie hielt sie ihr unter die Augen, «und sag mir, mit wem du ihn mir getötet hast.»

«Hör auf damit, ich bitte dich! Wenn du sie wirklich gern hast, hör auf …»

«Mörderin.»

Mimma sah sie an, ohne das Gesicht zu verziehen. Sie drückte Mara fest an ihre Brust. Das Mädchen riss erschrocken die Augen auf. Sie wehrte sich. So gedrückt zu werden schmerzte sie.

«Schau sie an.» Wieder hielt sie sie ihr unter die Augen und drückte sie kräftig.

«Bitte, Mimma …»

«Sie ist schon in meinen Armen. Sie ist mein.»

«Ich wollte ihm nicht weh tun», sagte Carla. «Um Himmels willen, glaub mir. Ich habe ihn immer geliebt …», flüsterte sie. «Ich bitte dich um Verzeihung, ich knie mich hin, vor Gott und vor dir.» Sie kniete sich vor ihren Füßen hin. «Aber tu meinem Mädchen nicht weh.»

Mimma sah sie an, da auf dem Boden, mit einem Blick, der ein Hochhaus zum Einsturz bringen könnte. Dann jedoch öffnete sie die Lippen, hielt sich eine Hand vor den Mund, und ihre Augen füllten sich mit Tränen. Sie stützte sich mit einer Hand ab und stand auf. Ohne noch etwas zu sagen, wandte sie sich um und ging mit Mara im Arm davon.

«Mama!», schrie das Mädchen jetzt und begann verzweifelt zu weinen. «Mama! Mama!»

Mimma setzte einen Fuß vor den anderen und brachte sie weg.

Endlich kamen Rosa und Nicola. Carla saß immer noch da und sah sich um. Sie klammerte die Hände an die Kante des Metalltisches, die Augen voller Tränen.

Rosa erkannte sie von weitem und blieb stehen. «Ich schaffe das nicht», sagte sie. «Nico, ich kann nicht.»

Nicola sah Carla an. Er sprach die ersten Worte, seit sie durch das Tor getreten waren, aber es schienen die Worte eines ganzen Lebens zu sein. «Es ist immer noch sie», sagte er zu Rosa. «Sie ist immer noch unsere Mutter.»

Rosa drehte sich zu ihm um. Nicola sah sie an. Er lächelte.

«Komm», sagte er. Er nahm die Hand seiner Schwester.

«Ich schaffe es nicht.»

Nicola drückte sie an sich, hielt sie am Arm und stützte sie Schritt für Schritt. «Wir haben es fast geschafft.»

«Mama», sagte Nicola, als sie bei ihr angelangt waren.

Carla starrte ins Leere. Sie hatte sie nicht kommen sehen. Erst als sie das Wort «Mama» hörte, wandte sie sich um.

Sie sah sie. Sie stand auf. Sie sah sie an. Rosa zitterte.

«Rosa», sagte Carla.

Rosa hielt den Blick gesenkt. Dann sah sie auf. «O Mama!» Sie brach in Schluchzen aus und warf sich ihr in die Arme, ohne auf die Wärter zu achten, die schon anrückten. «O Mama!» Sie hielt ihre Mutter im Arm.

«Signora», sagten die Wärter, «das ist nicht erlaubt.»

Sie warfen sich auf sie und zogen an ihnen, um sie zu trennen. Aber Rosa drückte Carla fest.

«Was hast du getan, Mama? O Mama! Warum?»

Sie drückte die Mutter immer fester an sich, bis die Umarmung zu stark wurde. Die Wärter zogen an ihr. Rosa hielt sie fest. Es glich keiner Umarmung mehr, sondern der Umklammerung eines Tieres, das töten will.

Bevor die Wärter sie wegbrachten, wiederholte Carla nur immer wieder: «Verzeiht mir.»

Endlich konnte Nicola seiner Mutter in die Augen sehen.

«Nicola», sagte Carla, während ihr die Wärter die Handschellen anlegten, «pass auf Rosa und Mara auf. Lass nicht zu, dass sie uns unser Mädchen wegnehmen!»

Er lächelte ihr beruhigend zu und nickte. Dann drückte er die schluchzende Rosa an sich.

Das letzte Bild, das Carla sah, bevor sie sie wieder einsperrten, war ihr Sohn Nicola, der ihr aufmunternd zulächelte und Rosa festhielt, die sich langsam beruhigte: ihr Familienoberhaupt.

Am Tag darauf ließ die Hitze nach. Wolken sammelten sich am endlos wirkenden Himmel, Nordwind kam auf, es sah aus, als ob der Tramontana stärker wurde. Es war Nachmittag, und Milena starrte auf den Eingang des Kindergartens. Davor stand Nicola, mit düsterem Blick. Er wirkte kleiner, ein von Last gebeugter Körper, die Augen auf den Boden gerichtet wie von der Macht des Asphalts angezogen. Plötzlich hob Nicola den Kopf. Er sah zum Eingangstor. Von Erziehern begleitet, schwärmten die Kinder heraus. Sie suchten ihre Eltern. Manche zielstrebig, andere orientierungslos umherschweifend. Sie plapperten schnell und unverständlich, wie es Kinder tun. Mara kam heraus. Sie sah sich um, erkannte Nicola, und ihre Augen begannen zu strahlen. Auch er war plötzlich wie verwandelt. Ein aufrichtiges Lächeln überzog sein Gesicht.

Er war nun ein anderer geworden, nicht mehr der Bruder, den Mara und Rosa gekannt hatten, nicht mehr der Sohn, den Carla und Vito gekannt hatten, und auch nicht mehr der Enkel und Neffe, den die Eltern von Carla und Vito seit seiner Geburt gekannt hatten.

Milena sah ihn aus der Ferne an. Hinter einer Mauer versteckt, presste sie die Hände zusammen.

Als sie nach Hause kam, erwartete Paola sie bereits.

«Mama.»

Milena setzte sich neben sie.

«Wann ist das Begräbnis von Vito?»

Milena fuhr sich mit einer Hand übers Gesicht. «Ich weiß es nicht, mein Schatz. Morgen, übermorgen.»

«In Massafra?»

«Ich glaube schon.»

«Fahren wir hin, Mama. Fahren wir zusammen zu Vitos Begräbnis. Wir müssen uns für nichts schämen. Ich möchte mich von ihm verabschieden, bitte. Ein letzter Gruß.»

Milena stand auf. «Wir können nicht», sagte sie. Sie begann, die Waschmaschine mit weißer Wäsche zu füllen. «Hilf mir, Paola», sagte sie.

Auf der Piazza Bernetta in Massafra sind an der Rückseite des Doms San Lorenzo Martire fünf Kreuze an der Mauer befestigt. Unter diesen Kreuzen standen Nicola und Rosa mit Mara auf dem Arm, neben ihr ein rosafarbener Kinderwagen. Auf der anderen Seite von Nicola stand Livia, schmallippig. Im Kinderwagen saß die große Puppe, die Vito seiner Tochter zum Geburtstag geschenkt hatte. Mara wollte sie an jenem Tag unbedingt mit dabeihaben.

«Da seid ihr ja endlich.» Mimma kam atemlos auf sie zu, mit ihrem üblichen schwarzen Tuch. Ihre Haut war grau. Einen nach dem anderen umarmte sie überschwänglich. Sie trug lange goldene Ohrringe, eine Kette mit Kunstperlen und große Ringe auf ihren dicken Fingern. Alle umarmte sie, nur Livia nicht, die Mimma gar nicht zu sehen schien.

«Guten Tag, Signora», sagte Livia.

«Wo ist Mama?», fragte Mara.

«Sie kann nicht kommen, mein Schatz», sagte Nicola. «Ich hab dir doch erzählt, sie ist an dem Ort, wo wir sie besucht haben, weil sie ein bisschen krank ist. Es ist nichts Schlimmes, bald wird sie gesund.»

Und bevor Mimma das Mädchen greifen konnte und Rosa schon dabei war, es zuzulassen, nahm er Mara auf den Arm.

«Gehen wir. Alle warten schon auf euch», sagte Mimma.

Rosa sah Nicola an. Mara sah Nicola an. Livia sah Nicola an. Er machte einen Schritt auf den Eingang der Kirche zu, und seine drei folgten ihm.

Eine riesige Menschenmenge drängte sich schon auf dem Kirchplatz von Massafra vor dem beeindruckenden Dom. Die Piazza vor dem Haupteingang war klein, doch der schwarze Wagen stand dort und wartete auf die Bahre. Die Leute schoben und stießen einander. Alle wollten die armen Waisen sehen. Schlimmer noch: die armen Kinder, deren Mutter den Vater umgebracht hatte und die jetzt im Gefängnis saß. Vor allem wollten sie Mara sehen, die Kleinste. Sie wollten sie mitten in der Menschenmenge auf den Armen hochgehoben sehen, als unschuldiges Symbol dessen, was das Böse anrichten kann. Mimma versuchte, das Mädchen den Armen Nicolas zu entreißen, um dieses Opfer zu bringen, während sich alle um die Geschwister scharten. Livia blieb ein wenig zurück, doch Nicola zog sie an seine Seite. Mit allen Mitteln versuchte Mimma, Mara zu nehmen, aber Nicola hielt sie fest, und so gelang es ihr nicht.

«Es tut mir so leid. Mein Beileid», sagte Nuccia, Vitos Zugehfrau in Rom, zu Nicola und Rosa. Nach dem Unglück – «Was für ein Unglück!» – war sie nach Massafra zurückgekehrt. Welch ein großartiger Mann, euer Vater!

Tränen, Beileidsbekundungen, Schmerzensschreie.

«Vito! Vituccio!»

Keiner erwähnte die große Abwesende, die Frau jenes Mannes, Carla. Sie hatte im Gefängnis um Erlaubnis gebeten, ihrem Mann die letzte Ehre zu erweisen, doch es war ihr nicht gestattet worden, aus Angst vor der Lynchjustiz. Noch zwei Frauen fehlten, die beiden anderen Frauen aus dem Leben dieses Mannes: Milena und Paola. Dank der Presse wussten alle inzwischen von ihrer Existenz. Und alle – ohne sie je gesehen zu haben – hassten sie.

Nicola bahnte sich einen Weg durch die Menge. Er war schweigsam, abweisend. Seine Familie folgte ihm. Die Schwester auf der einen Seite, Livia auf der anderen. Mara auf seinem Arm hielt ihre Puppe fest. Ihr rosafarbener Kinderwagen war irgendwo im Gedränge verloren gegangen.

Der General saß in einem Rollstuhl, umgeben von seinen anderen Töchtern, Fausta, Lillina und Angela, und von einer Gruppe von Freunden. Er murmelte etwas, verdrehte immer wieder die Augen und hatte Speichel an den Lippen. Alle gingen zu ihm hin, um ihn zu begrüßen. Nicola hob die Hand zum Großvater, zu den Tanten. Dann war er jedoch nicht schnell genug, um ihnen zu entkommen, und ließ sich umarmen. Nach ihm ließen sich auch Mara und Rosa drücken. Rosa brach in den Armen von Tante Angela in Tränen aus. Jemand war behände genug, entwand Nicola

Mara und reichte sie an Mimma weiter. Plötzlich thronte Mara auf den Treppen am Eingang der Kirche, hoch oben, noch höher, in den stolzen Armen von Tante Mimma.

«Dieses Mädchen», sagte die Tante. «Mein Mädchen.»

Und sie hob sie hoch, immer höher, um sie den Leuten zu zeigen. Sie hatte sie sich genommen.

Rosa war immer noch von Verwandten umgeben, von Bekannten, von der Menge. Sie ließ sich das Beileid ausdrücken, nahm Geschenke entgegen, Erinnerungen an ihren Vater. Sie weinte und weinte, vollkommen aufgelöst. Nicola sah Rosa an und dachte, dass sie dabei waren zu verlieren. Und Rosa hörte, wie jemand zu ihr sagte: «Warum kommst du mit deiner Schwester nicht für eine Zeitlang nach Massafra? Das wäre doch eine gute Idee. Ihr ruht euch ein wenig aus, seid bei der Familie. Wir kümmern uns um alles, wir verwöhnen euch richtig.»

In ihrem Inneren stimmte Rosa zu. Wir schaffen es nicht, ein Kind zu versorgen, sagte sie sich. Wir schaffen es ja nicht einmal, uns selbst zu versorgen. Ja, wir kommen alle nach Massafra. Wir kommen für immer hierher.

Dann betraten sie die Kirche. Die Familie war nun von den anderen Menschen getrennt, die weinen und sie umarmen wollten, ihnen Dinge schenken und sich erinnern. Nicola und Livia blieben im Kirchenschiff hinten stehen, in der Nähe des Ausgangs.

«Rosa! Mara!», rief er.

Er versuchte, die Menge aufzubrechen, doch es gelang ihm nicht. Rosa folgte brav Mimma mit Mara auf dem Arm, Tante Lillina, Tante Fausta, Tante Angela, dem Rollstuhl des Generals und seinen neben ihm herschreitenden Freunden, die alles im Blick hatten. Sie waren umgeben von all den anderen Einwohnern Massafras – deiner wahren Familie. Im Arm von Mimma verlor Mara die Puppe, das Geschenk ihres Vaters. Die Leute traten darauf. Unter ihren Füßen machte das Plastik ein knirschendes Geräusch, das nach Rache klang. Alle drängten sich um Rosa und Mara.

«Ihr Tapferen!»

Niemand achtete auf die Puppe.

Und so fand sich Rosa in der ersten Reihe wieder, zwischen Mimma, Lillina, Fausta, Angela und dem General. Mimma trug immer noch Mara auf dem Arm. Dann sah Rosa den Sarg, in dem die Liebe ihres Lebens lag. Sie löste sich aus der Menge und warf sich auf den Sarg, so, wie alle es erwarteten. Es war richtig, was sie tat, alle stimmten ihr zu. Ja, du Tapfere. Rosa umarmte den strahlend weißen, mit Blumen übersäten Sarg und schrie: «Papa!»

Man war sich einig, so musste es sein. In dem Moment begann die Messe, und sie fingen zu singen an.

Nicola drehte sich zu Livia um. In seinen Augen stand zu lesen: Ich werde sie verlieren. Ich habe meinen Vater verloren, meine Mutter, und jetzt verliere ich meine zwei Schwestern. Livia drückte seine Hand: Ich bin da. Ich helfe dir. Und Nicola lehnte zum ersten Mal seinen Kopf an ihre Schulter. In dieser Position konnte er auf den Sarg seines Vaters sehen. Er war so weiß. Mit einem Mal wurde er zu einem Eisblock. Er zog Livia an sich.

«Gehen wir», sagte er.

Er nahm sie mit sich hinaus, die Leute anrempelnd, die ihn entrüstet ansahen. Livia folgte ihm, aber sie verstand nicht. Alle sahen ihnen nach. Als er draußen war, atmete er tief durch. Dann erblickte er an der Mauer einer Seitenstraße ein Wahlplakat. Im vergangenen Jahr hatte sich sein Vater um das Amt des Bürgermeisters von Massafra beworben. Das Plakat war mehr als zur Hälfte abgerissen und mit einer Werbung für eine Tour durch den Naturschutzpark Terra delle Gravine überklebt. Doch der Schnauzbart guckte noch hervor, und man konnte das Lächeln dieses Vaters sehen, seines Vaters.

Er näherte sich dem Plakat, als wolle er Vitos Gesicht von dem Slogan des Naturschutzparks befreien. Kurz davor blieb er jedoch stehen, mit erhobener Hand. Er sah ihn an und sagte zu ihm: «Ciao, Papa.»

Gefällt Ihnen dieser Garten?
Warum gehört er Ihnen?
Wir vertreiben alle Zerstörer!

Malcolm Lowry, Unter dem Vulkan

22

Als sie begannen, sie zu nennen, wie sie sie nannten, und die Dinge zu sagen, die sie sagten – in den Zeitungen, im Fernsehen, im Internet –, reagierten Carlas Kinder gleich: Sie sprachen einfach nicht. Sie antworteten den Journalisten und den Neugierigen nicht. Sie antworteten den Verwandten aus Massafra nicht. Sie sprachen nicht einmal miteinander. Sie bemühten sich, nicht zu denken. Morgens aufstehen, einen Kaffee trinken, duschen, in Unterhose, Hose und Hemd schlüpfen, Strümpfe und Schuhe anziehen und zur Arbeit gehen. Mit Mara war alles schwieriger. Sie mussten sich um sie kümmern, sie morgens aus dem Bett kriegen, zum Kindergarten bringen, ihre Fragen nach ihrer Mutter beantworten, die ruhig vorgebracht waren, aber beharrlich kamen: Ich will Mama. Wo ist Mama? Wann kommt Mama zurück? Sich die Arbeitszeiten im Restaurant aufteilen. Sich wenigstens einmal am Tag ins Gesicht sehen. Rosa und Nicola, Nicola und Rosa, um bloß nicht den wechselseitigen Verdacht aufkommen zu lassen, dass sie sich nicht mehr liebten. Und vor allem, dass sie Mara nicht mehr liebten.

Doch was zählte schon die Liebe? Du kannst nicht anfangen zu sinnieren, ob du liebst oder nicht liebst, und wen, wenn die Dinge, die die Zeitungen, das Fernsehen und die Leute auf der Straße sagen, trotz allem dein Hirn erreichen. Also betrittst du einen dunklen Raum in deinem Kopf, von dessen Existenz du bislang nichts wusstest. Der dunkle Raum schließt sich, und du wirst verrückt.

Gibt es etwas oder jemanden, der uns retten kann?

Mimma machte Druck, dass Mara nach Massafra kam, um bei ihr zu leben. Doch es gab nur eine einzige Bitte, die die Mörderin des Vaters gegenüber der älteren Tochter und dem neuen Familienoberhaupt geäußert hatte: Lasst eure Schwester nicht allein.

Die, die sie auf die Welt gebracht hatte. Die aus Liebe zu ihnen ihr Leben gegeben hätte. War das wirklich wahr? Die mit ihnen gebetet hatte, dass Vito zurückkommt – dieser Gedanke ließ Rosa nicht los. Carla hatte ihn wie eine Verrückte mit ihnen gesucht. Viele zermürbende Tage lang, mit Flugblättern, voller Angst und voller Hoffnung. Diese Mutter hatte mit ihnen geweint. Seht doch, wie schön ihr seid, wie wir uns lieben. Wir müssen nur unsere ganze gemeinsame Liebe zu eurem Vater schicken, und ihr werdet sehen, es wird ausreichen. Ihr seid groß geworden. Ihr seid gesund aufgewachsen. Ihr seid schön, intelligent, voller Liebe, loyal, ehrlich. Ihr werdet sehen, dass diese Liebe ankommt, und er wird sie uns zurückgeben. Ihr wisst, dass euer Vater und ich manchmal Auseinandersetzungen hatten. Aber ich glaube, ihr wisst auch, jeder von uns weiß, dass die Liebe nicht aufhört. Die Liebe hört nie auf.

Wie hatte sie ihm das antun können? Ihrem Vater, aber auch ihnen beiden, und Mara. An diese Dinge darfst du nicht denken, sonst öffnet sich in dem dunklen Raum eine Falltür, in die du hineinfällst. Und dann kommst du nie mehr zurück.

Überall ging es um die Nacht des Mordes: in den Zeitungen und im Fernsehen. Bei den Behauptungen hinter vorgehaltener Hand der Verkäuferin bei Conrad in der Via del Pigneto, der mit den großen verkrusteten dunkelroten Blasen auf dem Arm. Beim Getuschel des Barkeepers in der Bar Preneste, dem mit den ganz kurzen Haaren und dem starken neapoletanischen Akzent. In den Gedanken der Nachbarin aus dem ersten Stock, während sie ihre Töchter an sich drückte, wenn Nicola, Rosa und Mara vorbeigingen. In den Äußerungen des Besitzers der Paninoteca Brothers, der immer auf einem Stuhl vor seinem Laden saß, oder des Pakistani an der Ecke mit seinem kleinen Sohn, der mit seinen zehn Jahren in römischem Dialekt die Kunden bediente. Die Leute drängten sich vor dem Haus, in dem Nicola und Rosa wohnten, und auch in Monti, vor dem Haus von Milena und Paola, und natürlich auch bei Mimma in Massafra, einem großen dunkelroten Altbau, der mit lauter Heiligen und Madonnafiguren bevölkert war. Die Rollläden waren stets heruntergezogen, und das Anwesen verströmte den Geruch von alten geschlossenen Räumen, den man nicht loswurde. Was sie alle sagten, wiederholten und fotografierten: Es hatte mit der Nacht des Mordes zu tun. Doch was war in jener Nacht wirklich geschehen?

Die öffentliche Meinung löste sich wie ein Erdrutsch von einem Berg, und die stehengebliebenen Felswände waren voller Spitzen. Sie ist schuldig, eine kalte Mörderin, hat ihren Mann umgebracht, ihn vergraben und dabei gehofft, dass es niemand bemerken würde, sagten die einen. Sie ist das Opfer, sagten die anderen, das arme Opfer eines gewalttätigen Mannes. Sie hat sich nur verteidigt. Wenn sie ihn nicht umgebracht hätte, hätte er sie umgebracht. Habt ihr eine Vorstellung davon, wie grausam es ist, den eigenen Mann zu töten, den Vater der eigenen Kinder?, sagten die einen. Habt ihr eine Vorstellung davon, wie furchtbar es ist, den eigenen Mann töten zu müssen, den Vater deiner Kinder, um sich zu retten?, sagten die anderen.

In den Fernseh-Talkshows wurde das Thema Gewalt rauf und runter diskutiert: die Schuldige, das Opfer, das Opferlamm, der Teufel, gewalttätige Männer, geschlagene Frauen, Gequälte, Getötete. Doch was war in jener Nacht wirklich geschehen?

Hatte Carla den Mann alleine getötet? Zusammen mit jemand anderem? War sie es wirklich gewesen? Sie nannten sie Carla, wenn sie über sie sprachen, bei ihrem Vornamen, als wäre sie eine Freundin.

Die offiziellen Ermittlungen konzentrierten sich darauf, was in Vito Semeraros letzten Stunden und den Stunden danach geschehen war. Für die Polizei war nur eine Sache sicher: Alleine hätte Carla Romano die Leiche des Mannes nicht verstecken können. Wer also war der Komplize? Die Wahrheit blieb im Kopf jener Frau im Gefängnis verschlossen, die immer nur die gleiche Version wiederholte: Ich bin es gewesen, ich habe alles gemacht, ich habe ihn aus Notwehr getötet.

«Sie und Carla Romano, liebten Sie sich?»

Die Staatsanwältin musste Probleme mit ihren Ohrringen gehabt haben, denn sie trug ein großes Pflaster auf einem Ohrläppchen. Sie sprach immer noch teilnahmslos, als wäre es ein Gefallen von ihr, dem anderen zuzuhören.

«Wie bitte?»

Wie am ersten Tag saß Manuel Bocci im Büro der Staatsanwältin. Nur war ihm diesmal kalt, und er hatte die Jacke anbehalten. Er sah seinen Anwalt neben sich an, einen großen, einnehmenden Mann um die vierzig, der fast schon eine Glatze hatte. Der Anwalt nickte. Manuel blickte zur Staatsanwältin.

«Ich habe Sie gefragt, ob Sie und die Signora Romano sich liebten.»

«Aber gewiss.»

«Wie sehr haben Sie sich geliebt?»

Bocci sah seinen Anwalt an, dann die Staatsanwältin.

«Frau Staatsanwältin, das sind keine zulässigen Fragen», sagte der Anwalt und lächelte abweisend.

«Sie haben uns gesagt, Signor Bocci …» Die Staatsanwältin sah aus dem Fenster, abgelenkt von dem Lärm eines Rollladens, der im Haus gegenüber hochging. Dann las sie aus einem Aktenordner vor: «‹Der Semeraro war zu allem fähig. Aus Eifersucht hätte er jeden vernichten können, der sich zwischen ihn und Carla stellte. Auch mich.› Bestätigen Sie das?»

«Das bestätige ich.»

«Erinnern Sie sich daran, Vito Semeraro beim Ausüben einer Gewalttat gesehen zu haben?»

«Natürlich. Ich habe Ihnen doch von den Anzeigen erzählt. Und ich habe Ihnen auch gesagt, wozu seine Freunde fähig sind.»

«Ja. Das habe ich nachgeprüft.» Die Staatsanwältin erhob sich. Sie streckte sich und zog dann gemächlich den schweren, burgunderfarbenen Vorhang zu. Draußen war nun nichts mehr zu erkennen, der Saal lag im Halbdunkel. Sie setzte sich wieder, schien sich der Dunkelheit bewusst zu werden und schaltete die Schreibtischlampe an.

«Entschuldigen Sie», sagte sie. «Die Migräne.» Es folgte Stille. Dann: «Hatten Sie Angst, wenn Sie sich mit Carla Romano trafen, Signor Bocci?»

«Nein. Ich habe sie geliebt.»

«Also sind Sie, Signor Bocci ...» Ihr Gesicht war kreidebleich. Das Lampenlicht warf seinen Schatten darauf. «... trotz allem bei der Frau geblieben, die Sie liebten und die Sie liebte, all die Monate lang, und haben täglich Ihr Leben riskiert mit ihr, für sie. Richtig?»

«Ja.»

«Und dennoch verständigen Sie nicht einmal die Polizei, als die Frau, die Sie lieben, ihren Mann umbringt? Die das tut, wie Sie sagen, nur um sich zu verteidigen, nur um ihr Leben zu retten, nur für ihre Kinder, wie Sie sagen. Aus Notwehr – ich verwende Ihre eigenen Worte, Signor Bocci. Diese Frau bittet Sie um Hilfe, und Sie helfen ihr nicht, den Leichnam verschwinden zu lassen – aus meiner Sicht eine richtige Entscheidung –, und Sie verständigen nicht die Polizei? Sie stehen einfach auf und gehen?» Sie zog die Schublade auf und nahm eine Schachtel heraus.

«Ja.»

«Warum haben Sie Signora Romano nicht überzeugt, sich zu stellen? Es wäre ein Leichtes gewesen, die Notwehr nachzuweisen.» Sie nahm eine Tablette aus der Packung, steckte sie sich in den Mund und trank einen großen Schluck Wasser.

Manuel öffnete den Mund. Er sah auf den Vorhang und auf den Schatten am Schreibtisch. «Ich wollte sie nicht anzeigen.

Ich wollte nicht, dass die Polizei sie wieder allein lässt. Ich hatte Angst, sie zu verlieren.»

«Haben Sie den Nissan Micra von Signora Romano jemals gesehen?»

Manuel kniff die Augen zusammen, seine Lippen wurden schmal. «Ja.»

«In welchem Zustand war er, als Sie ihn das erste Mal gesehen haben?»

«Er war alt, unbrauchbar. Der Motor, die Versicherung …»

«Mir liegt hier vor – korrigieren Sie mich, wenn ich mich irre –, dass Sie dieses Auto herrichten ließen. Ist das richtig?»

«Ja.»

«Und Sie haben es genau …» Sie blätterte in ihrem Notizbuch. «… zwei Wochen vor dem Mord reparieren lassen. Korrekt?»

«Ja.»

«Kommen wir noch einmal zu dem Moment zurück, in dem Carla Romano Sie in der Bar Castel Sant'Angelo ansieht und Ihnen sagt: ‹Er ist tot.› Und Sie verstehen alles. Wer tot ist, wie und warum.» Die Staatsanwältin nahm noch eine Tablette. «Ein wenig seltsam, finden Sie nicht auch? Es sei denn, Sie hätten übersinnliche Fähigkeiten, Signor Bocci.»

Manuel sah zum Anwalt, dann zur Staatsanwältin. Die fuhr fort:

«Entschuldigen Sie, wenn ich ein wenig begriffsstutzig bin. Aber Sie wollen mir nicht zufällig sagen, dass Sie zum Zeitpunkt des Mordes mit Carla Romano zusammen waren? Während Vito Semeraro starb? Erklären Sie mir nicht gerade, dass Sie so überzeugt sind von dem, was Sie sagen, weil Sie und Carla Romano den Mord gemeinsam begangen haben? Weil Sie in jener Nacht da waren und Ihrer Lebensgefährtin geholfen haben, Vito Semeraro zu töten? Um ihr und allen misshandelten und getöteten Frauen Gerechtigkeit widerfahren zu lassen?»

Manuel wollte antworten, doch die Staatsanwältin ließ ihm keine Zeit dazu.

«Ist es nicht zufällig so, Signor Bocci, dass Sie genau wegen der Kompetenz, die Sie in Bezug auf Gewalt gegenüber Frauen haben, und auch der Erfahrung in gerichtlichen Angelegenheiten, genau deswegen Carla Romano dabei helfen können, den Tod ihres Mannes vorzubereiten? In der Überzeugung, dass es ein Leichtes sein wird, die Notwehr nachzuweisen? Und so entledigen Sie sich für immer des Störenfrieds Vito Semeraro, damit Sie und Carla Romano in Frieden Ihre Liebe genießen können?»

«Aber nein, Frau Staatsanwältin, nein.» Manuel stand auf.

Der Anwalt deutete ihm, sich wieder zu setzen.

«Ich wusste von nichts. Ich war weder während des Mordes da noch danach. Es gibt doch diese Zeugin, die die Autopanne hatte. Haben Sie das nachgeprüft?»

Die Staatsanwältin schob sich einen Fingernagel zwischen die Zähne. «Erklären Sie mir: Signora Romano hat ausgerechnet Sie angerufen. Nach oder schon lange vor dem Mord?»

«Danach, Frau Staatsanwältin, danach.»

«Gut», sagte sie in einem Ton, in dem man ein störrisches Kind abfertigt. «Warum *nach* dem Mord?», sagte sie leicht amüsiert. «Carla Romano ruft ausgerechnet Sie an? Was will sie von Ihnen?»

«Hilfe!», rief er laut aus. «Sie bat um Hilfe, Frau Staatsanwältin, wie wir alle es getan hätten. Sie wollte Hilfe von dem einzigen Menschen, der sie leisten konnte, von dem einzigen Menschen, der sie liebt und dem sie vertraut. Wir haben uns geliebt, wir haben uns geholfen. Ist das so schwer zu verstehen?»

«Hilfe beim Verschwindenlassen einer Leiche?»

Sein Mund war ausgetrocknet. Sehnsüchtig blickte er auf die Wasserflasche der Staatsanwältin.

«Sie haben sich geliebt. Sie hätten alles getan für den anderen. Und trotzdem verweigern Sie Carla Romano, als sie Sie darum bittet, die Hilfe.»

«Ja.»

«Gut», sagte die Staatsanwältin, «am Tag des Mordes ist der Nissan Micra funktionstüchtig, richtig?»

Manuel antwortete nicht.

«Und wie gelangt Ihrer Meinung nach Carla Semeraro von ihrer Wohnung auf den Müllablageplatz, auf dem später die Leiche von Vito Semeraro gefunden wird?»

«Mein Gott, was soll diese Frage?»

«Sie lassen den Nissan Micra zwei Wochen vor dem Mord richten. Und Carla Romano oder Sie beide zusammen benutzen ihn, um die Leiche verschwinden zu lassen. Haben Sie eine Idee, warum Signora Romano oder Sie und Signora Romano ausgerechnet auf dem Müllplatz in Spinaceto landen, um ihren Exmann zu vergraben?»

«Wie soll ich …?»

«Es kommt mir nur seltsam vor. Es gibt so viele nähere Plätze als Spinaceto.» Und dann, als würde es ihr in dem Moment in den Sinn kommen: «Fällt Ihnen ein, was die Signora mit dem Ort verbindet?»

«Nein.» Manuel sackte auf dem Stuhl in sich zusammen, als hätte er einen Krampf. Er verdrehte die Augen.

«Irgendetwas, das Sie, Signor Bocci, mit Spinaceto verbindet? Hören Sie mich? Geht es Ihnen gut? Signor Bocci?»

«Was mich betrifft, einmal in der Woche arbeite ich in einer Beratungsstelle dort in der Nähe.»

«In der Nähe von Spinaceto?»

«Ja.»

«Und haben Sie womöglich im Vorbeifahren Ihrer Lebensgefährtin den Müllplatz gezeigt, auf dem später der zerfetzte Körper von Vito Semeraro gefunden wurde?»

«Ich … Ja … Eines Tages sind wir nach Ostia gefahren und …»

«Und Sie glauben wirklich, dass Signora Romano, die so lange nicht gefahren ist, nach zehn oder zwanzig Jahren das Auto nimmt und es schafft, diesen Müllplatz alleine wiederzufinden?»

«Wie soll ich das wissen, Frau Staatsanwältin? Ich bin nicht Carla!»

«Haben Sie eine Vorstellung davon, wie sie es schafft, alleine den über hundert Kilo schweren Körper von der Wohnung ins Auto zu befördern? In ein Auto, das sie nie gefahren ist? Und dann vom Auto zum Müllplatz? Dort ein Loch zu schaufeln, ihren Mann, der in einem Sack steckt, zu begraben und wieder nach Hause zurückzukehren, bevor der Hahn kräht?»

Manuel starrte auf seine Hände.

«Signor Bocci, haben Sie Vito Semeraro getötet?»

«Um Gottes willen!»

«Haben Sie Carla Romano geholfen, ihn zu töten, die Wohnung zu säubern und den Leichnam verschwinden zu lassen?»

Er sah flehend seinen Anwalt an.

«Seit wann hatten Sie es geplant?»

Endlich sagte Manuels Anwalt: «Mein Mandant hat Ihnen doch schon gesagt, dass er die näheren Umstände nicht kennt. Sie bedrängen ihn, Frau Staatsanwältin.»

«Signor Bocci: Vito Semeraro bedroht Sie die ganze Zeit. Sie, Carla Romano, Ihre Verwandten. Und Sie empfinden nichts, nicht einmal ein wenig Genugtuung, oder wollen wir sagen … Rache?»

«Nein!»

«Beruhigen Sie sich, Signor Bocci. Sie haben uns gesagt, dass Sie in jener Nacht von der Bar Castel Sant'Angelo nach Hause gefahren sind. Es gibt einen Zeugen, einen Nachbarn, der gesehen hat, wie Sie gegen Mitternacht wieder weggegangen sind.»

«Das habe ich doch gesagt. Ich war zu Hause, aber ich hatte das Gefühl, verrückt zu werden. Ich fand einfach keine Ruhe. Also habe ich das Motorrad genommen und bin noch einmal los.»

«Warum haben Sie Ihr Handy nicht mitgenommen?»

«Ich habe …» Manuel versagte die Stimme. «Ich habe nichts mitgenommen. Ich habe an nichts gedacht.»

«Sie fahren also mit dem Motorrad los und denken an nichts. Doch dann helfen Sie einer Frau bei ihrer Autopanne, richtig?»

Manuel nickte.

«Bei all dem, was Ihnen in jener Nacht durch den Kopf ging,

konnten Sie ihr wirklich helfen?» Die Staatsanwältin lächelte verständnisvoll.

Bocci schlug sich eine Hand vor den Mund. Die Staatsanwältin hörte nicht auf zu lächeln.

«Sie haben einer Fremden geholfen, während Sie die Frau, die Sie lieben, hilflos allein gelassen haben?»

Manuel senkte den Kopf. «Ja.»

«Perfekt», sagte die Staatsanwältin. Sie machte sich eine Notiz. Dann legte sie den Stift beiseite und beugte sich zu Bocci vor, um ihm weiter zuzuhören. «Eine faszinierende Geschichte. Und dann?»

«Was wollen Sie wissen?»

Sie kramte in einer Schublade und zündete sich eine Camel an. Sie sog den Rauch ein. «Den Namen der Frau, oder das Nummernschild des Autos. Irgendein Detail, das uns hilft, sie zu finden.»

«Tut mir leid, aber … wir waren über den Motor gebeugt … Und warum hätte ich mir das Nummernschild … Es war dunkel.»

«Nicht einmal ein Vorname?» Die Staatsanwältin wirkte ehrlich enttäuscht.

Manuel schüttelte den Kopf wie ein Schüler, der beim Schwindeln ertappt wird. «Ich kann mich nur erinnern, dass es ein blauer Polo war.»

«Ein blauer Polo.»

«Also haben Sie nicht einmal ein Alibi, Signor Bocci.»

Sie zog aus einer anderen Schublade einen Aschenbecher hervor und löschte die Zigarette.

«Aber, Frau Staatsanwältin …», brachte Manuel hervor.

Sein Anwalt blickte ihn resigniert an. Es war das erste Mal, dass sich die Staatsanwältin an ihn wandte: «Sie werden mir zustimmen, dass wir das Gespräch fortführen müssen.»

«Wozu?», rief Manuel.

Keiner der Anwesenden sagte etwas.

23

Nicolas Handy klingelte, und eine atemlose Stimme sagte:

«Ciao, Nicola, du kennst mich nicht, aber ich kenne dich. Es ist, als würde ich dich seit immer kennen. Furchtbar, was ihr gerade durchmacht …»

Nicola hörte der Stimme am Telefon zu, die sagte, zu wem sie gehörte, und dann fortfuhr:

«Ihr könnt euch nicht vorstellen, wie sehr ich an euch denke. An dich, deine Schwestern, ständig. Ich weiß nicht, ob ihr mir verzeihen könnt. Aber ihr müsst wissen, trotz allen Respekts vor eurem Schmerz, wie sehr auch mich der Tod eures Vaters in Verzweiflung stürzt. Ich kannte ihn gut», fast versagte ihr die Stimme. Und dann: «Es wäre mein einziger Trost, euch zu helfen, seinen Kindern zu helfen. Braucht ihr Hilfe, mit Mara, zum Beispiel?»

Dann sagte sie nichts mehr, und man hörte nur mehr den Atem einer Frau am Telefon.

Nicola fiel es schwer zuzuhören, er konnte nicht denken. Er war in dem dunklen Raum in seinem Kopf gefangen, an der Schwelle zur Falltür. Er vernahm nur die Worte «Braucht ihr Hilfe, mit Mara». Natürlich weiß ich, wer du bist, sagte er sich, aber es gelang ihm nicht zu sprechen. Du heißt Milena und hast eine Tochter mit Namen Paola. Deine Tochter ist irgendwie seltsam, sie wirkt so klein. Du warst die Geliebte meines Vaters, seit ich mich erinnern kann. Oder glaubt ihr, wir sind alle Idioten und haben nichts mitbekommen?

Jetzt ist Nicola dran, aus den Kulissen hervorzutreten. Jetzt ist Mara dran, die im Zimmer vor ihm auf und ab trippelt. Gibt es etwas, jemanden, der mich retten kann? Gibt es nicht. Doch wenn wir ihre Hilfe annehmen würden, müssten wir wenigstens nicht die ganze Zeit die Verantwortung für Mara tragen. Dann könnten Rosa und ich in unserem dunklen Raum eingeschlossen bleiben. Und wenn die Falltür sich öffnet, könnten wir kurz herauskommen und uns was zu essen machen.

«Braucht ihr Hilfe mit Mara?»

Ja.

«Nein», sagte er.

«Ich wohne nicht weit weg. Kann ich wenigstens vorbeikommen und euch was zum Essen bringen?»

Die Zeit verging. Der Oktober kam, und die Blätter fielen. Im November zog der Herbst sich noch in die Länge. Im Dezember schmückte die Weihnachtsbeleuchtung die Straßen und das Gefängnis. Im Januar begann das neue Jahr, man bereitete sich auf den Februar vor und auf den berühmten Karneval von Massafra.

Die Neugierigen aus Fernsehen und Zeitung gaben die Belagerung nach und nach auf. Schläfrig kehrten sie nach Hause zurück. Es geschah nichts Neues in der Geschichte von der Frau mit den blauen eiskalten Augen. Das Gerede nahm ab, es war nur mehr ein Stimmengewirr und dann ein weißes Rauschen. Die Polizei gab sich zugeknöpft und ließ nichts nach draußen sickern. Keine Nachricht, keine Indiskretion, keine noch so kleine Meldung.

Carla wartete im Gefängnis auf den Prozess und auf die dazugehörigen Vernehmungen im vorbereitenden Verfahren. Der Gefängnistag war ein einziges langes Warten. Und wenn draußen die öffentliche Meinung über sie gespalten war, so war Carla hier drinnen in Rebibbia für die anderen Häftlinge eine Art Jeanne d'Arc. Diese Frau hatte sich gewehrt, hatte Gerechtigkeit widerfahren lassen. Sie war der Mythos der anderen inhaftierten Frauen, mit denen sie sich jedoch nie abgab. Seit einem knappen halben Jahr war sie nun schon im Gefängnis, und nie hatte sie mit irgendjemandem gesprochen. Die Mithäftlinge betrachteten sie voller Bewunderung. Sie versuchten sich ihr zu nähern, als wäre sie ein Orakel. Doch Carla antwortete nur mit diesen blauen Augen voller Nächstenliebe, voller Traurigkeit, und sagte kein Wort.

Wenn sie Hofgang hatten, blieb sie alleine zurück, dachte nach oder las, während die anderen plauderten und rauchten. Zum Mittagessen setzte sie sich auf jeden beliebigen freien Platz. Mit ihren Sitznachbarn wechselte sie kein Wort. Sie hatte einen Nähkurs besucht und eine Latzhose für Mara genäht, aber am Ende des Kurses hatte sie sie weggeworfen. Und auch dort hatte sie mit niemandem gesprochen. Auf die Komplimente der Schneiderin hatte sie nicht reagiert. Sie antwortete nicht, sprach nicht. Doch sie sah einen auch nicht schief an. Es war nur so, dass sie nicht zu hören schien.

Eines Abends blickte sie ihre Zellengenossin an und sagte wie aus dem Nichts: «Ich bin böse, oder?»

«Warum denn?», fragte die andere. Sie saß auf ihrem Bett und legte eine Patience.

Es war Carlas fünfter Haftmonat. Sie saß am Tisch und schrieb etwas auf. Keine der Insassinnen hatte sie je auf dem Bett liegen sehen, außer nachts, wenn sie schlief. Sie war stets angezogen, als würde sie in ein paar Minuten das Gefängnis verlassen.

«Weil ich gerade gedacht habe, dass es das erste Mal ist, seit ich sechzehn bin, dass ich mich um niemanden kümmern muss. Ich kann an mich denken. Ich habe Zeit für mich. Das ist ein böser Gedanke, oder?»

Die Zellengenossin blickte von ihrem Kartenspiel auf. Sie fühlte sich privilegiert. Alle hingen sie an Carlas Lippen, doch niemand schaffte es je, ihr Vertrauen zu wecken.

«Aber nein, Carla.» Die Inhaftierte stand auf. «Das ist ganz normal, nach allem, was du durchgemacht hast. Bist du okay?» Sie machte einen Schritt auf Carla zu. «Das ist nur die Angst», fügte sie hinzu. «Du wirst sehen, du kommst frei. Du bist unschuldig. Du bist die Mutigste von uns allen. Du hast uns gerettet.»

Sie legte ihr behutsam eine Hand auf die Schulter. Doch Carla hatte wieder angefangen zu schreiben und gönnte ihr kein weiteres Wort mehr, außer es ging um Alltägliches. Hast du eine Zigarette? – Sie hatte wieder angefangen, viel zu rauchen. Und eines Tages, als sich ihre Zellengenossin nicht gut gefühlt hatte: Soll ich die Wärterin holen? Oder: Ich habe Waschmittel übrig.

Auch für Rosa, Nicola und Mara kam der Januar. Und für Mimma, die weiterhin alle Hebel in Bewegung setzte, um wenigstens die kleinste Nichte zu sich zu holen. Für Milena und Paola, für Livia und für Manuel Bocci. Für alle, außer für Vito Semeraro, der still und gesittet auf dem Friedhof von Massafra begraben lag. Für immer erstarrt in jener glühenden Augustnacht, die kein Ende nehmen wollte und dann doch irgendwann vorbeigegangen war.

Die Lebenden waren alle zu neuen Befragungen gebeten worden. Das war der normale Vorgang. Und bei jeder neuen Befragung bekam man zunehmend das Gefühl, dass es ein Leben vor dem Mord nie gegeben hatte. Es gab nur ein endloses Jetzt. Carlas Tage im Gefängnis. Der lange Arm des Todes. Das Warten auf den Prozess.

Eines Januarmorgens mit peitschendem Wind waren die Voruntersuchungen abgeschlossen, und der Prozessbeginn wurde verkündet. Der heftige Tramontana trieb einem die Tränen in die Augen. Erst an jenem Tag wurde den Zeitungen, dem Fernsehen, der Öffentlichkeit der Name des mutmaßlichen Komplizen bekanntgegeben, jener Person, die nach Meinung der Ermittler Carla Romano bei ihrer grausamen Tat geholfen hatte.

Der Prozess begann. Der Staat gegen Carla Romano, angeklagt, den Ehemann getötet zu haben, unter Beihilfe einer anderen Person, die nun einen Vor- und Nachnamen trug. Sofort waren die Zeitungen, das Fernsehen, die Öffentlichkeit wieder da, voller Lust, darüber zu reden. «Die Abrechnung beginnt», hieß es in den Fernsehnachrichten, und die Leute stimmten dem zu.

Die Abrechnung mit Carla Romano und Manuel Bocci. Der Dame mit den Augen aus Eis und ihrem teuflischen Geliebten.

24

In Handschellen und von der Polizei und ihrem Anwalt eskortiert erschien Carla vor dem römischen Gericht in Piazzale Clodio, fest eingeschlossen in ihren kleinen Körper, mit ihrer hellen Haut und den hellblonden Haaren. Über ihr blieb der Januarhimmel von einer dunkelgrauen Wolkendecke verdeckt. Ein Nordostwind wehte, der alle erschauern ließ, nur sie nicht. In einen langen dunklen Mantel gehüllt, der ihr bis unters Knie reichte, betrat Carla das Gericht. Sie hatte ein Tuch um den Kopf und trug hautfarbene dicke Strümpfe und dunkle Pumps mit flachem Absatz. Und doch stach sie in dem langen Gebäude mit den braunen Treppen hervor. Sie hob sich ab gegen die in ihre Mäntel gehüllten Menschen, die Blitzlichter der Paparazzi, die Fernsehkameras und Mikrophone, die Neugierigen, den Himmel; als hätte man sie in eine leuchtende Farbe getaucht. Carla tat in den Augen weh.

Sie sah vor sich hin, während die Medien sich auf sie stürzten. Nur für einen Moment huschte etwas durch ihren Blick: als sie beim Betreten des Saales ihre Kinder sah; Nicola und Rosa mit Mara auf dem Schoß. Sie saßen ganz nah und blickten auf sie. Sie sah sie aus einer anderen Dimension an. Was dachten ihre Kinder in jenem Moment? Das war die Frage, die ohne Unterlass von Mund zu Mund ging, von Fernsehsender zu Fernsehsender, von Internetseite zu Internetseite. Sie sah ihre Kinder an, spannte die Lippen und versuchte ein Lächeln. Auf dieses Lächeln antworteten drei Lächeln, in unterschiedlicher Form, aber mit der gleichen Kraft.

Das Blutpaar, sagten die Leute: Carla und Manuel hatten kaltblütig und bei klarem Verstand einen Mann getötet. Das Blutpaar – dem stimmte Mimma zufrieden zu. Sie saß in der ersten Reihe, angespannt, die Hände ringend, ansonsten bewegungslos, schwarz vom Kopf bis zu den Füßen, den Blick auf Carla geheftet. Sie erwartete die gerechte Strafe für die Mörderin ihres Vito, endlich fühlte sie sie nahen. Dennoch würde das Gericht niemals wahre Gerechtigkeit widerfahren lassen können: Carla verdiente die Steinigung. Ein langsamer und grausamer Tod für die Hure.

Hinter der letzten Reihe stand, halb verborgen, Milena. Mit dem Bild in ihrem Kopf von dem, was sie in jener Nacht gesehen hatte und was sie niemandem, nicht einmal unter Eid, enthüllen würde.

Von seinem Stuhl aus verlas der Richter die Eidesformel. «Ich teile dem Kanzler des Gerichts mit, dass eine Minderjährige im Saal ist», sagte er.

Und wie als Antwort ließ Mara einen kurzen Schrei vernehmen, bevor sie ihre Aufmerksamkeit wieder den Haaren ihrer Schwester widmete, mit denen sie spielte.

Als die Reihe an sie kam, stand die Staatsanwältin auf, glättete ihre Robe, räusperte sich und schien eine andere Frau zu sein als die, die Manuel und alle anderen, die von ihr befragt worden waren, kennengelernt hatten. Sie war voller Energie, als sie sagte:

«Herr Richter, meine Herren Geschworenen, in dieser Verhandlung werden wir beweisen, dass diese Frau und dieser Mann, Carla Romano und Manuel Bocci» – sie zeigte auf die beiden –, «den Mord an Vito Semeraro vorsätzlich und bei klarem Verstand geplant haben. Sie begingen den Mord in der Nacht vom 6. auf den 7. August 2012 und ließen den Leichnam gemeinsam zwischen den Abfällen in Spinaceto verschwinden, in einer Müllhalde. Lange zuvor schon hatten sie den Tag und den Ort für den Mord geplant und auch die Art und Weise, sich des Leichnams zu entledigen.»

Ein Schauer ging durch den Saal. Noch nie hatte jemand offiziell von Vorsatz gesprochen.

«Die hier anwesenden Romano und Bocci», fuhr sie fort, «warteten im Schatten mit einer klaren, teuflischen Geduld auf den richtigen Moment. Wie Tiere, die den Geruch von Blut wittern und ihn genießen. Wusste Bocci, was er tat? Ja.»

Sie zeigte auf Manuel, der sich auf der Anklagebank klein machte und Carlas Blick suchte. Sie sah ihn an. Sie hatten sich seit dem Tag, an dem Vito verschwunden war, nicht mehr gesehen.

Nicola drehte sich für einen Moment lang um und entdeckte erst jetzt Livia, die hinter der letzten Reihe stand; ohne es zu ahnen, nicht allzu weit von Milena entfernt. Ihre Blicke kreuzten sich. Darf ich?, stand in ihren Augen zu lesen. Er schloss den Mund, schoss einen Hasspfeil ab und wandte sich wieder nach vorn. Doch noch in der Bewegung verwandelte sich der Hass in einen unerträglichen Schmerz.

«Signora Carla Romano gibt offen zu, ihren Mann getötet zu haben.»

Ein lautes Gemurmel ging durch das Saalpublikum, genauer gesagt, durch jenen Teil, wo die Leute aus Massafra saßen. Die Staatsanwältin warf Carla auf der Anklagebank einen bohrenden Blick zu.

«Sie sagt, sie hat es getan, um ihre Kinder zu retten. Doch diese Kinder hatte Vito Semeraro laut der Angeklagten und auch laut anderen Zeugen nie geschlagen oder misshandelt. Im Gegenteil. Er hatte sie stets auf Händen getragen.»

Sie erhob ihre Handfläche. Das Gemurmel stieg zu einem tiefen, gewaltigen Gebrüll an. Mara blickte um sich und begann zu weinen. Rosa und auch Nicola versuchten, sie zu trösten, doch es gelang ihnen nicht. Schweren Herzens musste Rosa mit dem Mädchen den Saal verlassen. Mimma entging das nicht. Sie fuhr ihre Antennen aus.

«Gott soll dich verfluchen!», schrie sie. Es klang im ganzen Saal wider. Dann erhob sie sich und folgte Mara und Rosa.

«Entschuldigen Sie, Frau Staatsanwältin», brach es aus Carla hervor, «aber ist es normal, dass ein Mann über zwanzig Jahre lang seine Frau schlägt und misshandelt? Und in die Hände dieses Mannes, Frau Staatsanwältin, würden Sie das Leben Ihrer Kinder legen? Sie, die Sie eine Frau sind wie ich, müssten mich doch verstehen, oder?»

«Signora Romano», mahnte der Richter. Er trug eine dicke Brille mit einem weißen Plastikgestell, das nahezu sein ganzes Gesicht bedeckte. Er wirkte gelöst. Irgendwo hinter diesen viel zu großen, femininen Brillengläsern verbarg sich auch eine Spur Ironie. «Sprechen Sie nur, wenn Sie gefragt werden. Und lassen Sie die Staatsanwältin weiterreden.»

«Und warum, fragt man sich nun natürlich», fuhr die Staatsanwältin fort, als sei nichts geschehen, «hat die Romano ihren Exmann, wenn er so ein schrecklicher Mensch und so gefährlich für ihre Kinder ist, nicht schon vor zwanzig Jahren verlassen?»

Carla sprach erneut. «Weil ihn meine Kinder geliebt haben. Wir haben ihn geliebt.»

«Moment, Signora Romano», wetterte der Richter. «Vor allen Dingen setzen Sie sich ordentlich hin. Wir sind hier nicht in einer Bar. Also, Sie können sich zu Wort melden, indem Sie Ihren Verteidiger bitten zu intervenieren. Aber erlauben Sie sich nicht noch einmal, laut Bemerkungen zu machen, vor allem nicht zu den Prozessakten. In solchen Fällen ist der Ausschluss vorgesehen.»

«Carla Romano», fing die Staatsanwältin wieder an, «liebte ihren Mann, wie sie eben gesagt hat. Und sie hat ihn getötet, zusammen mit ihrem Geliebten.»

«Aber er war nicht mein …»

«Ruhe!», rief der Richter.

«Und wer weiß, welche Rolle bei all dem Signora Milena Spataro spielte. Carla Romano behauptet, gegen jede Logik und ohne Respekt vor dieser Gerichtsverhandlung, ihn alleine getötet zu haben. Nehmen Sie uns bitte nicht auf den Arm, Signora Romano» – sie sah ihr in die Augen – «die Gutachten sagen, dass das nicht möglich ist.»

«Bei allem Respekt, Frau Staatsanwältin», erwiderte Carla, «sie sagen nur, dass es sehr schwierig ist.»

Auf richterliche Anweisung war Carla bis zum Prozess im Gefängnis geblieben. Es hieß, sie könne Beweise vernichten, wenn man sie freiließe. Oder sie selbst hätte verschwinden können.

Ihr ganzes Leben lang war sie eine kleine, wunderschöne, wehrlose Frau gewesen. Nun wuchs sie zum überdimensionalen Sinnbild des Bösen heran. In ihrer mit einer blauen Tür verschlossenen Zelle verwandelte sie sich in ein mythologisches Wesen. Sie konnte dich verschlingen, wenn du sie nur ansahst.

25

«Was wollte Mimma?»

Nach der Anhörung kamen Nicola und Rosa mit Mara nach Hause zurück. Sie waren einmal mehr von den Journalisten belagert worden. Kälte erfüllte sie. Aus dieser Wohnung ohne Carla ging die Kälte einfach nicht weg. Anfangs waren sie noch in ihrer WG geblieben, weil sie sicher waren, dass Carla innerhalb kürzester Zeit aus dem Gefängnis entlassen würde. Doch schon nach wenigen Tagen wollten die Mitbewohner sie nicht mehr ertragen. Eines Nachmittags im November hatte der Älteste von ihnen Nicola zur Seite genommen. «Es tut uns leid», hatte er gesagt, «aber ihr müsst gehen. Das Kind ...»

Er hatte auf Mara gezeigt, die unsicher in der Küche hin und her lief. Nicola hatte sie aus der Distanz im Blick.

«Und dann die ganzen Journalisten ... Es tut uns so leid, was euch passiert ist, wirklich ...» Er hatte sich geräuspert und sich, ohne es zu bemerken, den rechten Arm gerieben, wie es seine Angewohnheit war. Vor ein paar Jahren hatte er sich den Arm bei einem Motorradunfall gebrochen, seitdem konnte er ihn nicht mehr richtig heben. Auf den ersten Blick sah es wie ein Stumpf aus. «Also, wir ...»

Nicolas Züge verhärteten sich, er näherte sich ihm bedrohlich. Wenn man seinen Vater gekannt hatte, hätte man gesagt: wie Vito. «Ist gut», hatte er gesagt. «Klar. Wir gehen.»

In dem Moment war Mara hingefallen und hatte zu weinen begonnen.

Rosa maß die kleine Wohnung mit dem Blick ab. Alles hier erinnerte an Carla. Und es war, als wäre auch sie gestorben, zusammen mit Vito. Seufzend begann Rosa, den Brei für Mara vorzubereiten. Carla hatte ihr eine Liste gemacht mit den Dingen, die zu tun waren, was sie mochte, was nicht. Es gab den Fischtag, den Fleischtag, den Gemüsetag, ihre Medizin, welche Kleider sie anziehen sollte. Auf jeden Fall muss sie immer Obst essen, Rosa, achte darauf, hatte ihr Carla eines Tages im Besuchszimmer gesagt. Sie hatte sie lächelnd angesehen. Und Rosa bekam feuchte Augen, wie immer, wenn sie da bei ihr war. Los, Schatz, hatte Carla gesagt, mir geht es gut, bald komme ich raus. Du wirst sehen, bald sind wir wieder alle zusammen.

Den Umzug mussten sie an einem regnerischen Novembertag machen. Viel zu transportieren gab es sowieso nicht. All ihre Sachen waren in den zwei Zimmern untergebracht gewesen. In dem Moment, in dem sie ihr Leben in Schachteln luden, kam es ihnen wie ein Scherz vor. Familienfotos tauchten auf. Eins zeigte Vito mit Rosa im Gardaland, wo sie sich auf dem Colorado Boat zu fürchten begonnen hatte. Es war nichts anderes als ein auf einem künstlichen Fluss schwimmender Baumstamm aus Plastik gewesen, aber sie wollte unbedingt aussteigen. Und ihr Vater hatte Himmel und Hölle in Bewegung gesetzt, damit das Ding zum Stehen kam.

«Es interessiert mich nicht, ob das verboten ist oder nicht!», hatte er von dem Baumstamm herab gebrüllt.

Rosa hatte sich bleich an seine Arme geklammert.

«Habt ihr verstanden?»

Wenn Vito brüllte, legte sich keiner mit ihm an. Und sie, die Kleine, hatte ihn mit staunenden, verweinten Augen angesehen. Am Ende hatten sie sie aussteigen lassen.

Während Rosa die Schachteln füllte, war dieses Foto zum Vorschein gekommen. Sie beide klatschnass vor einem besiegten Colorado Boat.

Immer wieder streckte Rosas Mitbewohnerin den Kopf durch die Tür, um zu sehen, wie weit sie war. Wie viel noch fehlte bis zur Rückkehr zu einem normalen Leben. Die meiste Zeit aber lag die Mitbewohnerin auf ihrem Bett, die Kopfhörer auf den Ohren, die Beine über Kreuz. Sie sah Rosa zu und sagte sich: Gott sei Dank bin ich nicht sie. Sie wollte sie ihre Präsenz spüren lassen. Sie wollte ihr mitteilen: Sieh zu, dass du abhaust.

Alle zusammen?, dachte Rosa an jenem Fischtag. Sie gab ein wenig Wasser in eine Pfanne, die Pfanne ihrer Mutter, einen Schuss Öl – das gleiche Öl, das ihre Mutter immer kaufte –, Petersilie, ein paar Tomaten und den Kabeljau. Es war eigentlich nicht genug Geld da für Fisch, aber für Mara musste man alles tun. Jetzt schaltete Rosa den Herd an. Es war der Herd ihrer Mutter. Derselbe, auf dem Carla für ihre Kinder den Kaffee gekocht hatte, an den langen gemeinsamen Tagen der Suche nach ihrem Vater.

Alle zusammen. Wie hast du uns nur so anlügen können, Mama?, dachte sie. Alle zusammen werden wir nie wieder sein. Findest du, es ist selbstverständlich, dass ich noch mit dir spreche? Dir ins Gesicht sehe? Was hast du getan, Mama?

«Rosa!», sagte Nicola.

Rosa schreckte zusammen.

«Ich habe dir eine Frage gestellt.»

Was passiert mit uns, Nicola?, dachte Rosa. Sie sah sich um in dieser Wohnung, die der letzte Ort war, wo sie hätte sein wollen, aber der einzig mögliche. Die Wohnung des Vaters, wo sie bis zur Scheidung gewohnt hatten, gehörte ja Mimma. Sie und ganz Massafra nahmen sie abwechselnd in Besitz. Kommt her, bleibt bei uns, hatte Mimma gesagt. Aber sie brauchten jetzt Ruhe, Stille, eine kleine Atempause, jedenfalls manchmal. Obwohl sie drei, Nicola, Rosa und Mara, hier waren, herrschte in der Wohnung der Mutter bedrückendes Schweigen.

In den Tagen des Umzugs sperrte sich Nicola in seinem Zimmer ein und warf seine wenigen Habseligkeiten ungeordnet in die Kartons. Sie waren schlecht gefüllt und nur achtlos verschlossen. Hob man sie hoch, konnte es passieren, dass sie sich unten öffneten und alles wieder herausfiel. Seit Tagen regnete es. Kleine, anhaltende Tropfen, die nicht wie sonst immer aus einer Richtung kamen, sondern einen von allen Seiten erwischten. Sie kamen von oben, von rechts oder links oder auch von unten. Alle Winde der Welt schienen gleichzeitig zu wehen.

Livia hatte sich angeboten, ihm zu helfen. Doch nun war es zu spät. Der Anwalt informierte Carlas Kinder regelmäßig über den neuesten Stand der Ermittlungen. Und die Aussage von Livia hatte noch eine weitere Welt zusammenbrechen lassen außer der riesig großen, die bereits in Schutt und Asche lag.

Nicola hatte in die WG nicht viel mitgenommen, nur ein paar Kleidungsstücke, einige CDs, Handtücher, seinen uralten Computer. Um die Internetverbindung der Nachbarn zu nutzen, hatte er den Laptop immer ganz nah ans Fenster stellen und hochhalten müssen.

Als er eine Schachtel öffnete, an die er sich gar nicht mehr erinnerte – sie stand verstaubt auf dem Schrank und wäre beinahe dort geblieben –, fand er eine Kinokarte für den Film «Shrek» aus dem Jahr 2001 wieder. Damals hatte er Rosa ausgeführt und war sich so groß vorgekommen, obwohl er nur zwei Jahre älter war als sie. Wenn du erst groß bist, wirst du schon noch verstehen, hatte er immer zu ihr gesagt, als sie Kinder waren.

Er war zehn und sie noch keine acht, wirkte aber kleiner und schutzbedürftiger als eine Achtjährige. Unter großer Gefahr hatte Nicola das Geld für das Kino von seinem Vater gestohlen. Dann hatte er in Eile eine Nachricht geschrieben – wir sind im Kino –, hatte seine Schwester ihren Mantel anziehen und ihre Mütze aufsetzen lassen und sie aus dem Haus geführt. Es war ein Tag wie jeder andere gewesen: Seine Mutter hatte nicht schnell genug auf eine Frage des Vaters geantwortet, und nun quälte er sie mit Beschimpfungen, Schreien, zerschlagenem Geschirr. Nicola wusste inzwischen genau, wann sein Vater in der Stimmung war, seine Mutter zu schlagen. Dann ließ er sie nie alleine. Er war bereit, für sie zu sterben. An jenem Sonntagnachmittag jedoch war sich Nicola sicher: Ab einem gewissen Punkt würden die Teller aufhören zu fliegen und die Schimpfwörter versiegen, und der Vater, nachdem er sich abreagiert hatte, würde sich an den Esstisch setzen und den Kopf mit den zerzausten Haaren in die Hände stützen, die Handflächen von den Scherben verletzt. Entschuldige, Carla, würde er weinerlich sagen, ich weiß nicht, was mich geritten hat. Oder er würde in Tränen ausbrechen und so lange heulen, bis seine Frau – hier gab es auch zwei Möglichkeiten – sich ihm vorsichtig nähern würde, um ihn zu streicheln, oder sich in ihr Zimmer einschließen würde. Das hätte – wieder zwei Möglichkeiten – einen erneuten Wutanfall Vitos zur Folge (aber inzwischen war Carla in ihrem Zimmer in Sicherheit) oder aber einen weiteren Tränenausbruch. Vito würde vor der Tür zusammensinken. Mach mir auf, meine Liebe. Amore mio, mein Leben, öffne mir, ich bitte dich.

Das alles würde Rosa wenigstens einmal nicht sehen. In der winterlichen Kälte gingen sie nebeneinanderher mit ihren zehn und acht Jahren, Hand in Hand, ganz aufgeregt, weil sie den guten Oger und seine Prinzessin sehen durften. Ja, statt Schreie und Weinen und zerbrochenen Tellern, Glas und Nippesfiguren würde Rosa das sehen: lustige Esel, die sprechen konnten, grüne, gutmütige Oger und eine Prinzessin, die aus Liebe auch zu einer Oger wurde. Eine Geschichte über wahre Freundschaft und Liebe.

Wie war diese Eintrittskarte hierhergekommen? Warum hatte er sie aufgehoben? Nicola sah auf die verschlossene Tür und meinte, auf der anderen Seite seine Schwester zu erkennen, wehrlos über ihre Kisten gebeugt. Er stand auf und öffnete die Tür zu ihrem Zimmer. Dabei stieß er einen kleinen Kleiderhaufen um.

«Rosa», sagte er auf der Schwelle.

Sie drehte sich zu ihm, und sein Blick verwandelte sich sofort:

von einem dunklen Grau zu einem lebendigen, leuchtenden Blau. Und da war auch ein Lächeln.

Aber es waren nicht nur die Mitbewohner: Alle, einer nach dem anderen, lehnten sie nun ab, und schuld daran war die Mutter.

«He, Rosa», sagte Nicola auch an jenem Tag.

Der Kabeljau brutzelte in der Pfanne.

«Was?» Sie drehte sich um und sah ihn müde an.

Nicola blickte in diese Augen und wurde weich. «Lüg mich nicht an. Was hat Tante Mimma zu dir gesagt, vorhin im Gericht?»

O Gott, Mama, welche Wörter wir nun aussprechen müssen: Prozess, Gericht, Verhandlung, Gefängnis. Welche Wörter lässt du uns in den Mund nehmen, Mama? Rosa sah nach, ob der Fisch schon fertig war. Seit Monaten taten Nicola und sie kein Auge zu. Entweder waren sie bei der Arbeit, oder sie kümmerten sich um Mara, mehr schlecht als recht, weil sie nicht wussten, wie man ein Kind großzieht.

«Das Übliche», sagte sie.

«Was heißt das? Kann ich das erfahren?»

«Dass du und ich nicht zurande kommen, allein mit Mara. Sie sagt, sie will uns Geld geben, eine gewisse Summe im Monat, um uns zu helfen. Uns beiden. Und Mara sollen wir zu ihr schicken, nach Massafra.»

Sie drehte die Flamme klein.

Sie waren an einem Regentag umgezogen, sie beide allein. Hatten den Nachmittagsschlaf von Mara genutzt und waren zwischen den beiden Häuserblocks hin- und hergelaufen, die Carlas Wohnung von ihrer WG trennten. Wehmütig, ohne zu sprechen, mit niedergeschlagenem Blick. Der Regen fiel in großen und harten Tropfen auf ihre Köpfe und auf die Kartons. Rosa trug die leichteren, Nicola die schweren. Als die Pflanze an die Reihe kam, die

Carla Nicola geschenkt hatte, in der Hoffnung, dass er eines Tages studieren werde, verließen Rosa die Kräfte. Obwohl sie leicht war, fiel sie ihr aus der Hand und rollte in die Mitte der Straße. Nicola erschrak, stellte seinen Karton ab. Die großen Regentropfen vermischten sich mit seinen Schweißtropfen. Er wollte die Pflanze von der Straße holen, doch da sah er in das Gesicht seiner Schwester und blieb stehen. Die Geschwister blickten sich an. Die Pflanze lag mitten auf der Via Prenestina. Nicola und Rosa standen bewegungslos da, im Regen, mit untätigen Händen. Ein Lastwagen kam, der Fahrer sah die Pflanze nicht rechtzeitig und überfuhr sie. Man konnte hören, wie sie an zwei Stellen brach.

Ohne sich ein Zeichen zu geben, nahmen die Geschwister ihre Tätigkeit wieder auf. Die Kartons waren vom Regen aufgeweicht und drohten jeden Moment auseinanderzufallen. Doch die beiden machten weiter, immer hin und her zwischen ihrer Wohnung und der ihrer Mutter.

«Was zum Teufel sagst du da!»

Nicola schlug mit der Faust auf den Tisch, an dem sie so oft zusammen gegessen hatten, Carla, Nicola, Rosa, Mara. Es war die Wohnung, in der ihre Mutter gelebt hatte, bevor sie ihren Vater umgebracht hatte. Und zwei Stockwerke darüber lag der Ort des Verbrechens. Bevor die drei in die Wohnung der Mutter zogen, hatte monatelang niemand sie betreten, jedenfalls kein menschliches Wesen, dachte Rosa. Niemand, der nicht von der Polizei oder von der Spurensuche gewesen wäre.

«Wir sollen mit denen aus Massafra keinen Kontakt mehr haben! Verstehst du, Rosa?»

Nicola näherte sich ihr und sah sie hasserfüllt an. Sie drehte ihm den Rücken zu, schaltete den Herd ab, blickte auf den toten Kabeljau, der bereit war, verschlungen zu werden.

«He! Ob du verstanden hast?» Er drehte sie zu sich.

«Wer, verdammt noch mal, glaubst du, dass du bist!» Ihre Augen waren groß und geschwollen, sie schienen aus den Augenhöhlen zu treten. Der Kabeljau war wie immer trocken und zu weich, ungenießbar. Rosa konnte nicht kochen. «Nimm deine verdammten Pfoten weg! Mara ist genauso meine Schwester wie deine. Und ich bin weder deine Tochter noch deine Frau oder deine Sklavin. Entscheide du für dich, und ich für mich.» Ihre Augen füllten sich mit Tränen.

Nicola drückte fest ihren Arm, wuterfüllt. Dabei dachte er: Rosa, meine Rosinella, meine kleine, kleine Rosinella. «Über Mara entscheiden wir beide», sagte er und ließ sie los.

Mara seufzte im Schlaf. Es war, als wären sie in jene andere Dimension zurückgekehrt, in der noch alle am Leben waren.

«Entschuldige bitte», sagte Nicola zu Rosa. «Entschuldige. Ich weiß nicht, was mit mir los war. Komm, lass mich kochen.»

Rosa lächelte ihn an. (War das ein Echo ihrer Mutter in ihr? War sie eine sanfte Frau, unfähig, allein zu leben, wie Carla? Nein, ich bin ganz anders als sie. Nur, was sollte sie Nicola jetzt antworten. Ihm zu widersprechen würde ihr das Herz brechen.)

«Du hast recht», sagte sie. «Über Mara entscheiden wir zusammen. Es wäre schön, wenn wir alles zusammen entscheiden könnten, auch das, was uns beide betrifft. Ich will nicht ohne dich sein, Nicola.»

Nachdem sie umgezogen waren, schienen nur sie zwei übrig geblieben auf der Welt: in einer winzigen Wohnung, die mit Kartons übersät war, in der endlos langen Via Prenestina, in der riesigen Stadt Rom, im ganzen Universum, nur sie beide.

Rosas Kartons waren beschriftet: Wintersachen, dicke Jacken, Sommerkleider, Verschiedenes. Nicolas Kartons waren an verschiedenen Stellen platt gedrückt, achtlos zugeklebt mit Paketband. In zwei Koffern waren Maras Sachen untergebracht, ihre Spielsachen, ihre Kleider, ihre Malhefte. Auch wenn das Mädchen nicht lange bei ihnen gewohnt hatte, besaß sie einen Haufen Dinge, die überall herumlagen und die Wohnung füllten.

Rosa und Nicola gemahnte alles hier an den Tod ihres Vaters, an den Mord, den ihre Mutter begangen hatte. Was sollen wir tun, Nico? Was sollen wir sagen? Was sollen wir denken? Wie sollen wir uns verhalten? Rosa sah Nicola an und öffnete den Mund, um etwas zu sagen. Aber Nicola zeigte sich verschlossen.

«Ich gehe jetzt einkaufen», sagte er.

«Ich komme mit dir», sagte sie leise.

«Nein. Du bleibst bei Mara. Sie kann nicht alleine hier sein.»

Also blieb sie in der Wohnung, in die die Mutter noch mal zurückgekehrt war, nachdem sie ihre ganze Welt getötet hatte. Die dunkle, kalte Wohnung sprach zu ihr, aus jedem Schlitz, jeder Ritze, jeder Fuge zwischen den Fliesen. Besteck, Töpfe, alles war sauber und ordentlich. Sie beide, Nicola und Rosa, hatten die Wohnung nach den Durchsuchungen der Polizei aufgeräumt und waren sich dabei vorgekommen wie zwei Fremde. Der Besen, das Staubtuch, die Stühle, das Spülbecken und die Dusche – die gesamte Wohnung ihrer Mutter sprach zu ihr: Sie sind alle tot, und du wirst für immer die Schreie deines Vaters hören.

Der Tag des Umzugs war der Anfang gewesen. Der Punkt, an dem zwischen ihr und ihrem Bruder etwas zu Bruch ging. Beschädigte Menschen kann man nicht heilen, hatte ihr ihre Italienischlehrerin einmal gesagt. Und beschädigte Beziehungen? Beschädigte Lieben? Nicht durch die Schuld der Geliebten beschädigt, sondern durch die äußeren Umstände? Was geschieht mit diesen beschädigten Lieben? Die können doch heilen, oder? Es kann nicht sein, dass sie nie heilen.

«Ich will nicht ohne dich sein, Nicola», wiederholte sie.

Sie umarmte ihn ganz fest, als wäre sie ein Kind. Nein, kein Kind: eine Frau, seine Frau. Und er war ihr Mann, der an einem Novembertag aus dieser Wohnung voller Kartons verschwunden war und nun zurückkam. Er entstieg einem Zug, kam von der Front zurück, schwer atmend, verschmutzt, verletzt und umnebelt, aber lebend.

Auch Nicola umarmte sie, erst angespannt, dann löste er sich. Und während er sie umarmte, hatte er einen Moment lang das Gefühl, dass sich das Loch, das ihn zu verschlingen drohte, ein wenig entfernte und sich in dem dunklen Raum, in dem er eingeschlossen war, ein Spalt auftat. Ein wenig Licht drang herein.

26

Es war Februar. Einer nach dem anderen traten die Zeugen vor das Gericht. Signor Russo, der Barkeeper aus der Bar Castel Sant'Angelo, war an der Reihe, der mit der Brandnarbe auf der Wange. Er sagte aus, das Gespräch zwischen Carla und Manuel mitgehört zu haben.

«In der Bar war keiner außer den beiden. Also, normalerweise lausche ich nicht! Aber es war eben keiner da, und man konnte alles hören. Ich habe die Gläser abgetrocknet ...» Er habe das Gefühl gehabt, als sprächen sie über jemanden, einen Mann. «Diese Signora hier ...»

«Meinen Sie Carla Romano?», unterbrach ihn Carlas Anwalt.

«Ja. Sie hatte Angst. Und er, der Signore ...»

«Manuel Bocci?»

«Ja. Er hat ihr gesagt, dass es ein gewalttätiger Mann ist.»

«Wer ist ein gewalttätiger Mann?», fragte der Anwalt.

«Im Nachhinein, der Tote», sagte der Barkeeper trocken.

«Und dann?»

«Dann sagte er ihr, sie soll sich beruhigen, sie würden zusammen eine Lösung finden. Sie würden sich an das Gericht wenden, an einen Anwalt. Er würde sie nicht allein lassen.»

«Sie haben also das vollständige Gespräch zwischen Carla Romano und Manuel Bocci mitgehört, Signor Russo?», fragte die Staatsanwältin.

Er zuckte mit den Schultern. «Bis zu einem gewissen Punkt. Dann kam ein anderer Kunde, und ich wurde abgelenkt.»

«Ein wenig seltsam ist es schon, dass Sie alles mithören konnten, auch wenn die Bar leer war, finden Sie nicht auch? So ein privates, intimes Gespräch führt man doch normalerweise im Flüsterton, damit es nicht alle mitbekommen.»

«Einwand!»

«Stattgegeben.»

«Ich formuliere es noch mal anders», sagte die Staatsanwältin. «Könnten Sie mir ein anderes Gespräch, das zwischen Besuchern Ihrer Bar stattgefunden hat, genauso präzise wiedergeben?»

Der Barkeeper sah sich um. «Also, ich weiß nicht …»

«Denken Sie nach. Wir haben Zeit. Erzählen Sie uns allen hier von einem anderen Gespräch, das in Ihrer Bar geführt wurde.»

«Mir fällt gerade keines ein.»

«Dann könnte es also sein, dass Bocci und Romano absichtlich so laut gesprochen haben, um von Ihnen gehört zu werden? Um sich ein Alibi zu verschaffen?»

«Einspruch!», rief Carlas Anwalt.

«Frau Staatsanwältin, formulieren Sie Ihre Frage anders», sagte der Richter müde.

Danach wurde Mimma befragt, und nach ihr war Milena an der Reihe.

«Meine Tochter ist nicht zurückgeblieben, und ich bin keine Hure», sagte Milena. «Entschuldigen Sie, Herr Richter, aber ich wiederhole nur die Worte von Signora Domenica Semeraro, Vitos Schwester. Ich zerstöre keine Familien.»

Aller Augen waren auf sie gerichtet. Carla durchbohrte sie mit Blicken. Die Kinder waren an jenem Tag nicht im Saal. Sonst kamen sie immer, zu jeder Vernehmung.

«Darf ich das bitte erklären?» Milena sah Mimma verächtlich an. Die hielt dem Blick stand, ebenso hasserfüllt.

Sie sei so viele Jahre lang Vitos Frau gewesen, gewiss, die andere Frau, nicht die offizielle – sie betonte dieses Wort, als sei es ein Fremdwort –, und nun war sie alleine zurückgeblieben. Nein,

Vito habe nie die Hand gegen sie erhoben, weder gegen sie noch gegen ihre Tochter. Für Paola war Vito immer wie ein Vater gewesen. Und für sie wie ein Ehemann.

«Was haben Sie in der Mordnacht gemacht, Signora Spataro?» Carlas Anwalt kaute ungeduldig an seinem Fingerknöchel. «Beim ersten Verhör haben Sie erklärt, dass Sie die ganze Nacht mit Ihrer Tochter zu Hause waren. Bestätigen Sie das?»

«Nein.»

«Was haben Sie dann gemacht?»

Doch in diesem Moment war Milena gedanklich gar nicht bei jener Nacht. Paola sah sie von ihrem Platz im Saal aus an. Ihr Blick war unergründlich. Und Milena dachte an den Tag, an dem man ihre Tochter zum ersten Mal auf die Wache geführt hatte. An jenem Nachmittag war ich froh, dass meine Tochter weg war. So konnte ich ungestört nach Vito suchen, ungestört vor Schmerzen sterben, vor Schmerzen darüber, dass er – davon war ich überzeugt – aus freiem Willen weggegangen war, ohne mir etwas zu sagen. Und womöglich noch gemeinsam mit Carla, der es gelungen war, ihn zurückzuerobern, und die ihm bald mit den Kindern folgen würde, wohin auch immer. Vielleicht wollte keiner der beiden mehr an dem Ort bleiben, an dem sie so gelitten hatten. Vielleicht wollten sie ganz weit weggehen, zusammen, weg von Vitos Familie, von Rom, und von mir.

Vito ist vorgegangen, so dachte Milena. Und um nicht gestört zu werden, hatte er niemanden benachrichtigt (nur seine Frau). In wenigen Tagen würde er seine Frau und seine Kinder zu sich nachholen. Und dann erst würden sie allen erzählen, wohin sie gegangen waren. Der Ort würde so weit weg sein, dass niemand sie einholen könnte. Geld hatten sie genug. Und sie hatten auch noch etwas anderes. Nein, nicht nur noch etwas anderes: Sie hatten den ganzen Rest. Sie waren miteinander verbunden, und es war unmöglich, diese Bande je zu durchtrennen. Trotz all des Unglücks liebten sie einander, in der Freude und im Schmerz, sie waren sich nah, sie waren untrennbar: eine Familie.

In den Tagen nachdem er verschwunden war, hatte Milena ihn Tag und Nacht gesucht. Am Ende hatte sie einen Privatdetektiv bezahlt, der sie ein Vermögen kostete. Sie hatte viel von dem Geld dafür verwendet, das ihr Vito gelegentlich zugesteckt hatte. Heb es für Notfälle auf und auch für Paola, hatte er gesagt. (War das etwa eine Bezahlung dafür, dass sie den Mund hielt? Gegenüber seiner Frau, seinen Kindern, seiner ganzen Familie aus Massafra, seinen Kollegen, allen? War das eine Art Erpressungsgeld, eine Drohung?) In den zwei Wochen, in denen es von Vito keine Spur gab, hatte sie dieses Geld mit vollen Händen ausgegeben, um ihn zu suchen und suchen zu lassen. Willkürlich, ohne Plan, voller Zorn. Es war nicht richtig: Ausgerechnet jetzt, wo Vito sich von Carla befreit hatte. Wo sie geschieden waren. Jetzt war sie an der Reihe! Die letzten zwei Jahre waren wunderschön gewesen. Vito hatte sehr gelitten, aber Milena wusste: Bald würde er seine Frau vergessen haben. Es war nur eine Frage der Zeit. Und mehr noch als Zeit brauchte er sie. Sie würde sich um ihn kümmern.

Doch um die Wahrheit zu sagen, in den letzten zwei Jahren, seit er frei war, hatte Vito angefangen, sich rarzumachen. Er kam sie immer seltener besuchen. Und einmal hatte er ihr gesagt, dass das Ende seiner Ehe ihre Schuld sei. Aber das war bloß die wütende Reaktion eines erniedrigten Mannes, sagte sie sich. Es war nur eine Frage der Zeit. Wie er ihr eines Tages unter einer Laterne am Lungotevere gesagt hatte, während sie im Regen spazieren gingen: Ich heirate dich. Und er hätte sie geheiratet, das wusste Milena. In all den Jahren war sie entweder voller Hass gewesen – sie stellte sich ihn unablässig glücklich mit Carla vor – oder voller Hoffnung. So benimmt sich keine Mutter. Eine Mutter denkt nach. Und sie denkt in erster Linie an ihre Kinder.

Sie hingegen hatte immer an Vito gedacht. Im Speisekammerschrank ganz oben, hinter den Tomaten- und Thunfischdosen, den Nudelpackungen, dem Reis und dem Zucker, den Cornflakes, hatte sie eine Schachtel versteckt. Darin befanden sich unzählige Briefe von ihr an Vito, die sie geschrieben, aber nie abgeschickt hatte. Unter den Briefen lagen Dinge, die sie aufhob und die auch alle mit Vito zu tun hatten: die drei Eintrittskarten ins Forum Romanum, als sie eines Sonntagmorgens zu dritt ausgegangen waren, sie, Paola und Vito. Ein getrockneter Rosenkopf – einmal, als er überraschend zum Essen gekommen war, hatte er ihr eine Rose mitgebracht, die sie getrocknet hatte. (Eigentlich hatte er eine Rose für sie gebracht und auch eine für Paola. Aber die für die Tochter war nur aus Höflichkeit, sagte sich Milena, um das Mädchen glücklich zu machen.) Ein Weinkorken. (Bei welcher Gelegenheit? Ich erinnere mich nicht. Stimmt nicht, du erinnerst dich. Was Vito angeht, erinnerst du dich an alles. Also will ich mich nicht erinnern.) Ein Strohhut. Ein Feuerzeug. Eine kaputte Sonnenbrille. Eine Schleife, die eines seiner Geschenke für sie geschmückt hatte. Es war die Erinnerungsschachtel an die erste Liebe einer Heranwachsenden. Aber du bist keine Heranwachsende. Du bist eine Frau und nicht mehr ganz jung.

Am 24. August, nachdem sie von einer ihrer Suchaktionen zurückgekehrt war, nahm sie die Schachtel, zog einen schwarzen Müllsack unter der Spüle hervor und warf den gesamten Inhalt hinein. Dann wusch sie sich das Gesicht. Wo wohl ihre Tochter war? Sie wusste es nicht mehr. Hatte sie sie überhaupt gefragt, wo sie hinwollte? Vielleicht nicht. Sie hatte sie anzurufen versucht, aber Paola war nicht ans Telefon gegangen. Hatte sich Milena Sorgen gemacht? Sie war viel zu sehr mit sich selbst beschäftigt. Du bist keine Mutter, sagte sie sich und nahm das Handy. Vito und sie waren so viele Jahre zusammen gewesen, wie auch immer man ihre Beziehung nennen wollte. Ein ganzes Leben, kann man sagen. Das letzte Mal, als sie Sex hatten, war vor einer Woche gewesen. Bei der Erinnerung daran, an ihn nackt über ihr, sie über ihm, musste sie sich auf die Schachtel stützen.

Das erste Mal, als sie zusammen schliefen, war Carla mit den Kindern in Massafra gewesen, der klassische Moment für eine Affäre. Milena hatte ihre langen Haare zu einem Zopf gebunden. Nachdem sie sich geliebt hatten, war es ihm gelungen, nachts noch ein Restaurant zu finden, das geöffnet hatte, ganz in der Nähe, in Trastevere. Das Essen war ausgezeichnet.

Schluss, ich will nicht an ihn denken! Sie wählte erneut Paolas Nummer. Dann nahm sie den Sack, und zum ersten Mal seit Wochen hatte sie klar vor Augen, was zu tun war. Ihre Tochter suchen. Sie näherte sich der Tür, legte eine Hand auf die Klinke. Da wurde sie fast zu Boden geworfen von harten Schlägen gegen das Holz.

«Aufmachen! Polizei!»

«Signora Spataro, sind Sie anwesend?» Der Richter rief sie von seinem Stuhl aus.

«Entschuldigung, ich war kurz in Gedanken.»

«Gut, dann sind wir ja beruhigt. Beantworten Sie bitte die Frage des Anwalts. Was ist in jener Nacht geschehen?»

Milena sah ihn an, als würde sie nicht verstehen. «Ich ...», sagte sie. Jene Nacht blähte sich auf, atmete, knurrte. «Als Vito», beim Aussprechen des Namens schluchzte sie, ohne es zu bemerken, «mir gesagt hat, dass er zum Abendessen zu Carla gehen wird, zur Geburtstagsfeier ihrer jüngsten Tochter, bin ich ausgerastet.» Sie suchte ihre Tochter unter den Anwesenden, fand sie und lächelte ihr zu. Paola zeigte keine Reaktion. «Ich war nicht mehr ich selbst, Herr Richter. Der Gedanke, dass er zu ihr ging, machte mich verrückt.»

Unbewusst sah sie zu Carla. Sie saß in einem dunklen Kostüm und einer hochgeschlossenen Bluse auf der Anklagebank.

«Was haben Sie dann gemacht?»

«Ich habe mich für ihn schön gemacht, habe das Auto genommen und bin zu Carla Romanos Wohnung gefahren.» Wieder richtete sie den Blick auf ihre Tochter. Es kam ihr vor, als ob die sie angewidert ansah.

«Wann?»

«Um acht, glaube ich.»

«Warum?»

«Ich habe auf ihn gewartet.»

Der Anwalt wirkte verärgert. Er knackte mit den Fingern.

Sie wollte kontrollieren, was passierte. Wie lange Vito bei Carla bleiben würde. Sie wollte alles wissen. Es war halb neun. Es war abends und warm. Milena parkte nahe dem Haus, in dem Carla und ihr Bruder wohnten. Sie wusste alles von dieser Familie. Sie musste auf alles gefasst sein. Sie sah auf ihr Handy, aber es lag da wie tot. Sie schrieb Vito: «Wie geht's? Ich liebe dich.» Sie schickte die Nachricht ab. Sie biss sich auf die Lippen. Carlas Hauseingang schien ihr so unglaublich groß, so unglaublich einladend. Sie hielt das Handy in der Hand, aber Vito antwortete nicht.

«Und er würde mir nicht antworten, nie wieder.»

Milena wollte nicht weinen. Sie sah wieder zu Carla. Sie sollte ihren ganzen Hass sehen, ihre ganze Wut. Doch Carla blickte sie nicht mehr an. Milena sah sie nur im Profil. Sie schaute auf die Wand, oder auf das Fenster, oder in den Herbst hinaus. Draußen begann es zu regnen. Carla deutete ein leichtes Lächeln an, so kam es Milena jedenfalls vor. Ich hasse sie nur noch mehr. Aber da war nicht nur der Hass: Sie hatte auch eine unbändige Lust, mit ihr zu sprechen und in allen Einzelheiten zu hören, wie sehr Vito Carla wirklich geliebt hatte. Und ob er auch sie, Milena, jemals geliebt hatte. Warum schlug Vito Carla? Warum schlug er nicht sie? Weil er mich nicht geliebt hat.

«Also befanden Sie sich genau an dem Ort, an dem das Verbrechen an Vito Semeraro geschah. Und genau zu der Zeit, als es passierte.»

«Ja.»

«Waren Sie an dem Mord beteiligt?»

«Nein.»

«Haben Sie etwas gesehen?»

Milena antwortete nicht.

«Nun?» Der Anwalt hob die Stimme.

«Worüber soll ich reden?», fragte Milena, als hätte sie in diesem Moment erst verstanden, wo sie war.

Der Albtraum jener Stunden, in denen sie auf Vito gewartet hatte, holte sie wieder ein. Es hämmerte in ihrem Kopf. Sie wartete und wartete, während die Nacht und die Wärme sich über die Via Prenestina senkten. Sie wollte, dass er aus diesem Haustor kam. Dass sie beide glücklich zusammen waren, für immer. Stattdessen sah sie nur die Scheinwerfer der vorbeifahrenden Autos und die Menschen jenseits der Brücke, auf der anderen Seite der Via Prenestina. Und dann geschah etwas.

«Was geschah, Signora Spataro?» Carlas Anwalt bewegte sich ruckartig. Seine Lippen waren schmal, am Hals sah man die geschwollenen Adern.

«Aus dem Haus, wo Carla Romano wohnt, kamen Vitos Kinder.» Sie wollte, dass sie hier waren, im Saal, sie wollte sie sehen und von ihnen gesehen werden. Sie suchte sie in der Menge, entdeckte sie aber nicht.

«Alle drei?»

«Rosa und Nicola.»

«Wann?»

«Gegen neun.»

«Dann haben Sie also etwas gesehen. Sie haben Rosa und Nicola genau um die Uhrzeit herauskommen sehen, die auch sie angegeben haben. Das sind wichtige Details. Strengen Sie sich an.»

Nicola und Rosa unterhielten sich. Sie lachten. Milena konnte sich nicht zurückhalten. Sie stieg aus dem Auto und näherte sich ein paar Schritte. Sie zitterte. Sicher würde auch Vito gleich herauskommen.

«Ich war nicht ich selbst, Herr Anwalt.»

Sie blieb stehen. Plötzlich war die Luft weniger stickig, leichter. Die beiden sausten auf dem Motorroller davon, und Vito ließ sich noch immer nicht blicken.

«Was haben Sie dann gemacht?»

Sie suchte wieder den Blick ihrer Tochter, aber sie sah sie nicht mehr. Sie bekam Panik, ein Loch öffnete sich in ihrem Magen. «Ich habe gewartet», sagte sie.

Sie wartete noch ein paar Minuten, vielleicht eine halbe Stunde, vielleicht ein ganzes Leben, vor dem Auto. Sie legte sich eine Hand aufs Herz. Der Ring, den sie am Finger trug, verfing sich in ihrem Shirt. Es war ein einfacher Silberring mit einem kleinen Stein. Vito hatte ihn ihr zu einem ihrer ersten Geburtstage, seit sie sich kannten, gekauft. Als sie zum ersten Mal einen Ausflug außerhalb der Stadt machten, er, sie, Paola. Ein Tag und eine Nacht am Meer, in Santa Marinella. Paola war noch so klein. Vito hatte ihr schwimmen beigebracht. «Signora Semeraro», hatte sie der Hotelangestellte an der Rezeption genannt. In dem Hotel, in dem sie schliefen, waren sie Herr und Frau Semeraro.

Sie stieg wieder ins Auto.

«Und dann dachte ich, dass Vito bei Carla geblieben war. Ich war mir sicher, dass sie sich versöhnt hatten. Ich war mir sicher, ihn verloren zu haben, dass er aus dieser Wohnung, in einem gewissen Sinn, nie mehr herauskommen würde. Nicht für mich jedenfalls.»

«Glaubten Sie, dass Carla Romano ihn umgebracht hatte?»

«Nein! Wenn ich das auch nur vermutet hätte …» Sie drückte eine Hand an ihre Wange. «… wäre ich aus dem Auto gestiegen … hätte ihn gerettet … um jeden Preis.»

«Was meinen Sie dann mit ‹nie mehr herauskommen würde›?»

Sie drückte ihre Hand fester aufs Gesicht, ihre Augen glänzten, sie atmete laut ins Mikrophon. «Ich war sicher, dass sie die Nacht gemeinsam verbringen würden. Diese und alle folgenden.»

Sie sah um sich, und wie ein Gespenst war Paola wieder da. Es traf sie ins Herz, aber sie schaffte es nicht, ihr in die Augen zu sehen.

«Sie haben also Vito Semeraro nicht herauskommen sehen.»

«Nein.»

«Und was haben Sie dann gemacht?»

«Ich habe ihn angerufen. Aber er hat nicht geantwortet. Es war zum Verrücktwerden. Ich habe nochmals angerufen. Nichts.»

«Wann ungefähr?»

«Ich … ich weiß nicht …»
«Was geschah dann?»
«Ich bin wieder ins Auto gestiegen und habe gewartet und gewartet.»
«Wie lange?»
«Eine Ewigkeit.»
«Also waren Sie noch da, als Carla Romano herauskam, um, wie sie aussagte, in die Bar Castel Sant'Angelo zu fahren? Und auch, als sie zurückkam? Sind Sie ganz sicher, dass Sie nichts gesehen haben?»
«Ja.»
«Ich möchte das Hohe Gericht daran erinnern, dass die Angeklagte ausgesagt hat, durch den Nebeneingang raus- und reingegangen zu sein, Herr Richter.» Die Staatsanwältin stand auf, um besser ins Mikrophon sprechen zu können. «Den Eingang, der auf die Via Montecuccoli geht.»
«Was haben Sie in den Stunden gemacht, während Sie warteten?»
«Ich? Ich blieb dort im Auto sitzen. Was soll ich gemacht haben? Ich wollte schlafen. Dann würde Vito zu mir zurückkommen.»
«Sind Sie eingeschlafen?»
«Gegen Mitternacht.»
«Sind Sie sicher, dass Sie niemanden aus dem Haustor kommen sahen? Oder hineingehen?»
«Niemanden, den ich erkannt hätte.»
«Hätten Sie Carla Romano erkannt?»
«Auch im Dunkeln, auch von weitem. Auch blind.»
Sie nickte immer wieder weg. Sie kontrollierte das Handy im Schlaf. Sie erschrak im Schlaf. Es schien zu regnen, ein sehr lautes Geräusch. Doch es war die wärmste Morgendämmerung, die der Himmel jemals zur Erde geschickt hatte. Sie öffnete die Augen. Instinktiv sah sie zur Haustür. Instinktiv sah sie auf ihr Handy. Es war zehn vor sechs am 7. August. Noch war es dunkel, aber es dämmerte bereits. Es regnete nicht. Woher kam dann dieses Was-

serrauschen? Sie sah in die Richtung, aus der das Geräusch kam, und bemerkte einen Wagen der städtischen Müllabfuhr, der sich langsam vorwärts bewegte und einen nassen Streifen auf dem Asphalt hinterließ. Der Lärm stieg an. Ein sehr dünner Mann schleppte sich über die Via Prenestina, er war zu einer Seite gebeugt, ganz in Schwarz gekleidet. Er hatte Drogen genommen, oder er war krank, oder er war eine böse Gestalt, die direkt aus der Hölle kam. Immer noch blickte sie auf das Haustor, versuchte erneut, Vito anzurufen. Sein Handy war aus. Das Tor ging auf. Ihr Atem stockte. Es kam jemand heraus. War es Vito? Vito! Sie sprang von ihrem Autositz auf und klammerte sich an die Windschutzscheibe. Nein, es war nicht Vito.

«War es jemand, den Sie kannten?»

«Nein.»

«Aber es war noch etwas dunkel, richtig?»

«Ja. Und ich war weit weg.»

«Haben Sie jemals Manuel Bocci gesehen?»

«Nein.»

«Das heißt, wenn er es gewesen wäre, hätten Sie ihn nicht erkannt?»

«Nein.»

«Wie sah dieser Mann aus?»

«Er war … normal groß, glaube ich … Er hatte eine schmale Figur.»

«Erinnern Sie sich, was er anhatte?»

«Nein.»

«Jetzt, wo Sie ihn kennen. Könnte der Mann, den Sie gesehen haben, Manuel Bocci gewesen sein?»

«Das ist möglich.»

«Und Carla Romano, die haben Sie nicht gesehen?»

«Ich habe keine Frau gesehen.»

«Was haben Sie dann gesehen?»

«Die Müllabfuhr und einen Mann, der im Morgengrauen aus dem Haustor von Carla Romano kam.»

«Was haben Sie dann gemacht?»

«Was sollte ich tun? Vito war nicht aus diesem Tor gekommen. Ich hatte verloren. Und sie hatte gewonnen.»

«Und warum haben Sie uns bei der ersten Befragung erzählt, Sie hätten die Nacht vom 6. auf den 7. August zu Hause bei Ihrer Tochter verbracht?»

«Weil ich Angst hatte.» Milena senkte den Blick.

«Können Sie sich klarer ausdrücken?»

«Ich habe mich geschämt.»

«Weswegen, Signora Spataro?»

«Dass ich die ganze Nacht dort geblieben bin. Um zu warten.»

Wieder suchte sie nach ihrer Tochter im Saal, in der Hoffnung, dass sie nicht mehr da sei. Doch sie war da und fixierte sie mit ernstem Blick.

«Sind Sie sicher, Signora Spataro, dass dies der einzige Grund ist, warum Sie nicht die Wahrheit gesagt haben? Dass Sie uns nichts verheimlichen?»

«Ja.»

«Signora Spataro!» Der Anwalt erhob sich und musste sich zwingen, nicht zu schreien. «Sie haben die ganze Nacht wenige Meter von dem Ort des Verbrechens verbracht, dem Ort, von dem die Leiche wegtransportiert wurde. Und Sie sind sicher, dass Sie nichts gesehen haben?»

«Ich habe nichts gesehen.»

27

Sie waren allein, wie immer. Ein kalter, aber freundlicher Märztag. Rosa hob den Blick zum Himmel und sagte: «Lass mich glücklich werden.»

Sie gingen durch die Fußgängerzone ihres Viertels, bogen nach links ab und überquerten die von Bäumen gesäumte Via del Pigneto. Die Luft war klar. Man spürte die Frische in den Lungen und im Kopf.

«Eine Taube!», rief Mara vergnügt.

Jetzt waren sie auf der Höhe der Via d'Alviano. Mara ließ Rosas Hand los und folgte dem Vogel lachend mitten auf die Straße.

In der Nacht war Mara wieder mal mit Bauchweh aufgewacht. Deswegen wollte sie am Morgen nicht in den Kindergarten gehen. Auch das geschah öfters.

«Man muss in die Schule gehen!», sagte Rosa.

«Nein!», schrie Mara.

Wie machte es ihre Mutter nur, dass die Kleine auf sie hörte? Am Ende war Rosa mit ihrer Schwester zu Hause geblieben. Sie hatte mal wieder nachgegeben. Doch gegen zehn hatte sie entschieden, Maras Bauchweh zu ignorieren. (War es echt? Vorgetäuscht? Wie gelang es nur den Müttern, all diese Dinge zu verstehen?). Sie führte Mara zu dem Spielplatz in dem Park nahe der Piazza dei Condottieri. Vorher hatte sie ihr den Mantel angezogen, Hut, Schal, Handschuhe, genau wie ihre Mutter es ihr erklärt hatte. Es war ihr wie eine Ewigkeit erschienen, bis sie endlich loskonnten. Oft hatte Rosa schon daran gedacht, Mara nicht mit allem auszustaffieren, was die Mutter angeordnet hatte. Es war so mühsam. Manchmal hatte sie es auch nicht getan. Aber dann war Mara sofort krank geworden, und wenn sie krank war, dann war alles noch viel schwieriger – ganz abgesehen von Rosas Schuldgefühlen.

«Pass auf!», rief sie. Sie packte Mara an ihrem roten Mäntelchen mit dem beigen Pelzaufsatz. Den Jahreszeitenwechsel hatte Rosa ohne Mama machen müssen. Sie hatten einfach weiter existieren müssen, in den Monaten, die vergingen. Ohne Mama. Und sie mussten auch ohne Papa weiterleben und würden es auch in Zukunft müssen.

Das Mädchen versuchte, sich ihr zu entreißen. Rosa hielt sie fest. Mit Mühe gelang es ihr, mit ihr die Straße zu überqueren.

«Was soll das, Mara? So ein Mist.»

Man sagt keine Schimpfwörter vor dem Kind.

«Jetzt halt endlich still!»

Der Blick der Kleinen streifte die Taube, die flatternd aufzufliegen versuchte. Sie war krank, ihre Flügel waren geschwollen und vereitert. Jeder Flügelschlag musste ihr wehtun.

Mara streckte die Arme nach der Taube aus. Dem Vogel gelang es mühevoll, sich in die Luft zu erheben, und er verschwand im Tiefflug hinter einer Kurve.

«Eine Taube!», rief Mara wieder. Und lehnte sich in die Richtung, in die der Vogel verschwunden war. Rosa verlor das Gleichgewicht und stolperte über ein Loch im Asphalt. Beinahe wäre sie gestürzt.

«Hör auf damit, Mara! Wir fallen noch beide hin!»

Eine unbändige Lust, ihr eine Ohrfeige zu verpassen, überkam sie. Oder sie alleine hier zurückzulassen. Weggehen und sich nicht einmal umdrehen. Nie mehr. Hasserfüllt sah sie sie an. Warum, um Gottes willen, musste es Mara geben? Warum war sie geboren worden?

Das Mädchen begann zu weinen. O Gott, sagte sich Rosa. Ich bin nicht deine Mutter, Mara. Ich bin jung, ich sollte mich vergnügen. Seit zu langer Zeit schon kümmere ich mich jetzt ausschließlich um dich. Ich habe meine Arbeit aufgeben müssen. Nicola hat das entschieden, und ich habe nachgegeben. Alles für dich. Ich bin mit dir, Tag und Nacht. Das ist nicht richtig. Ich bin nicht deine Mutter. Ich bin ich. Wie lange noch, um Himmels willen?

Mara hörte nicht auf zu weinen. Im Gegenteil, sie schrie nun in höchsten Tönen. Es tat in den Ohren weh. Sie zappelte in Rosas Armen.

«Schau, der Spielplatz», sagte Rosa. «Was meinst du, wollen wir zur Rutsche gehen?»

Mara kreischte so laut, dass sie nicht einmal hörte, was Rosa ihr vorschlug. Dabei war sie immer so ein ruhiges, fröhliches und folgsames Kind gewesen.

«Die Rutsche! Schau, Mara!», rief Rosa. «Und hier gibt es auch ein Holzhaus, ein Trampolin, eine Schaukel und Wippen.»

Sie ließ das Mädchen auf den Boden hinab. Mit einem Schlag beruhigte sich Mara, betrachtete das sich vor ihr eröffnende Panorama, um zu entscheiden, worauf sie als Erstes klettern wollte.

«Gib mir die Hand», sagte Rosa.

Mara gab ihr die Hand.

«Wohin willst du gehen?» Rosa beugte sich zu Mara hinab und trocknete ihr die Tränen mit einem Taschentuch.

«Ich habe Durst», sagte Mara.

Rosa verdrehte die Augen. Scheiße. Nie, nie, nie denke ich daran, Wasser mitzunehmen. «Willst du jetzt auf die Rutsche?», sagte sie hoffnungsvoll.

Wie machen es die Mütter und Väter nur, alles zu wissen? Und warum weiß ich nichts?

«Ich habe Durst», sagte Mara wieder und streckte eine Hand nach Wasser aus.

Ungefähr zehn Kinder waren wie Punkte auf dem Spielplatz verteilt. Ihr Mütter, Väter, Großeltern oder Babysitter passten auf sie auf.

«Wir machen es so», sagte Rosa und sah sich um. Genau gegenüber war eine Bar. «Wir gehen Wasser kaufen und kommen dann zurück.»

«Nein», sagte Mara. «Ich will jetzt Wasser.» Ihre Unterlippe zitterte bereits und kündigte eine neue Weinattacke an.

«Gut, Wasser», sagte Rosa.

Mit ihrer Schwester an der Hand näherte sie sich einer blonden großen Frau. Aus der Nähe konnte man ihr Parfum riechen. Sie war so gepflegt, so entspannt, dass Rosa einen plötzlichen Hass auf sie bekam. (Sie musterte sie, ihre akkurat gepflegten Augenbrauen, das perfekt geschminkte Gesicht, die Handtasche Ton in Ton mit der Kette und den Ohrringen. Wie gelang es den Frauen nur immer, stets so sehr Frau zu sein?) Ich möchte du sein. Es ist nicht gerecht, dass ich nicht du bin.

«Entschuldigen Sie, Signora.»

Die Frau drehte sich zu ihr um.

«Dürfte ich Sie bitten, einen Moment lang auf meine Schwester aufzupassen, während ich schnell in der Bar gegenüber ein Wasser kaufe?» Rosa war verschwitzt, aufgedunsen und hässlich.

«Klar», sagte die Frau aus der Höhe Ihres Frauseins herab und lächelte. Dann beugte sie sich zu dem Mädchen. «Wie heißt du denn?»

«Mara», sagte sie enttäuscht.

«Ist dir nicht zu warm, Mara?», fragte die Frau.

Mara nickte. Sie war tatsächlich verschwitzt.

«Ziehen wir doch den Mantel aus, dann kannst du dich beim Spielen freier bewegen. Was meinst du? Du bist ja viel zu dick angezogen.»

«Ja», hauchte sie.

Die Frau nahm ihr den Schal und den Hut ab, zog ihr Handschuhe und Mantel aus. Und Mara ließ diese Hände gewähren, die wussten, wie man sich um Kinder kümmert. Rosa sah ihr zu.

«Komm, Mara, du kannst mit meiner Tochter spielen. Sie heißt Nicla und ist zwei. Und wie alt bist du?»

Mara zeigte drei mit den Fingern.

«Vielen Dank, Signora», sagte Rosa.

Signora, Signora.

Sie rannte über die Straße, um in der Bar das Wasser zu kaufen. Als sie nach nur einer Minute im Laufschritt zum Spielplatz zurückkam, sah sie ihre Schwester die Leiter zur Rutsche hochklettern. Die Frau mit der Ton-in-Ton-Handtasche sah ihr von ferne zu, während sie ihrer Tochter Nicla half, eine Sandburg zu bauen. Alle Kinder waren mit anderen Kindern zusammen. Oder mit Erwachsenen. Mara war allein.

Sprosse um Sprosse kletterte sie höher. Es ist deine Schwester. Blut von deinem Blut. Von hier aus gesehen, tat sie ihr unendlich leid. Sie ging zu ihr hin.

«Da ist dein Wasser», sagte sie. Sie schwitzte, weil sie gerannt war. Seit Monaten war sie nur mehr am Rennen, immer für Mara. Sie öffnete die Flasche und hielt sie ihr hin. «Komm herunter zum Trinken.»

Das Mädchen war ganz oben angekommen und sah sie nicht einmal an.

«Mara, dein Wasser», wiederholte Rosa.

«Ich will nicht», sagte Mara zerstreut. Sie stieß die Wasserflasche von sich. Rosa war darauf nicht gefasst, die Flasche fiel zu Boden. Sofort wurde das Wasser von dem dreckigen Asphalt aufgesogen. Ein erdrückender Schauder durchlief Rosa. Ihr ganzer Einsatz, ihre ganze Kraft, all ihre Opfer.

«Verdammt, Mara!», schrie sie.

Ihre kleine Schwester erschrak, löste die Hände von der Rutsche und drückte sie sich auf die Ohren. Sie verlor das Gleichgewicht. Und Rosa war zu sehr auf ihr Schreien konzentriert, um mitzukriegen, dass Mara fiel und fiel, vom höchsten Punkt der Rutsche. Sie landete mit dem Gesicht auf dem Boden, ihre Stirn schlug auf den Asphalt auf. Es klang, als würde ein Ast brechen.

Rosa riss die Augen auf. Mara hob den Kopf. Sie war voller Schlamm, Tränen und Blut. Sie weinte. Da war so viel Blut. Es floss in Strömen aus einer großen, offenen Wunde, über die Stirn bis zur Nase.

Rosa lief, mit dem Mädchen im Arm. Sie überquerte die Straße. Die Autos wichen ihr im letzten Moment aus.

«Hilfe!», schrie sie.

Maras weißer Pullover war voller Blut. Sie schwankte im Arm ihrer Schwester hin und her. Und überall war Blut, so viel Blut.

«Hilfe!»

Auch Rosa war jetzt voller Blut. Sie rannte, so schnell sie konnte. Ohne zu schauen, lief sie über die Straße, mit erhobenem Arm, um die Autos anzuhalten. Die gerieten ins Schlittern, während sie Rosa auswichen. Doch sie hielten nicht an.

«Helft mir!»

Sie lief nun auf dem Gehweg. Mara war so schwer in ihrem Arm. «Hilfe!» Und dann, zu dem Mädchen gewandt: «Ganz ruhig, meine Kleine, es ist nichts passiert.»

«Aua, Rosa, ich hab viel Aua.» Mara klagte, ohne zu schreien. Sie weinte nun aus echtem Schmerz, hin und her geworfen durch den Laufschritt. «Hilfe, au, au.»

«Es wird alles gut», flüsterte Rosa ihr im Laufen ins Ohr. Ihr fehlte die Luft, aber sie hielt die Schwester fest im Arm. Die Leute drehten sich nach ihr um. Um ein Haar hätte sie ein Taxi erwischt. Ein Toyota Yaris bremste, der Fahrer stieß einen Schrei aus.

«Ganz ruhig, Kleine.» Sie lief weiter. «Helft mir!» Sie schrie, so laut sie konnte.

«Aua», weinte Mara. «Ich will zu Mama. Mama!»

«Alles gut, mein Liebes, es ist nichts. Ruft einen Arzt!»

Sie lief weiter, bis sie endlich das Vannini-Krankenhaus erreichte. Wenn Rosa wüsste, welch süße Erinnerungen ihre Mutter an dieses Krankenhaus hatte …

Eine Frau in einer cremefarbenen Schwesternuniform stand rauchend am Eingang und wies Rosa den Weg zur Notaufnahme. Und sie rannte und rannte, mit Mara auf dem Arm.

Der Wartesaal der Notaufnahme. Hellbraune Wände. Dunkelbraune Sessel. Rosa stützte den Kopf in die Hände. Sie war blutbeschmutzt. Eine Tür ging auf, und eine Krankenschwester in Pantoffeln kam heraus.

«Sind Sie die Mutter?»

Er versuchte, den Aufzug zu holen, aber er funktionierte mal wieder nicht. Also quälte er sich zu Fuß hoch, die Treppen des Hauses der Mutter, das jetzt sein Zuhause war. Und wie seine Mutter war auch er ein Gefangener. Als er im dritten Stock ankam, blieb er stehen. Er warf einen Blick zu den oberen Etagen hinauf, wo die Wohnung seines Onkels lag, wo der Mord an seinem Vater begangen worden war und wo auch er, Nicola, gestorben war. Gestorben, zusammen mit Rosa und Mara, sagte eine Stimme in seinem Kopf. Nein, du sehr viel mehr als sie. Das weißt du ganz genau. Ja, stimmt. Ich sehr viel mehr als sie.

Er warf einen Blick hinauf, wie er es immer tat. Die Plomben der Polizei waren inzwischen verschwunden. Doch er hatte nicht mehr den Mut aufgebracht, diese Treppen hochzusteigen. Er wurde die Erinnerung nicht los an den Abend, an dem er mit Rosa diese Treppen hinuntergegangen war, an den Abend, an dem sein Vater starb. Sein Onkel, der Bruder seiner Mutter, war der einzige Verwandte auf der Romano-Seite, der ihnen geblieben war. Er war von Vietnam nach Argentinien weitergezogen. Und bei all dem, was in der Zwischenzeit passiert war, war er nur kurz nach Italien gekommen, um die Formalitäten mit seinem Anwalt zu erledigen. Seine Wohnung war der Ort des Verbrechens. Er schien mehr genervt als besorgt – und war schnell wieder weg.

«Wir hören uns bald.»

Aber dann ließ er nichts mehr von sich hören. Er hatte noch ein paar Nachrichten geschickt, ich umarme euch. Es war reine Fassade. Genauso wie bei den Freundinnen ihrer Mutter, die Vito schon stark dezimiert und schließlich ganz besiegt hatte.

Sie waren allein.

Er warf einen Blick auf Onkel Francos Wohnung. Wie sorglos Rosa und er an jenem Abend gewesen waren, während sie die Treppen hinunterliefen. Wie naiv sie gewesen waren. Wie naiv auch er gewesen war, zu denken, es gehe alles gut.

Vor einiger Zeit hatte Rosa ihre Arbeit aufgeben müssen, weil irgendjemand auf Mara aufpassen musste. Doch die Arbeit war für Rosa die einzige Hoffnung gewesen, sich eines Tages an der Universität einschreiben und in die Fußstapfen ihres Vaters treten zu können. Bevor er starb, hatte Rosa heimlich, während sie Geld sparte, die Bücher studiert, die später an der Universität behandelt werden würden. Sie hatte niemandem etwas davon erzählt. Nicola hatte es herausgefunden, hatte aber nichts gesagt. Und jetzt hatte sie auch damit aufgehört, um ausschließlich für Mara da zu sein. Sie las nun gar nicht mehr.

Erwachsen sein, dachte Nicola, heißt auch zu akzeptieren, dass sich gewisse Probleme nicht lösen lassen. Er blickte auf die obere Wohnung. Wenn man es genau nimmt, hätten sie noch einmal in die Wohnung ihres Onkels zurückkehren müssen, seine Schwester und er.

Er zögerte es hinaus, die Wohnung seiner Mutter zu öffnen, hinter der er seine beiden Schwestern vorfinden würde. Rosa war immer so traurig. Es war an ihnen hängengeblieben, nach der polizeilichen Freigabe die Wohnung von Onkel Franco zu reinigen und das Chaos, das die Polizei angerichtet hatte, so gut es ging, zu beseitigen. Er wollte sich nicht daran erinnern. Es gab so viele Dinge, die sich nicht lösen ließen.

Und Rosa? Wie ging es seiner Schwester? Wie soll man diese Dinge erfragen? Es gibt nur das Gute und das Böse, das Glück und die Verzweiflung, das Leben und die Angst. Er steckte den Schlüssel ins Loch.

Er war todmüde, er hatte den ganzen Tag gearbeitet. Und jeder Tag glich dem anderen. Jetzt musste er das Abendessen für Mara kochen. Das war sein Job, denn Rosa war dazu nicht fähig, normalerweise war sie um diese Zeit völlig erschöpft von all der

Enge und Einsamkeit. Noch mit Mara plaudern, ihr ein Märchen vorlesen und warten, bis sie einschlief. Dann war auch er fertig. Oft schlief er einfach neben ihr im Ehebett ein. Am Ende lagen sie alle drei in dem Bett. Es war zu eng, ungemütlich. Irgendwann nachts hielt Nicola es nicht mehr aus, stand auf und legte sich auf sein Klappbett in der Küche, wie in den alten Zeiten, als seine Mutter noch da gewesen war.

Er seufzte. Es kam ihm vor, als ob er seit einer Ewigkeit nur noch das machte: kochen und putzen. Er kochte im Restaurant, er kochte zu Hause. Er putzte im Restaurant, er putzte in der Wohnung und machte den Abwasch. Er wollte nur schlafen. Vielleicht hatte Milena etwas zu essen für alle gebracht. – Das tat sie nun häufiger, nachdem Nicola seine Widerstände aufgegeben hatte, mürbe von all der Mühsal und der Not. Sie putzte auch ein wenig die Wohnung, wie ein Schatten, ihre Anwesenheit war kaum spürbar.

Er öffnete die Tür. Bevor er etwas sehen konnte, fühlte er die Eiseskälte. Dann nahm er die Stimme einer Frau wahr, die ihm bekannt vorkam.

«Guten Abend!»

Der Tonfall war zu hoch, ihr üblicher zu hoher Tonfall, und das Lächeln zu breit, ihr übliches zu breites Lächeln.

Die Frau saß am Tisch und hatte Mara auf dem Schoß, die den Kopf über ein Blatt Papier beugte und zeichnete. Neben ihr saß Rosa, vor beiden Frauen stand je eine Tasse Kamillentee. Denn die Frau, die ihn gegrüßt hatte, trank nur Kamillentee. Rosa sagte nichts. Mara glitt von dem Schoß der Frau und lief ihm entgegen.

«Nico!», sagte sie und lächelte.

Sie hatte einen blutbefleckten Verband um die Stirn und Kratzer im Gesicht. Nicolas Augen weiteten sich. Sie hielt ihm die Ärmchen hin. Er hob sie hoch und warf erst Rosa, dann der Frau am Tisch einen Blick zu.

«Was habt ihr mit ihr gemacht?», rief er und drückte das Kind fest an sich.

«Nico», sagte Mara und gab ihm einen Kuss.

«Mein Liebes», sagte er.

Das Mädchen lächelte, und Nico konnte sehen, dass es ihr weh tat.

«Was ist passiert?», schrie er die Frau an.

Mara sah ihm in die Augen. Sie lächelte immer noch und gab ihm einen zweiten Kuss. «Mein Liebes.» Das Mädchen wiederholte Nicolas Worte.

«Guten Abend, oder?», sagte die Frau am Tisch, nun mit einem vorwurfsvollen Ton, ihrem üblichen vorwurfsvollen Ton.

«Was, verdammt noch mal, ist geschehen? Was habt ihr mit Mara gemacht?»

Rosa öffnete den Mund, um etwas zu sagen.

Nicola inspizierte Maras Gesicht. «Was ist passiert, meine Kleine?» Und dann, an Rosa gewandt: «Hast du sie hereingelassen?» Er deutete auf die Frau.

Er bewegte sich nicht von der Tür weg, mit Mara auf dem Arm. Sie befingerte jetzt seinen Hals, sein Kinn, den Mund. Und hie und da gab sie ihm einen Kuss. Er streichelte sie. «Hinaus», sagte er zu der Frau. «Das ist unsere Wohnung.»

Die Frau am Tisch nahm eine steife Haltung an. Das Lächeln verschwand aus ihrem Gesicht. Sie sah ihn mit blankem Hass an und nickte. Dann warf sie Rosa einen strengen Blick zu. Die glühte innerlich und hielt die Hände verschränkt. Die Frau erhob sich und stellte sich vor Nicola. Wenn Blicke töten könnten, wäre er in diesem Moment gestorben. Sie schenkte Mara ein noch breiteres Lächeln als vorhin. Mara öffnete die Arme und streckte sich ihr entgegen. Sie wollte auf den Arm der Frau.

«Tante», sagte sie. «Ich will zu Tante.»

«Komm zu deiner Tante», sagte die Frau.

Mara beugte sich lächelnd zu ihr.

Aber Nicola hielt sie fest, und das Mädchen begann zu weinen. «Tante, ich will zu Tante.»

Nicola hielt sie noch fester, sie wand sich in seinen Armen.

Mimma schritt mit einem rachsüchtigen Lächeln aus der Tür, während Mara verzweifelt weinte.

«Tante, Tante, Tante!»

Sie drehte sich um, sah Rosa an und sagte mit schneidender Stimme: «Guten Abend.» Nun fixierte sie alle drei. «Schließlich hat meine Mutter mir Benehmen beigebracht, im Gegensatz zu eurer.»

Damit schloss sie die Tür hinter sich.

Nicola saß auf dem Sofa und kontrollierte Maras Gesicht. Das Mädchen war ruhig, lächelte.

«Wie geht es dir, Mara?», sagte Nicola.

«Ich habe Aua», sagte Mara. Plötzlich wirkte sie traurig. «Wie das Aua von Mama.»

Nicola brach es fast das Herz.

«Ist schon vorbei», sagte Mara. «Wie das Aua von Mama. Stimmt's, Rosa?»

Rosa nickte. Ihr traten Tränen in die Augen. Auch sie näherte sich nun Mara. Und da waren sie alle drei, so klein, so nah.

«Sollen wir Nico erzählen, wie tapfer du gewesen bist?» Rosas Augen glänzten, sie sahen traurig aus.

«Was hast du ihr angetan?»

«Ich habe ihr nichts angetan», sagte Rosa. «Sie ist gefallen. Es war nicht meine Schuld!»

«Verdammt, was redest du da. Es ist deine Schuld. Warum hast du mich nicht angerufen?»

«Weil ich Angst hatte.»

«Wovor, um Gottes willen? Du hast immer vor irgendetwas Angst.»

Rosa zuckte zusammen, denn dieser Ton erinnerte sie an ihren Vater. Diesen Ton hatte Vito drauf, bevor er zuschlug. Sie musste aufpassen.

«Los. Wovor? Sag schon, du blöde Kuh!»

«Hat sie was gegessen?» Nicola sah Rosa an. «Ich muss was kochen.»

«Mimma hat schon dafür gesorgt», sagte Rosa mit gesenktem Blick und leiser Stimme. «Wir haben beide schon gegessen, Mara und ich.» Dann stand sie auf und nahm sich ein Glas Leitungswasser. «Wir schaffen es nicht alleine, Nicola. Es ist meine Schuld.»

Sie sprach zu ihm und kehrte ihm den Rücken zu. Das hätte von ihrer Mutter stammen können. (Eine kleine Frau, unfähig zu allem: auf die Kinder aufzupassen, ihrem Mann zu widersprechen, sich gegen die Schläge zu wehren.)

Nicola antwortete nicht. Er setzte sich auf das Sofa neben Mara, die jetzt einen Zeichentrickfilm im Fernsehen schaute. Er nahm sie in den Arm.

«Ich habe Tante Mimma angerufen, Nico», sagte Rosa. «Sie war in Rom. Ich habe sie angerufen, weil nur sie wusste, was zu tun war. Und sie ist gekommen und hat alles geregelt. Aber jetzt hast du sie fortgejagt.»

Nicola strich zart über Maras Köpfchen.

«Und was wäre» – Rosa drehte sich plötzlich zu ihm um –, «wenn Tante Mimma recht hätte? Wenn sie alle recht hätten? Wenn Mama … wenn sie es nicht getan hätte, um sich zu verteidigen, sondern wenn Mama …»

Er hob den Blick und sah sie an.

Ein Meer aus Dunkelheit.

«Warum hast du nicht mich angerufen?», sagte er.

«Weil du dich verändert hast.»

Das waren die Worte ihrer Mutter. Sie war Carla, und er war Vito.

«Und ich Angst habe vor dir.»

Er stand auf. Er ging auf Rosa zu und drückte ihre Hände, so fest, dass es weh tat.

«Das darfst du nicht einmal denken. Du darfst keinen Moment lang daran zweifeln, dass es so war, wie es war. Wenn sie es so sagt, dann ist es so. Sie hat es für Mara getan, für uns. Alles, was sie getan hat, hat sie immer nur für uns getan.»

«Gut», sagte Rosa. «Aber jetzt lass mich, Nico. Bitte, du tust mir weh.»

28

«Wer von Ihnen beiden hat damals den ersten Schritt gemacht, Signor Bocci? Sie oder Carla Romano?» Die Staatsanwältin warf einen schnellen Blick in ihren Aktenordner.

Es geschah an einem wunderschönen Frühlingsabend im April. Die Luft war schon milder geworden. Auf dem Heimweg von der Arbeit hatte er in einer Bar in Pigneto haltgemacht, um noch etwas zu trinken. Er hatte sich draußen an einen Tisch gesetzt und ein Glas Weißwein bestellt. Flüchtig hatte er an einem anderen Tisch das Gesicht einer Frau wahrgenommen, das ihm bekannt vorkam. Sie hatte ihn angesehen, aber er hatte keine Lust auf Konversation gehabt und weggeschaut. Der Wein kam. Es war so schön hier. Sie trank. Sie tauschten nun doch mehrere Blicke. Dann war sie aufgestanden und hatte sich ihm mit rotem Gesicht genähert. «Guten Abend», hatte sie schüchtern gesagt. Und es war um ihn geschehen, auch wenn er es noch nicht wusste.

«Hatten Sie an jenem Abend Sex?», fragte die Anwältin.

Sie hatten einige Gläser Wein zusammen getrunken. Ihr Gesicht war immer noch errötet, sie war wunderschön. Sie sprachen, tranken, lachten. Es war sehr spät geworden. Als sie aufstanden, schwankten sie leicht. «Begleitest du mich nach Hause? Ich wohne hier in der Nähe», hatte sie gesagt. Sie strahlte. Ihr Blick war voller Wärme, vielleicht vom Wein.

«Signora Romano hat Sie also gebeten, sie nach Hause zu begleiten?»

Wenn er jetzt daran zurückdachte, ja. Und er hatte sie begleitet. An ihrer Haustür angekommen, hatte sie ihn angesehen. «Danke für den schönen Abend.» Sie hatte ihm einen Kuss auf die Wange gegeben, der genauso liebevoll war wie ihr Blick. Dann hatte sie sich abgewandt und war vom Treppenhaus verschluckt worden. Er war stehen geblieben und hatte auf das dunkle Holztor gestarrt. Dann hatte er geseufzt und war mit einem Lächeln zu seinem Motorrad zurückgegangen.

«Wann hatten Sie das erste Mal Sex?»

Am Tag darauf hatten sie sich, wie es oft vorgekommen war, im Vorbeigehen gesehen. Sie hatten sich mit einem breiten Lächeln begrüßt, aber sie hatte es eilig, denn sie musste ihre Tochter in den Kindergarten bringen. Ein paar Tage später hatten sie begonnen, ein paar Worte zu wechseln, wenn sie sich trafen. «Begleitest du mich ein Stück?», sagte sie. Und er begleitete sie. «Ich begleite dich ein bisschen», sagte er. Sie lachten sehr. Am Donnerstag darauf hatte sie ihm eine Nachricht geschrieben: «Heute Abend bleibt meine Tochter Rosa für ein paar Stunden bei Mara. Ich habe ein wenig Luft. Was hältst du von einem Glas Wein?»

«Sie war wohl sehr forsch, die Signora.»

Nein. Sie war zu der Zeit ungebunden, aber sie hatte drei Kinder, an die sie sehr wohl gebunden war, an deren Zeiten und Bedürfnisse. Die Kinder kamen vor allem anderen. Und da sie so wenig Zeit hatte, war es klar, dass sie die Initiative ergreifen musste, auch wenn sie das vielleicht gar nicht wollte.

«So hat sie es jedenfalls dargestellt», sagte die Staatsanwältin.

Von wegen dargestellt. So *war* es.

«Und war es auch Signora Romano, die die erste sexuelle Annäherung suchte?»

Sie waren in die gleiche Bar gegangen wie am ersten Abend, um etwas zu trinken. Dann hatte sie ihn, leicht beschwipst, gefragt, ob er sie wieder nach Hause begleite. Sie war mit ihren Stöckelschuhen gestolpert. Lachend hatte sie gesagt: «Ich trage sie nie.» An der Haustür hatte sie ihn dann gefragt: «Willst du heraufkommen, für ein letztes Glas?» Endlich, hatte er gedacht. «Aber ich muss kurz alleine hinaufgehen, meine Tochter Rosa verabschieden. Du kannst erst hochkommen, wenn sie weg ist. Tut mir leid …» Sie hatte den Blick gesenkt. Er hatte ihre Hände in die seinen genommen. Es war das erste Mal, dass sie ihm so hilfsbedürftig, so wehrlos vorgekommen war. «Kein Problem», hatte er lächelnd gesagt. Es hatte sich angefühlt, als seien sie Teenager, und das gefiel ihm.

«Hatten Sie an jenem Abend Sex?», fragte die Staatsanwältin.

Ja, sie hatten sich geliebt.

«Und nach jenem Abend?»

Nur an jenem Abend. Obwohl sie sich von da an fast täglich sahen.

«Carla war noch nicht so weit. Nach all den schwierigen Jahren mit ihrem Ehemann. Der wiederholten Gewalt. Dann die Kinder, die Arbeit, und …»

«Haben Sie weiterhin sexuell die Initiative ergriffen?»

Am Anfang ja. Doch nach den ersten freundlichen Zurückweisungen hatten sie darüber gesprochen. Sie hatte ihm erklärt, dass sie noch Zeit brauche. Und er hätte alles für sie getan.

«Wie hätte ich das nicht verstehen können, Frau Staatsanwältin?», sagte Manuel.

«Sie haben es verstanden?»

Ganz ehrlich gesagt, nein. Aber er sagte natürlich ja. Ja, ja.

«Du bist so gut zu mir. Ich verdiene dich nicht», hatte Carla zu ihm gesagt. «Du bist mein Freund, mein einziger Freund. Ich kann mich nur auf dich verlassen.»

«Haben Sie ihr geglaubt, dass sie Sie lediglich als einen Freund betrachtete?»

Nein. Er dachte, dass sich die Dinge schon entwickeln würden. Immer wenn Carla ihn ansah, war sie so voller – wie soll man sagen – Leidenschaft. Und oft berührte sie ihn flüchtig auf eine so sinnliche Art.

«Aber *Sie* wollten doch ihr Partner sein, oder täusche ich mich da?»

Sie täuschte sich nicht. Aber auch Carla wollte das. Auch sie hat ihn geliebt.

«Und Sie hatten nur einmal Sex?»

Ja.

«Hatten Sie sexuelle Begegnungen mit anderen Frauen, seit Sie Signora Romano kannten?»

Nein. Natürlich nicht.

«Hat Ihnen Carla Romano jemals vorgeschlagen, zusammenzuziehen oder vielleicht sogar irgendwann zu heiraten?»

Nein. Sie hatte ihn als Freund betrachtet, so sagte sie jedenfalls.

«Ich war sozusagen nur ein Freund, ich …»

«Sie?»

«Ich habe gewartet.»

«Worauf haben Sie gewartet, Signor Bocci?»

Er liebte sie von ganzem Herzen. Und er hatte ihr versprochen, ihren Schmerz zu lindern, sie zu beschützen. Mit ihm hätte sie nie wieder Angst haben müssen. Und an dem Tag, an dem sie sich dann bereit gefühlt hätte …

«… wäre ich da gewesen.»

«Bereit, sie zu heiraten, Signor Bocci?»

Bereit, sie zu heiraten, gewiss. Warum nicht? Das war doch nur natürlich. Sie hatten nie darüber gesprochen, aber … ja.

«Und ich wäre es noch immer. Ich liebe Carla, Frau Staatsanwältin, Herr Richter.» Er sah den Richter an, der in Gedanken versunken war, sich jetzt schüttelte und fragend zurückblickte. «Ich liebe sie von ganzem Herzen. Noch immer.» Er sah zu Carla, während er das sagte. Sie erwiderte den Blick und lächelte ihn an.

«Es tut mir leid, dass sich Ihr Liebestraum nicht erfüllt hat, Signor Bocci», sagte die Staatsanwältin mit einem schiefen Grinsen.

«Euer Ehren, Einspruch!», rief Manuels Anwalt. «Hier macht man sich über eine Tragödie lustig.»

«Frau Staatsanwältin, zwingen Sie mich nicht zu einem erneuten Verweis», sagte der Richter.

«Signor Bocci, eine Frau, mit der Sie sich seit Monaten treffen … Wie oft, sagten Sie?»

«Anfangs einmal in der Woche, dann fast täglich.» Bocci klammerte sich an die Anklagebank.

«Eine Frau, die Sie fast täglich sehen, der Sie Unterstützung anbieten, Hilfe, Schutz, von der Sie jedoch Liebe wollen, oder? Eine richtige Beziehung. Aber nichts da. Für den Moment schenkt sie Ihnen nichts als – als was, Signor Bocci – Zuneigung?»

Bocci nickte wie ein kleiner Junge.

«Eine Frau, die Sie so sehr lieben, und sie gibt Ihnen, entschuldigen Sie die Brutalität meiner Worte, nichts zurück. Und Sie warten die ganze Zeit auf sie? Ohne eine, ich sage nicht einmal sexuelle, aber wenigstens emotionale Erwiderung ihrer Gefühle?»

«Ja.»

«Ja was?»

«Ich habe die ganze Zeit auf sie gewartet.» Bocci führte sich seine Beziehung zu Carla vor Augen. Er sagte: «Ich habe auf sie gewartet.» Dann brach er in Tränen aus.

«Also, Signor Bocci», sie machte eine Pause, «reden wir Klartext. Ich bin Staatsanwältin, Sie sind Psychologe. Wir wissen doch, wie es läuft, oder?» Sie sah ihn spöttisch an. «Was erwarteten Sie wirklich? Dass Vito Semeraro sich womöglich in Luft auflöst?»

«Nein! Das habe ich Ihnen schon gesagt.»

«Wenn Carla Romano, die vielleicht noch nicht über ihren Exmann hinweg war, plötzlich frei wäre …»

«Herr Richter», sagte Manuels Anwalt.

«Gut. Gut. In der Zeit, in der Sie miteinander ausgegangen sind, hat Signora Romano Sie da jemals um Hilfe gebeten?»

«Nein.»

«Sind Sie sicher?»

Wenn er jetzt nachdachte, doch. Er hatte sie nie gezählt, die kleinen Dienste, um die sie ihn bat. Es wurden täglich mehr: Mara in den Kindergarten bringen oder zum Arzt, Carla mit dem Motorrad von der Arbeit abholen, für sie einkaufen, irgendetwas in ihrer Wohnung reparieren, ihr mit bürokratischem Kram helfen und natürlich sie vor dem Exmann retten, retten, retten.

«Aber das war normal», sagte Manuel. «Es ist doch normal, dass man sich gegenseitig hilft, wenn man sich mag.»

«Sie aber mochten sie nicht nur. Sie haben sie geliebt.»

So sehr. Immer mehr.

«Und die Romano, hat sie Sie auch geliebt?»

Ja …

«Und deshalb haben Sie alles getan, worum sie Sie bat? Als wären Sie ihr Mädchen für alles?»

Von wegen Mädchen für alles.

«Sind Sie sicher, dass Carla Romano Ihre Liebe erwiderte?»

«Ich …»

Er … Er hatte ihre Beziehung nie unter diesem Gesichtspunkt betrachtet.

«Seien Sie ehrlich, Signor Bocci.»

Wenn er ehrlich war, doch … dann war ihm in manchen Momenten etwas aufgefallen. Aber er wollte das nicht denken. Er wollte, dass sie ihn so liebte, wie er sie liebte.

«Wie kam es zu der Sache mit dem Nissan Micra?»

«Ich habe ihn zum Mechaniker gebracht …»

«Weil sie Sie darum gebeten hat.»

«Nein, es war eine Überraschung, es war meine Entscheidung.»

«Wie haben Sie denn von der Existenz des Autos erfahren?»

Er erinnerte sich nicht. Er ging in Gedanken zurück in der Zeit. In eine Zeit, die man nicht gerade als glücklich bezeichnen konnte, denn sie war einzig und allein von der Hoffnung geprägt, Carla möge endlich ihre Angst besiegen und sie beide könnten richtig zusammen sein.

«Versuchen Sie sich zu erinnern, Signor Bocci.»

Da fiel es ihm blitzartig ein. Eines Tages hatten sie ein Taxi rufen müssen, um Mara zum Kinderarzt zu bringen. Er hatte ja nur das Motorrad. Jedenfalls hatte sie an jenem Tag im Taxi wie nebenbei geseufzt: «Wenn man bedenkt, dass ich eigentlich ein Auto hätte …»

Die Luft im Gerichtssaal war abgestanden. Er sah Carla an. Sie sah ihn an. Er war verschwitzt, fühlte sich hässlich. Die Wände des Gerichtssaals schienen auf ihn einzustürzen.

«Und der Müllplatz in Spinaceto? Wer von Ihnen hat mit dem Thema angefangen?»

Die Geschichte hatte er schon so oft erzählt. Aber erst jetzt fielen ihm ihre genauen Worte wieder ein. Sie waren unterwegs ans Meer gewesen, nach Ostia. Als sie an seinem Büro vorbeigekommen waren, hatte sie gesagt: «Ist ja absurd, ein Müllplatz vor so einem schönen Haus, und vor dem Reservat mit dem ganzen Grün …» – «Ach», hatte er gesagt. Und sie: «Sich hier nachts verirren, womöglich noch das Handy leer, das wäre sicher schrecklich.» Er hatte gelacht und in gespielt bedrohlichem Ton gesagt: «Da würde dich keiner finden.» Auch sie hatte gelacht. Und dann war schon hinter der Straße das Meer aufgetaucht.

«Zusammenfassend können wir sagen, dass es eigentlich immer Signora Romano war, die die Initiative ergriff. Erst, um Sie gelegentlich um einen Gefallen zu bitten, später, um Sie mit einer Art Liebesversprechen an sich zu binden. Und schließlich, um Sie um die größte Hilfe zu bitten, die schlechthin gefährlichste, und doch so … Wie haben Sie es genannt?», die Staatsanwältin blätterte in den Akten, «… so verständlich, so menschlich?»

Das ist nicht möglich, sagte er sich. Erneut hob er den Blick zu Carla. Sie sah ihn immer noch an. Manuels Augen waren voller Fragezeichen. Er wollte nur, dass sie den Kopf schüttelte. Und er hätte ihr wieder geglaubt, für immer und ewig. Lächle mir zu, dachte er, gib mir ein Zeichen. Aber sie sah ihn nur mit ihren tiefblauen Augen an. Manuel fühlte Kälte in sich hochsteigen, von den Beinen bis zum Kopf, und gleichzeitig wurde ihm heiß.

«Also kann man davon ausgehen, dass Carla Romano dachte,

Sie würden ihr auch den extremsten aller Gefallen nicht abschlagen. Nachdem Sie ja immer alles gemacht hatten, worum sie Sie gebeten hatte.»

Manuel sah auf seine Hände. Wollte ihm die Staatsanwältin gerade wirklich sagen, dass Carla ihn nicht liebte?

«Und Sie sind sicher, dass Sie ihr diesen Gefallen nicht getan haben? Dass Sie ihr die Hilfe verwehrt haben, zum ersten Mal überhaupt?»

Manuel sah um sich, als suchte er bei den Leuten im Saal eine Antwort.

«Sind Sie noch immer sicher, dass Sie den Mord nicht sogar gemeinsam geplant haben? Weil Sie im Lauf der Zeit ihr, sagen wir, ihr Liebessklave geworden sind? Weil Carla Romano Sie monatelang manipuliert hat? Die Herrin und ihr Knecht?»

Herrin. Knecht. Manipulation. Das ist nicht möglich.

«Und bei dem vorsätzlichen Mord waren Sie sozusagen ihr Handlanger?»

«Bei Gott! Ich habe nichts getan.»

«Signor Bocci», seufzte die Staatsanwältin, «Sie lieben diese Frau so sehr, dass Sie ewig auf sie warten. Und in dem Moment, in dem sie Sie um einen Gefallen bittet, verwehren Sie ihn ihr. Warum?»

«Weil ich ein Feigling gewesen bin, Frau Staatsanwältin!», schrie er. «Ich bin ein Feigling!»

«Ein Feigling, sagen Sie. Dann ist es jetzt also auch erlaubt zu denken, Sie wollen im Nachhinein mit dem Mord, den Sie zusammen mit Ihrer großen Liebe geplant haben, nichts zu tun haben, weil Sie ja, wie Sie sagen, ein Feigling sind?»

«Herr Richter, ich bitte Sie», sagte Manuels Anwalt.

«Frau Staatsanwältin, das ist unzulässig», sagte der Richter.

«Können Sie beweisen, dass Sie Signora Romano bei der Planung und Ausführung des Mordes und/oder beim Verschwindenlassen der Leiche nicht geholfen haben?»

Manuel legte den Kopf zur Seite.

«Signor Bocci, antworten Sie der Staatsanwältin», sagte der Richter.

Manuel sah Carla an. Und er erinnerte sich an alles, was sie seit ihrem Kennenlernen zusammen unternommen hatten. Doch Manuel war nicht mehr der Manuel, der er einmal gewesen war.

29

Alle warteten darauf, die Verteidigungsrede dieser strahlenden, unerbittlichen Frau zu hören. Es gab Verschwörungstheorien: Vito sei kein gewalttätiger, ganz im Gegenteil, ein guter Mensch gewesen, sagten seine Arbeitskollegen, seine Geliebte und deren Tochter oder auch sein viertes Kind. Die Familienangehörigen und Freunde aus Massafra sagten das Gleiche. Niemand sprach mehr von der armen Frau, die das Opfer einer Gewalttat geworden war. Nur die anderen inhaftierten Frauen unterstützten Carla geschlossen.

Carla hatte bisher stets ausweichend reagiert, sie hatte wenig oder fast nie gesprochen. Doch nun war sie freundlich und auskunftswillig.

Vor ihrer Anhörung war eine große, massige Insassin mit vielen Tattoos, kahlem Kopf und rasierten Augenbrauen zu ihr gekommen: «Wir wissen, dass es die Schuld deines Exmannes ist. Wir stehen zu dir, Carla», hatte sie gesagt.

Carla hatte sie hoffnungsvoll angelächelt. Sie war wie ein wunderhübsches, hilfsbedürftiges Kind. Sie nahm ihre Hand – eine solch intime Geste hatte es noch nie von ihr gegeben – und sagte mit glänzenden Augen: «Danke.»

«Wer gläubig ist, wird für dich beten», sagte die Insassin. «Du musst gewinnen.»

Carla senkte den Blick. «Ich werde eure Gebete brauchen können. Und Gottes Hilfe.»

Sie sah nach oben. Der Gefängnishimmel war weiß und lang

und von Neonlichtern durchbohrt. «Gott möge den Geist der Geschworenen erhellen, damit die Wahrheit ans Licht komme.»

«Setzen Sie sich, bitte», sagte der Richter. Seine schwülstigen Lippen glänzten. Er hatte einen verstimmten Ausdruck um den Mund, und immer dieses Lächeln, von dem man nicht wusste, ob es verständnisvoll oder spöttisch war.

Halb Massafra saß im Saal.

«Laut Ihrer Aussage, und auch laut der von Manuel Bocci, haben Sie, Signora Romano, Ihren Lebensgefährten nach dem Mord angerufen. Was wollten Sie von ihm?»

«Dass er mir hilft.»

In den Zeitungen und im Fernsehen, aber auch im Gerichtssaal und auf der Straße hatte man sich angewöhnt, sie Gottesanbeterin zu nennen, eine Dame aus Eis oder eine Femme fatale, die einen armen Mann zu ihrem Sklaven gemacht hatte.

«Können Sie das bitte genauer erklären?»

«Meine Kinder sollten nicht erfahren, dass ich es war.»

«Und warum haben Sie ihm gesagt, es sei jemand in der Wohnung?»

«Ich dachte, ich wäre eine gute Lügnerin.»

Jetzt schien sie ganz und gar nicht aus Eis, dachte der Richter. Auch wenn sie schreckliche Dinge sagte, wirkte sie eher wie eine Märtyrerin.

«Und dann, wie wäre es Ihrer Meinung nach weitergegangen?»

«Er wäre mit in die Wohnung meines Bruders gekommen und hätte nachgesehen.»

«Und dann?»

«Dann hätten wir ihn gemeinsam gefunden.»

«Tot? Oder besser gesagt, ermordet?»

«Ja», sagte Carla.

«Und von wem, wenn man fragen darf?»

«Ich dachte …» Carla sah all die Leute aus Massafra im Saal an. «Ich … Ich weiß es nicht.»

«Und auf diese Weise, Signora, dachten Sie, Ihre Haut retten zu können?»

Carla sah den Richter ungerührt an.

«Und dann haben Sie Manuel Bocci alles erklärt?»

«Nein.»

«Warum nicht? Warum haben Sie es ihm nicht erklärt?»

«Weil … wenn Ihnen das passieren würde, Herr Richter … wenn Sie, um sich zu retten, etwas tun müssten, das …»

Die Stimme versagte. Sie sah zu den Kindern. Es waren nur Nicola und Rosa da. Mara hatten sie nicht mitgenommen.

«Töten müssten, Signora Romano?», mischte sich die Staatsanwältin ein. Sie blinzelte.

Carla nickte seufzend.

«Können Sie das ins Mikrophon sprechen, Signora?», fragte der Richter. «Wenn Sie, um sich zu retten …»

«Jemanden töten müssten …», sie holte Luft, «irgendjemanden, einen Fremden, oder auch nur ein kleines Tier auf der Straße … Stellen Sie sich vor, Euer Ehren, Sie wollen um alles in der Welt Ihre Kinder schützen. Hätten Sie nicht dasselbe getan? Was wäre passiert, wenn sie entdeckt hätten, dass ihr Vater tot ist und dass ihre Mutter ihn getötet hat? Es geht nicht darum, sich selbst zu retten. Es geht darum, die Kinder zu retten, mit allen Mitteln. Denn für seine Kinder würde man alles tun, auch sterben. Hand aufs Herz, Herr Richter, wenn Sie jemanden getötet hätten, nur um nicht selbst getötet zu werden, hätten Sie danach als Erstes einen Plan entworfen, um sich selbst zu retten? Das glaube ich nicht, denn darum geht es nicht.»

Carla sah ihn an. Im Saal war kein Mucks zu hören.

«Und hätten Sie noch dazu den Mut gehabt, einen Unschuldigen in die Sache mit reinzuziehen?»

«Aber Sie haben einen Unschuldigen mit hineingezogen, Signora Romano, jedenfalls wenn man Ihrer und Signor Boccis Aussage Glauben schenkt. Als Sie ihn in der Bar Castel Sant'Angelo getroffen haben, worum haben Sie ihn da wirklich gebeten?»

«Sich zu entscheiden. Zwischen seinem ganzen Leben und mir.» Carla senkte den Blick. «Auf alles zu verzichten, für mich.»

«Signora Romano.» Die Staatsanwältin kratzte sich am Hals. «Sie sagen, Sie wollten keinen Unschuldigen mit reinziehen. Und doch haben Sie Signor Bocci die ganze Zeit über manipuliert. Sie haben ihn zu Ihrem Liebessklaven gemacht.»

«Herr Richter!» Carlas Anwalt sprang auf.

«Frau Staatsanwältin, bewahren Sie eine Ausdrucksform, die diesem Saal angemessen ist», sagte der Richter.

Die Staatsanwältin heftete den Blick auf Carla. «Hat Ihnen Manuel Bocci nun bei dem Verschwindenlassen der Leiche geholfen oder nicht?»

«Nein.»

«Wie viel wiegen Sie, Signora Romano?»

«Siebenundvierzig Kilo.»

«Und Ihr Exmann?»

«Über hundert Kilo.»

Die Staatsanwältin ließ einige Zeit verstreichen, den Blick auf Carla fixiert. «Wenn Sie an meiner Stelle wären, Signora Romano, würden Sie dann nicht denken, dass Bocci Ihnen beim Mord und beim Verstecken der Leiche geholfen hat? Das wäre sehr viel realistischer, Signora Romano.»

«Ich bin nicht an Ihrer Stelle, Frau Staatsanwältin. Ich spreche für mich. Und was ich sage, ist die reine Wahrheit. Ich bezeuge es vor Gott.»

Die Anwältin blickte nun zum Richter: «Euer Ehren, in den Tagen nach dem Mord hat Manuel Bocci, verstört und trostsuchend, mehrmals versucht, Carla Romano anzurufen. Er hat ihr eine Reihe von Nachrichten geschickt: ‹Wie geht es dir? Ruf mich zurück. Was machst du? Ich muss dich sehen. Ich bin vor deiner Haustür.› Aber sie hat ihm nie geantwortet. Ihr Diener hatte ausgedient. Und sie bereitete sich unterdessen auf das vor, was nun alles geschehen würde – das Bekanntwerden von Semeraros Verschwinden, die Verzweiflung der Kinder. Auch sie war verzweifelt und hatte Vito mitgesucht, eine verlorene, trauernde Frau, die sich vor den Kindern stark gibt. Sie wollte die Kinder in ihrer Nähe haben, und sie tröstete sie. Eine kleine Mutter Courage, die nicht zögerte, in einer warmen Augustnacht ihren Exmann mit Scherenstichen abzuschlachten. Einen Mann, der sich nichts anderes hat zuschulden kommen lassen, als zum Geburtstagsfest seiner Tochter zu kommen, wie es jeder andere Vater auch getan hätte.» Die Staatsanwältin hielt inne.

Im Saal war es so still, dass man eine Stecknadel hätte fallen hören können. Alle sahen auf Carla Romano. Sie weinte. Auch Nicola und Rosa weinten. Selbst Mimma weinte, diesmal still in sich hinein. An jenem Vormittag war auch Milena anwesend. Sie saß nur wenige Reihen von Nicola und Rosa entfernt. Und da war Paola, deren lautes Schluchzen im Saal zu hören war. Milena erhob sich und wollte sie trösten. Doch Paola sprang auf und verließ den Saal. Ihre Mutter folgte ihr.

Manuel saß da, von Krämpfen geschüttelt. Mit flackerndem Blick sah er sich um, wie jemand, der gleich von der Menge gelyncht wird. Er konnte seinen Körper nicht ruhig halten.

30

«Signora Rosa Semeraro, Sie wurden am 7. Juni 1993 in Massafra geboren. Seit wann leben Sie in Rom?»

«Nach meiner Geburt blieben meine Eltern noch ein paar Jahre in Massafra. Dann sind sie zusammen mit meinem Bruder und mir nach Rom gezogen. Mein Vater wäre gerne in seine Heimat zurückgekehrt, aber meine Mutter wollte das nicht. Meine kleine Schwester Mara ist nur dort geboren. Als sie einen Monat alt war, hat meine Mutter sie nach Rom mitgenommen.»

«Alle drei Kinder sind also in Massafra geboren?»

«Ja.»

Das Wort «Vater» wurde nicht noch einmal erwähnt, und trotzdem brach Rosa in diesem Moment in Tränen aus.

«Es tut mir leid, Ihnen diese Fragen stellen zu müssen, Signorina Semeraro», sagte der Richter. «Ich verstehe, wie schmerzhaft das für Sie sein muss.» Und im Gegensatz zu sonst war der Blick des Richters diesmal verständnisvoll. «Wollen Sie, dass wir eine Pause machen?»

«Nein.» Rosa trocknete ihre Tränen. Sie hob den Kopf und sah dem Richter in die Augen.

«Signor Nicola Semeraro, warum sind Ihre Eltern damals nach Rom gezogen?»

«Es war die Stadt meiner Mutter. Mein Vater wollte, dass alle seine Kinder in Massafra geboren werden, er zwang meine Mutter dazu. Aber sie hielt dagegen! Sie wollte, dass wir in Rom aufwachsen. Es gab oft Streit deswegen.» Er holte tief Luft. «Meine Mutter fühlte sich einsam in Massafra, im Haus meiner Großeltern. Trotzdem hat mein Vater immer wieder versucht, mit uns allen nach Massafra zurückzukehren.»

«Und warum wollte Ihre Mutter das nicht?»

«Wie gesagt, sie fühlte sich dort nicht wohl. Aber vor allem wollte sie es ihrer Kinder wegen nicht. Sie wollte, dass wir in Rom aufwachsen, weil es hier mehr Möglichkeiten für uns gibt.» Er hob den Kopf. «Meine Mutter muss sehr gelitten haben.»

«Und wie kam es dann zum Umzug?»

«Wie immer hat mein Vater sie geschlagen. Er schlug sie immer. Aber sie hat für uns … für uns Kinder …»

Der Richter sah ihn mit dem gleichen warmen Ausdruck an, mit dem er schon Rosa angesehen hatte.

«Er versuchte erst mich, dann Rosa und sogar Mara zu überreden, in Massafra wohnen zu bleiben. Aber meine Mutter sperrte sich. Es war eine Tragödie. Er hat sie immer geschlagen.»

«Ich weiß, dass es sehr schmerzhaft für Sie ist.» Auch die Staatsanwältin gab sich den beiden jungen Menschen gegenüber ruhig und gefühlvoll. «Aber können Sie uns noch einmal erzählen, was Sie am Abend des 6. August gemacht haben, nachdem Sie sich von Ihrem Bruder getrennt hatten?»

«Ich war im Mads, einem Club in San Lorenzo.»

«Und Sie haben keine SMS mehr nach Hause geschickt?»

Doch. Es war das Erste, was sie gemacht hatte, nachdem sie von ihrem Motorroller abgestiegen war. Sie hatte ihrer Mutter geschrieben: Alles gut mit Papa? Baci, gute Nacht, Mami.

«Hat Ihre Mutter Ihnen geantwortet?»

«Am nächsten Morgen.» Rosa senkte den Kopf.

«Fanden Sie das normal? Waren Sie nicht beunruhigt?»

«Nein. Meine Mutter geht immer sehr früh schlafen. Ich dachte, dass sie schon im Bett ist.»

Rosa drückte ihre zitternden Hände in den Schoß. Jetzt begannen auch ihre Beine zu zittern. Je mehr sie sich zusammenreißen wollte, umso mehr vibrierte ihr Körper.

«Kam es Ihnen nicht seltsam vor, dass Ihre Mutter die Geburtstagsfeier in der Wohnung ihres Bruders ausgerichtet hat und nicht in ihrer eigenen Wohnung?»

«Nein … ich dachte … eigentlich habe ich darüber nicht nachgedacht.»

«Wie haben Sie reagiert, als Sie erfuhren, dass zu Maras Geburtstagsfeier auch Ihr Vater kommen würde?»

Nicola trug eine Sonnenbrille. Und weder der Richter noch die Staatsanwältin hatten ihn aufgefordert, sie vor Gericht abzunehmen.

«Ich dachte, dass das gefährlich war.»

«Warum?»

«Weil meine Eltern eigentlich nicht im selben Raum sein konnten. Sie haben sich sehr geliebt, aber sie haben sich auch sehr gehasst. Ich weiß nicht, ob es Hass war oder …» Nicola hielt inne, als wäre ihm eben ein Gedanke gekommen, der ihn weit wegtrug.

«Oder?»

Nicola ging nicht mehr darauf ein. Er fuhr fort. «Ich habe zu meiner Mutter gesagt: Bist du sicher?»

«Kam es Ihnen nicht seltsam vor, dass das Fest in der Wohnung Ihres Onkels stattfand?»

«Nein. Das habe ich sofort verstanden. In der Wohnung meiner Mutter hätte jeder kleinste Gegenstand die Eifersucht meines Vaters wecken können und ihn ausrasten lassen.»

«Und was geschah, wenn er ausrastete?»

«Wenn es gutging, brüllte er herum und schlug alles kurz und klein.»

«Und wenn nicht?»

«Dann schlug er sie. Er schlug sie immer.»

«Hat er auch seine Kinder geschlagen?»

Nicola hob den Kopf zur Staatsanwältin, doch hinter den dunklen Gläsern konnte man seinen Blick nicht erkennen. «Nein.»

«Verzeihen Sie, wenn ich insistiere, Signor Semeraro, aber die Wohnung Ihres Onkels liegt im fünften Stock, dem obersten. Die Nachbarn aus dem vierten Stock waren im Urlaub. Könnte es nicht sein, dass Ihre Mutter die Wohnung ihres Bruders aus dem Grund wählte, weil hier niemand etwas gehört hätte?»

Carlas Anwalt öffnete den Mund, um zu protestieren, aber Nicola kam ihm zuvor.

«Nein», sagte er klar und deutlich ins Mikrophon. In seinen Augen loderte ein Hass auf die Staatsanwältin, dass die Wände einfroren.

«Laut Aussage Ihres Bruders haben Sie ihm gegenüber die Entscheidung Ihrer Mutter, Vito Semeraro zu dem Fest einzuladen, kommentiert. Stimmt das?»

«Ja.»

«Was haben Sie ihm gesagt?»

«Dass ich Mama fragen wollte, ob sie sicher sei, dass das eine gute Idee ist. Ob nicht ein anderer Ort besser sei, irgendwo auswärts, wo sie im Zweifel …»

«… hätte fliehen können?», fragte die Staatsanwältin sanft.

Rosa nickte zögernd.

«Eine letzte Sache noch», sagte die Staatsanwältin. «Es tut mir wirklich leid, Sie zwingen zu müssen, zu den schrecklichen Ereignissen jener Nacht …»

«Stellen Sie Ihre Frage, bitte», sagte Nicola.

Die Staatsanwältin sah ihn zum ersten Mal richtig an. Sie spürte echtes Mitleid. «An jenem Abend aber lief es gut?»

«Es lief sehr gut. Nach der Feier hatten meine Schwester Rosa und ich noch etwas vor. Wir sind gegangen. Und es war das letzte Mal, dass wir unseren Vater gesehen haben.» Er biss die Zähne zusammen. «Ich brachte meine Schwester zum Mads in San Lorenzo. Danach wollte ich meine damalige Freundin Livia treffen. Aber sie rief mich an und sagte, dass es ihrer Mutter nicht gutgeht und sie bei ihr bleiben muss. Dass wir uns deswegen leider nicht sehen können.»

Livia klang an jenem Abend tatsächlich besorgt. Hätte er etwas ahnen können? Hatte es Hinweise darauf gegeben, was schon seit Monaten lief? Aber nein. Sie hatten vorgehabt zusammenzuziehen, in ein paar Monaten, wenn sie es den Familien erzählt hatten. Sie wollten für immer zusammen sein, Kinder haben, und …

Er schlug ihr vor, zu ihrer Mutter zu fahren, um ihr zu helfen. Er gehörte ja bereits zur Familie, Livia und er waren schon so lange zusammen. Aber sie sagte nein. Du weißt doch, wie meine Mutter ist, das ist ihr unangenehm … Es ist sowieso nichts Schlimmes. Ich rufe dich morgen an.

Nicht einmal da waren ihm Zweifel gekommen? Er ging nach Hause, traf noch auf seinen Mitbewohner, der gerade ausging. Dann schaute er «Lost», eine Fernsehserie, die ihm Livia mitgebracht hatte. Hin und wieder warf er einen Blick auf sein Handy, in der Hoffnung, dass sie anrufen oder ihm schreiben würde.

«Ihre Mitbewohner haben bestätigt, dass Sie die Nacht zu Hause verbracht haben. Fahren Sie fort.»

Livia war jedoch gar nicht bei ihrer Mutter gewesen. Und sie war meistens auch nicht in Sitzungen, wenn sie nicht ans Handy ging. Wenn er damals schon Zweifel gehabt hatte, dann wollte er sie nicht zulassen. Doch dann war er gezwungen, die Wahrheit zu hören. Als sie ihre Aussage machte, musste sie, wie alle, erzählen, was sie in jener Nacht gemacht hatte. Er hatte es von seinem Anwalt erfahren. Während der Körper seines Vaters schon in Verwesung begriffen war.

Und da er es nun wusste, was sollte er tun? Er war dazu gezwungen, sie auf der Stelle zu verlassen, durfte nicht mehr auf ihre Nachrichten und Anrufe reagieren. Er durfte ihre Blicke nicht mehr erwidern, wenn sie zu den Gerichtsverhandlungen kam und sich abseits hielt. Das geschah am Anfang oft, später immer weniger. Wie gern hätte er ihr geantwortet! Aber es war unmöglich. Dann hätte er seine Würde verloren, vor sich selbst, seiner Schwester, vor allen. Seit etwa einem Monat kam Livia nicht mehr zu den Verhandlungen. Und sie hatte auch aufgehört, sich bei ihm zu melden.

«Und dann?»

Und dann war er bei «Lost» eingeschlafen.

«Ich bin spät aufgewacht. Meine Schwester stand vor mir und schluchzte: ‹Papa ist nicht nach Hause gekommen.›» Unvermittelt sank sein Kopf aufs Mikrophon. Man hörte ein Krachen in den Lautsprechern.

«Brauchen Sie Hilfe, Signor Semeraro?», fragte der Richter.

Er sah ihn besorgt an. Alle sahen ihn besorgt an. Seine Schwester im Saal sprang auf. Doch Nicola hob den Kopf und holte Luft.

«Nein. Bringen wir es zu Ende.» Er setzte sich wieder aufrecht hin.

«Fahren Sie fort, Frau Staatsanwältin», sagte der Richter.

«Signor Semeraro, es tut mir leid, aber ich muss Ihnen eine letzte Frage stellen. Haben Sie nie gedacht, dass Ihrer Mutter oder Ihrem Vater etwas passieren könnte? Ich meine …»

Nicola ließ sie nicht ausreden. Er antwortete mit tonloser Stimme.

«Doch. Das denke ich, seit ich geboren bin. Ich war sicher, dass ich früher oder später hier enden würde, an einem Ort wie diesem, als Zeuge eines Mordes, den mein Vater an meiner Mutter begangen hat. Nie hätte ich gedacht, dass der umgekehrte Fall eintreten würde.»

31

Der Gerichtssaal war in Neonlicht getaucht. Es war ein Vormittag im April, doch draußen war es so trübe, dass man innen ohne Licht nicht hätte sehen können. Manuel Boccis Anwalt rief einen Zeugen auf.

Mittlerweile gab es nicht mehr so viele Neugierige, die den Prozess verfolgten. Das Publikum war müde geworden. Geblieben waren, wie Soldaten: Mimma und ihr Mann Enzo, Nicola und Rosa. Paola kam selten, und wenn sie kam, hatte sie Augenringe und einen verlorenen Blick. Sie hielt sich von ihrer Mutter fern. Und Milena, die anfangs bei jeder Verhandlung dabei gewesen war – hinten im Saal, aber stets anwesend –, sah man auch immer seltener, eigentlich fast nie mehr.

Das Gleiche galt für Mara. Niemandem fiel es auf. Wie sollte man auch die Abwesenheit eines Kindes bemerken? Es war einfacher gewesen, ihre Anwesenheit zu bemerken, wenn sie weinte und nicht Ruhe geben wollte oder wenn sie lachte, laut plapperte und zwischen den Stühlen herumlief. Die Einzige, der Maras Abwesenheit auffiel, war Mimma. Anfangs hatte sie sich nur gegrämt, war aber auf ihrem Stuhl sitzen geblieben und hatte ihrem Mann etwas zugeflüstert. Doch heute beschloss sie, Rosa zur Rede zu stellen. Sie ging zu ihr, genau in dem Moment, als die Zeugin der Anklage den Saal betrat. Niemand kannte diese Zeugin. Die wenigen verbliebenen Neugierigen würdigten sie keines Blickes. Mimma sah sie nicht einmal, weil sie gerade auf Rosa zuging, die neben Nicola saß. Während sich Mimma Rosa näherte, drehte sich Nicola zu ihr und warf ihr wütende Blicke zu. Die Zeugin hatte inzwischen die Bank erreicht und nahm Platz. Es war eine Frau um die dreißig, groß, mit runden, haselnussbraunen Augen.

«Wo ist Mara?», fragte Mimma Rosa, als sie bei ihr war.

«Ruhe!», rief jemand.

Rosa antwortete nicht. Mimma zog sie am Ärmel.

«He, Rosa, wo ist das Mädchen? Denk daran, ihr drei seid alles, was ich jetzt noch habe.»

Für jemanden alles zu sein, «was ich habe», war keine schöne Sache, das hatte Rosa gelernt. Sie musste an ihre Mutter denken. «Mach dir keine Sorgen, Tante», flüsterte sie. «Wir lassen sie bei jemandem … nur wenn wir hier sind. Sie ist in guten Händen.»

«Bei wem?», rief Mimma. Sie war wie immer von Kopf bis Fuß in Schwarz gekleidet, ging gekrümmt, wie eine Schmerzensmutter.

«Ruhe!», rief der Richter und schlug auf den Tisch. «Seien Sie still, Signora Semeraro, sonst lasse ich Sie aus dem Saal entfernen.»

«Ihr Verfluchten», zischte Mimma und ging zu ihrem Platz zurück.

Währenddessen hatte die Befragung der Zeugin begonnen.

«Wo sind Sie geboren, Signora Lopez?», fragte Manuel Boccis Anwalt.

«In Rom», sagte Sarah Lopez nah am Mikrophon.

«Sind Sie Italienierin?»

«Ja.»

«Sind Ihre Eltern Italiener?»

«Meine Mutter ist Italienerin, mein Vater kommt aus Boston.»

Der Richter hustete. «Herr Anwalt, bitte, kommen Sie auf den Punkt!»

«Wo waren Sie in der Nacht vom 6. auf den 7. August?»

«Am 6. August abends war ich mit Freunden essen, in der Nähe von Anzio.» Sie sprach mit leiser Stimme, schnell, präzise.

«Wann war das Essen zu Ende?»

«Ich bin gegen Mitternacht aufgebrochen.»

«Allein oder in Begleitung?»

«Allein. Ich bin in mein Auto gestiegen und losgefahren.»

«Welche Straße haben Sie genommen?», fragte der Anwalt.

«Die Via Pontina.»

«Sie waren also auf der Pontina. Wie spät wird es gewesen sein?»

«Halb eins, ein bisschen später. Es war unglaublich warm.»

Sarah Lopez sah hinaus. Der Himmel war noch dunkler geworden. Riesige Wolken schichteten sich übereinander.

«Sie waren auf dem Heimweg, Signora Lopez. Und dann?»

«Dann hatte ich eine Reifenpanne.»

«Erzählen Sie uns alles, woran Sie sich erinnern.»

«Es ist so lange her», sagte Sarah. Sie drehte eine dunkle Haarlocke zwischen ihren Fingern. «Ich wollte den Pannendienst anrufen oder meine Freunde. Aber mein Handy hatte kaum noch Batterie. Es ging sofort aus.»

Getuschel im Saal. Man hörte jemanden seinen Nachbarn fragen:

«Verzeihung, ich hab nicht verstanden. Wer ist die da?»

Und der andere antwortete:

«Keine Ahnung.»

Sarah Lopez sah den Anwalt an. Er machte ihr ein Zeichen fortzufahren.

«Ich war allein auf der Via Pontina. Es war Nacht. Das Handy leer, das Auto kaputt. Ich habe Panik bekommen.» Sie blickte sich um. «Ich wusste nicht, was ich machen sollte. Also habe ich versucht, jemanden anzuhalten. Doch die wenigen Autos, die vorbeikamen, fuhren sehr schnell. Dann habe ich das Pannendreieck aufgestellt. Es war unerträglich schwül.»

«Und dann?»

«Signora Lopez, bitte, etwas weniger ausführlich», sagte der Richter.

Sarah blickte wieder zum Anwalt. «Ich habe circa eine halbe Stunde gewartet, voller Angst. Wenn mich hier jemand umbringt, würde es keiner merken, habe ich gedacht.» Sie holte tief Luft. «Und dann hielt endlich einer an.»

«Fahren Sie fort», sagte der Anwalt.

«Es war ein Mann auf einem Motorrad. Er hat mir geholfen.»

«Wie?»

«Ich habe zu dem Zeitpunkt gar nichts mehr auf die Reihe gekriegt. Er hat sich um alles gekümmert.»

«Signora Lopez, befindet sich die Person, die auf der Via Pontina gehalten hat, um Ihnen zu helfen, hier im Saal?», fragte der Anwalt.

«Ja.»

«Können Sie sie uns zeigen?»

«Er.» Sie zeigte auf Manuel Bocci. Der war den Tränen nahe.

Nicola und Rosa hefteten den Blick auf die Zeugin. Mimma fletschte die Zähne. Carla sah Manuel an. Sie trug eine weiße, bis zum Hals zugeknöpfte Bluse und eine dunkelblaue Hose. Der ganze Saal sah ihn an und war ganz Ohr.

«Können Sie uns bitte den Namen des Mannes nennen, der Ihnen geholfen hat?»

«An jenem Abend wusste ich ihn nicht. Aber jetzt weiß ich ihn.»

«Wie heißt er?»

«Manuel Bocci.» Sie machte eine Pause und sah ihn dankbar an.

«Gut, und was geschah dann?», fragte der Richter.

«Er hat den Reifen meines Wagens gewechselt. Danach bat ich ihn, mich nach Hause zu begleiten. Da er sein Motorrad nicht dort stehen lassen wollte, hat er mich gefragt, ob ich mich in der Lage fühlte zu fahren. Er würde hinter mir herfahren.»

Der Anwalt nickte.

«Und so war es», sagte die Frau. Sie sah zu Manuel. «Er hat mich bis nach Hause begleitet.»

«Wie spät war es ungefähr, als Sie zu Hause waren?»

«Als ich in der Wohnung oben war, habe ich auf die Uhr geschaut. Es war Viertel nach vier.»

«Wie lange waren Sie zusammen?»

«Ungefähr ab eins. Genau kann ich Ihnen das nicht sagen.»

«Und warum», fragte der Richter, «ist Ihnen das alles erst jetzt eingefallen? Der Fall geht seit Monaten durch alle Zeitungen, Signora Lopez.» Er zog eine skeptische Grimasse.

«Ich bin am Tag darauf nach Boston gefahren.»

«Warum?», fragte der Anwalt.

«Wie ich schon sagte, ist mein Vater Amerikaner. Wir haben immer in Italien gelebt, aber vor zehn Jahren haben sich meine Eltern getrennt, und er unterrichtet jetzt an der Universität in Boston. Es wurde ein Tumor bei ihm entdeckt. Er macht eine Chemotherapie, und ich bin hingefahren, um mich um ihn zu kümmern.»

«Wie lange sind Sie in Boston geblieben?»

«Bis vor drei Tagen.» Sie seufzte. «Ich wusste nichts von dieser Geschichte hier, von dem Prozess … Als ich wieder zurück war, habe ich zufällig im Fernsehen das Bild des Mannes gesehen, der mir damals geholfen hatte. Dann bin ich zur Polizei gegangen.»

Der Anwalt nickte dem Richter zu und nahm Platz.

«Das ist nicht wahr! Das ist nicht wahr!» Mimma schrie aus Leibeskräften. «Das ist nicht wahr! Er ist eine Bestie!» Sie zeigte auf Manuel. «Er hat mir meinen Vito umgebracht!»

Sie schrie auch noch, als Polizisten sie hinausbrachten. Dann kehrte Stille ein.

Plötzlich krachte es. Alle sahen in die Richtung, aus der das Geräusch kam. Manuel lag am Boden, ohnmächtig.

32

Sie war in einer Blase gefangen, allein mit ihren schrecklichen Gedanken. Die Gedanken, die sie, verdammten Seelen gleich, anspuckten und traten, dann wieder umschmeichelten und verführten. Mal schrien sie, mal flüsterten sie. Immer und immer sprachen sie, alle durcheinander, und sie waren stets da, hielten nie still. Die Welt war außerhalb der Blase.

Sie erledigte die Dinge, die erledigt werden mussten, auch wenn sie in der Blase war. Die Menschen, die zu ihr sprachen, waren außerhalb. Wenn sie zu ihrem Mann sprach oder zu ihrer Schwester oder einer Freundin, ließ sie sich von der Welt nicht berühren, und auch sie berührte die Welt nicht. Sie redeten zu ihr aus einer unendlichen Entfernung. Sie waren so weit weg, dass sie sie nicht hören konnte. Und sie hörten sie auch nicht. Sie konnten nicht verstehen, dass sie eine Gefangene war. Sie spürte die Sonne nicht, und sie spürte auch liebevolle Berührungen nicht. Ihr war nur kalt, und es war immer dunkel. Niemand bemerkte, dass sie gar nicht mehr da war. Und die Blase konnte kein anderer betreten.

Die verdammten Seelen sagten so viel zu ihr, und alles, was sie sagten, verletzte sie. Es hörte nie auf, es wiederholte sich, es wurde zur Obsession.

Es ist nicht möglich, wisperten die Seelen, sicher war sie es mit ihrem dreckigen Liebhaber, der nichts anderes ist als ein Sklave in den Händen dieser Hexe. Wie konntest du nur in all diesen Jahren übersehen, welche Macht diese Frau hatte! Wie konntest du sie nur als still und harmlos einschätzen. Es ist deine Schuld. Es ist nicht möglich, wisperten sie, dass ihre Kinder dich aus ihrem Leben ausschließen. Sie sind doch alles, was dir von ihm bleibt. Von deinem Vito. Es ist nicht möglich, wisperten sie, dass es dir nicht gelingt, deinem Vito Gerechtigkeit widerfahren zu lassen. Es ist deine Schuld, wenn er tot ist. Du hast nicht gut genug aufgepasst. Es ist deine Schuld, wenn ihm keine Gerechtigkeit widerfährt. Du warst nicht überzeugend vor Gericht. Alles ist deine Schuld. Und dann: Es geht hier niemandem um Gerechtigkeit, dem Gericht nicht, dem Richter nicht und auch nicht den Anwälten. Nicht einmal deinen Schwestern und deinem Mann. Sie sind allesamt schlecht. Niemandem geht es darum, diese Frau und ihren Sklaven für immer hinter Gitter zu bringen.

Dass sie deinen Vito umgebracht haben, interessiert keinen. Und du konntest ihn nicht einmal mehr sehen, seinen schönen heilen Körper, weil ihn erst die Tiere halb aufgefressen haben und dann die Autopsie den Rest erledigte. Es gab kein friedliches Gesicht mehr, auf das man Tränen hätte vergießen können. Tränen über Vitos Tod.

Dein Vito, dein Bruder. Doch es ist, als wäre er mein Sohn.

«Schande!»

Der Schrei kam aus der Blase und hallte vor der Saaltür und in den Gängen wider. Aber ihr kam es so vor, als würde er innerhalb der Blase erklingen und ihren Körper zerreißen, so wie es mit Vitos Körper geschehen war.

«Schande! So eine Schande!», schrie sie, auch vor dem Gericht noch, vor dem Fernsehen und den Journalisten.

«Die beiden Verdammten haben meinen Bruder, meinen Vito umgebracht! Und ich war schon bei seiner Geburt dabei. Ich!» Dabei schlug sie sich mit den Fäusten heftig gegen die Brust. «Ich habe ihm Kuhmilch eingeflößt, weil meine Mutter zu viele Kinder hatte. Dieses mein Gesicht» – sie ohrfeigte sich –, «diese Augen haben ihn aufwachsen sehen …» Sie weinte. Schaum bildete sich in ihren Mundwinkeln. «Die beiden Kreaturen haben ihn umgebracht, und ihr sprecht sie frei!»

Die Aussage von Sarah Lopez war überprüft und bestätigt worden. Wie schädliche Himmelskörper waren überall Zeugen aufgetaucht, die ihre Worte bestätigt hatten. Ein Nachtwächter hatte Manuel Bocci vor ihrer Haustür gesehen. Ein Autofahrer hatte bemerkt, wie Sarah Lopez in jener Nacht Hilfe suchte, war aber nicht stehengeblieben. Ein weiterer Autofahrer wollte sogar anhalten, hatte dann aber gesehen, dass sich ein Motorrad ihrem Auto näherte und stehenblieb. Und all diese Zeugen sagten den Journalisten alles, was sie wussten. Der arme Unschuldige, was musste er durchgemacht haben!

Mimma würde aus ihrer Blase nie mehr herauskommen.

Nicola und Rosa sahen zu ihm hin, abwechselnd, als hätten sie sich abgesprochen. Die Entfernung zwischen den Geschwistern war an jenem Tag offenkundig. Rosa saß weit weg von ihrem Bruder, oder ihr Bruder weit weg von ihr. Manuel Bocci schaute nacheinander zu ihnen hin. Sie grüßten sich mit einem Kopfnicken. In der ersten Reihe sah er den blonden, wunderschönen Kopf von Carla. Dann wurde er von einem Krampf erfasst, vom Kopf bis zu den Füßen. Er lehnte sich an die Bank, atmete tief. Mimma hing wie eine leere Hülle in ihrem Sessel. Paola beobachtete die Szene. Wie sehr hätte sie sich gewünscht, dass die Gesten und Worte des Trostes für den Verlust von Vito nicht nur Rosa, Nicola, Mara und Mimma gegolten hätten, sondern auch ihr.

In dem Gedränge, das am Ende der Verhandlung jenes Tages herrschte, wollte Mimma sich den beiden Geschwistern nähern. Aber es gelang ihr nicht. Sie versuchte, ihre Nichte zu rufen, doch Rosa reagierte nicht.

Vor dem Gerichtsgebäude beschützte Nicola Rosa vor der Menge und führte sie weg. Aber sobald sie aus dem Gedränge heraus waren, entfernten sie sich wieder voneinander. Sie sprachen kein

Wort. Ein Stück des Wegs gingen sie gemeinsam, jedoch in großem Abstand. Rosa nahm das Handy und sagte mit einer Stimme, die nicht ihre war: «Alles okay? Ich bin auf dem Heimweg.»

An der U-Bahn-Station Ottaviano sagte er: «Soll ich dich bringen?» Er deutete auf seinen Roller.

«Nein.»

Sie trennten sich. Rosa betrat die U-Bahn-Station und ging die Treppe hinunter. Nicola sah ihr nach, ohne dass sie es bemerkte. Erst als er seine Schwester sicher in der U-Bahn wusste, hörte Nicola auf, sie zu überwachen. Er zündete sich eine Zigarette an, lehnte sich an das Geländer der U-Bahn-Station und atmete auf.

Rosa stieg aus der Tram Nummer 5 und überquerte die Straße. Sie trat durch das Haustor zur Wohnung ihrer Mutter und stieg in den dritten Stock hinauf. Sie öffnete die Tür.

«Ich bin's!», sagte sie.

«Rosa!», rief Mara voller Freude.

Milena und Mara hoben gleichzeitig den Kopf. Sie hatten etwas mit Lego gebaut. Milena stand auf und nahm Mara an der Hand, um auch ihr aufzuhelfen. Sie gingen Rosa entgegen.

«Ja, da ist Rosa», sagte Milena zu Mara.

Die Kleine lachte. Sie umarmte ihre große Schwester. Die nahm sie auf den Arm und gab ihr einen Kuss.

«Wie ist es dir ergangen, mein Schatz?», fragte Rosa.

«Gut», sagte das Mädchen.

«Was habt ihr gemacht?»

«Gespielt.» Mara zuckte mit den Schultern.

Sie beugte sich vor, weil sie hinunterwollte. Rosa ließ sie auf den Boden. Milena sah die beiden lächelnd an.

Rosa sagte nur: «Danke.»

Milena nickte. «Ich gehe dann.»

«Tschüs», sagte Rosa.

Mara zog sie zu den Spielsachen hin. «Komm», forderte sie klagend.

«Sag tschüs zu Milena», sagte Rosa.

Mara sagte, mit einem breiten Lächeln: «Ciao Milena», und sie schickte ihr einen Kuss mit der Hand.

Milena schickte ihr den Kuss zurück. Sie öffnete die Tür. «Schönen Abend euch», sagte sie im Hinausgehen.

«Ach, Milena», sagte Rosa.

«Rosa, komm spielen!» Mara zeigte auf das Lego.

«Ja, Mara, ich komme. Ich wollte nur kurz …» Rosa sah Milena an.

«Komm!» Mara zog an ihr.

«Kein Problem», sagte Milena. «Wenn du willst, ruf mich an. Ich hole sie dann wie immer vom Kindergarten ab, und wir warten hier auf dich.»

Rosa nickte. Milena lächelte ihr zu, ging aus der Tür und schloss sie hinter sich.

«Jetzt gehen wir spielen», sagte Rosa.

Sie setzte sich mit Mara auf den Boden und spielte mit ihr, genau so, wie es Carla mit ihrer jüngsten Tochter gemacht hatte, inzwischen vor wer weiß wie langer Zeit: jeden Tag, jeden Abend und auch am Morgen ihres Geburtstags.

Es war Abend, als Milena die Wohnungstür öffnete. Paola war vor dem Fernseher eingeschlafen. In der Wohnung herrschte ein ziemliches Chaos, der Kühlschrank war leer. Wieder mal hatte ihre halbwüchsige Tochter nichts zu essen bekommen. Milena fühlte einen Stich im Magen. Eine riesige Spinne saß da und biss sie von innen. Mein Gott, dachte sie, das arme Kind.

Paola hörte sie hereinkommen. Sie wachte auf, öffnete ein Auge, streckte sich und drehte sich auf die andere Seite.

«Ciao, Kleines», sagte Milena. Sie setzte sich neben sie und streichelte sie. Das Licht vom Fernsehbildschirm leuchtete sie an. Paola war ihre Tochter. Sie war so schön, ihr Kind. Paola antwortete nicht.

«Hast du etwas gegessen?», fragte sie.

Doch Paola hielt die Augen geschlossen und schob mit einer brüsken Bewegung die Hand ihrer Mutter weg. «Lass mich», sagte sie.

«Es tut mir leid, es ist wieder spät geworden … Ich dachte nicht …» Sie versuchte wieder, sie zu streicheln. Doch Paola rückte noch weiter von ihr ab.

«Lass mich», wiederholte sie.

Sie schloss die Augen. Milena erhob sich. Im dunklen, nur vom Bildschirm erhellten Zimmer stand sie da und betrachtete ihre schlafende Tochter.

Aber die große, die schreckliche
Wahrheit ist diese:
leiden nützt gar nichts.

Cesare Pavese, Das Handwerk des Lebens

33

Der Mai begann. Carla hatte abgenommen. Auf ihren Armen zeigten sich dunkle, geschwollene Stellen. In ihren Augen lag keine Kraft mehr. Ihr Blick war erschrocken. Ihre Haare waren geschnitten, recht und schlecht, vielleicht von ihr selbst oder von einer anderen Insassin. Jedenfalls waren sie kurz, fast ein Männerhaarschnitt. Ihre Fingernägel waren bis aufs Blut abgeknabbert. Statt eines ihrer schlichten Kostüme trug sie nun ausgewaschene, zu große Jeans und ein blassblaues Shirt. Wunderschön war sie immer noch.

Die Staatsanwältin war an jenem Tag nicht geschminkt – eigentlich war sie das schon seit Monaten nicht mehr. Auch sie schien, wie Carla, verändert. «Signora Romano!», grüßte sie.

Die beiden Frauen sahen sich an, zum Kampf bereit. Sie standen sich gegenüber, verzehrt von all der Zeit, während der sich dieser Kampf nun schon hinzog. Doch weder die eine noch die andere wollte sich geschlagen geben.

«Frau Staatsanwältin!»

Auch Carla grüßte sie. Ihre Augen glänzten. Und die der Staatsanwältin schickten Blitze und Donner.

Der Richter erteilte Carla das Wort.

Sie räusperte sich. Sie war so dünn. Ihre Haut war so weiß. «Als Erstes möchte ich erklären, warum ich meinen Exmann zur Geburtstagsfeier meiner Tochter eingeladen habe. Warum ich einverstanden war, dass er die Wohnung betritt, nach all dem, was er mir angetan hat. Der Grund war, dass Mara mich darum gebeten hatte, viele Male. Das Mädchen wollte ein Geburtstagsfest zu Hause, und sie wollte ihren Papa dabeihaben. Es schien mir richtig, ihr diesen Wunsch zu erfüllen. Ich habe mich so oft gefragt, warum meine beiden älteren Kinder kein normales Leben führen konnten. Jetzt wollte ich wenigstens meiner jüngsten Tochter ein Stück Normalität bieten, ein ganz normales Fest. Ob es noch andere Gründe gab? Ich weiß es nicht. Weil ich ihn immer noch liebte, trotz allem? Weil ich dachte, es wäre richtig, für ihn, für seine Kinder? Weil ich ihm zeigen wollte, wie gut es mir ging ohne ihn? Weil ich ihn endlich nicht mehr lieben wollte? Ich konnte ihm ohnehin nicht entkommen. Wenn er mich hätte erwischen wollen, zu Hause, außer Haus, dann hätte er mich erwischt.

Mara hat mich so oft darum gebeten. Und ich war so glücklich, wenigstens einmal ‹Ja› zu meiner Tochter sagen zu können. Sie können sich nicht vorstellen, wie oft ich meinen anderen beiden Kindern ‹Nein› sagen musste. Und auch ich war Vito länger nicht begegnet und habe mich sogar ein bisschen auf ihn gefreut. In meinem tiefsten Inneren war ich aufgeregt bei dem Gedanken, ihn zu sehen. Ich weiß, dass dieser Gedanke nicht richtig ist. So denken junge Mädchen. Und ich konnte mir eigentlich nicht mehr leisten, wie ein junges Mädchen zu sein. Ich hatte mich in Vito verliebt, weil er wunderbar war. Und ich bin bei ihm geblieben, trotz allem, weil er es mir erlaubte, Kind zu bleiben. Weil er sich meiner annahm. Eben habe ich gesagt, dass ich nicht mehr Mädchen sein durfte, eigentlich seit ich ihn kennengelernt hatte, weil er sofort gewalttätig wurde. Wie kann ich dann gleichzeitig sagen, dass er mich Kind sein ließ, dass ich an nichts denken musste? Dass ich mich beschützt und umsorgt fühlte? Ich weiß es nicht. Wissen Sie denn immer genau, was Sie denken? Was Sie wollen? Können Sie alles mit Gewissheit auseinanderhalten? Richtig und Falsch, Ja und Nein, dieses und jenes? Wenn Sie das können, beneide ich Sie wirklich sehr.

Die Wahrheit ist, dass Vito und ich uns ähnlich waren. Wir

hatten die gleiche Art zu lieben. Wenn ich so stark wie er gewesen wäre, wer weiß, vielleicht hätte auch ich reagiert wie er. Wir waren wild, leidenschaftlich, so sehr verliebt, und wir hassten uns bis aufs Blut. So waren wir beide, und ich bin all die Jahre bei ihm geblieben, weil ich in meinem Innersten wusste, dass ich war wie er.

Hier wurde behauptet, ich hätte Manuel Bocci manipuliert. Aber dann hat sich herausgestellt, dass ich die Wahrheit gesagt habe: Manuel Bocci ist unschuldig. Es stimmt, ich habe ihn um Hilfe gebeten. Und es stimmt auch, dass ich die Initiative ergriffen habe, als wir uns kennenlernten. Aber ich habe es nicht für mich getan. Ich wollte keinen Mord planen. Ich habe es für Mara getan, damit sie, wenn es mit Manuel gut liefe, einen Vater haben könnte. Ich habe es für meine Kinder getan, damit jemand da wäre, der uns beschützen und uns im Alltag helfen könnte. Ich war eine einsame Frau, seit ich Vito kennengelernt habe. Aber seit ich ihn verlassen habe, war ich eine einsame lebendige Frau.

Vito hat mich immer geschlagen. Warum hätte ich ausgerechnet jetzt, wo ich ein Stück Freiheit wiedererlangt hatte, planen sollen, ihn umzubringen? Ausgerechnet jetzt, wo er sich seit Monaten nicht mehr hatte blicken lassen? Nein, ich und meine Kinder, wir sind unschuldig. Ich habe meinen Mann getötet, das stimmt, aber aus Notwehr. Weil ich am Leben bleiben muss, solange meine Kinder mich brauchen.»

Carla verlangte nach einem Glas Wasser. Ihr Anwalt war bleich im Gesicht. Er hatte mehrmals versucht, sie zu unterbrechen, denn es hätte so viele Möglichkeiten gegeben, sich nicht in Schwierigkeiten zu bringen: Zeit nehmen, einen Punkt setzen, später weitersprechen. Aber Carla wollte nicht aufhören, und weder der Richter noch die Staatsanwältin unterbrachen sie. Die Staatsanwältin lächelte.

Der Anwalt öffnete seinen Hemdkragen, dann erhob er sich und sagte: «Herr Richter, meine Mandantin und ich müssen uns besprechen.»

Doch Carla unterbrach ihn. Denn jetzt kam sie zum Punkt.

Rosa und Nicola brachen auf.

«Was machst du, Papa, kommst du auch?», sagte Rosa.

Nicola war schon im Treppenhaus, da trat Vito zu Rosa. Und in Carla regten sich zwei Empfindungen: die eine war Erleichterung, Erleichterung darüber, wie der Abend verlaufen war, aber auch darüber, dass Vito nun im Gehen begriffen war. Die andere, die hinterhältigere, war Nostalgie. Vito war schon fast bei Rosa, als er stehenblieb. Carla durchfuhr ein Zittern. Sie hoffte aus ganzem Herzen, dass er nicht zurückkäme. Mit der einen Hälfte ihres Willens drückte sie ihn fast zur Tür hinaus. Mit der anderen Hälfte wünschte sie ihn sich zurück. Hin und her. Vito drehte sich zu ihr um. Er klopfte sich mit der Handfläche auf die Stirn, so, wie man es macht, wenn einem etwas Wichtiges einfällt.

«Kann ich Mara noch gute Nacht sagen? Nur eine Minute?», sagte er.

Bevor Carla über eine Antwort nachdenken konnte, sagte Rosa schon: «Ich warte unten auf dich.»

«Ja, wartet unten auf mich. Dann verabschieden wir uns in Ruhe. Wir sehen uns ja nie.»

Die Kinder verschwanden.

«Also?» Vito sah sie an. «Kann ich?»

Was hätte sie tun sollen? Sie nickte. In Carlas Begleitung betrat Vito das Zimmer, in dem Mara schlief. Er setzte sich aufs Bett und betrachtete das Mädchen. Im Halbdunkel fiel ein Lichtstrahl direkt auf die Hand, mit der er ihren kleinen Kopf streichelte. Mara seufzte im Schlaf. Carla ließ die beiden nicht aus den Augen. Als Vito sich zu ihr umwandte, deutete Carla mit dem Kopf zur Zimmertür. Vito machte ihr ein Zeichen, gib mir noch eine Minute. Sie seufzte. Es vergingen ein paar Minuten, und Vito hörte nicht auf, das Mädchen zu streicheln. Als Carla hüstelte, fuhr er zusammen. Für einen Moment zögerte er, dann nickte er. Er warf einen letzten Blick auf das Kind, seine Tochter, und gab ihr einen sanften Kuss.

«Gute Nacht, mein Kleines», flüsterte er.

Erleichtert bemerkte Carla, dass er ihr in die Küche folgte. Vito schien so gelassen. Carla lächelte.

«Wir sind alle müde, es ist besser, wenn wir jetzt schlafen gehen …», sagte sie.

Vitos Ausdruck veränderte sich. Mit einem Mal packte er sie an den Handgelenken und drückte fest zu. Carla sah ihrem Exmann nicht ins Gesicht. Sie sah auch nicht auf ihre Hände. Sie starrte einfach geradeaus.

«Mara schläft», flehte sie. «Sie liegt da drüben und schläft. Mara, Mara, Mara», wiederholte sie, in der Hoffnung, dass der Name ihn noch rechtzeitig erreichen würde, bevor er sich kopfüber in den Abgrund stürzte.

«Ich will euch öfter sehen», sagte Vito.

Er drückte noch fester zu. Sie versuchte nicht, ihre Hände zu befreien. So zu tun, als sei alles ganz normal, war die erste Regel. Die zweite: reden. Ihn ablenken, ihn zurückholen, reden. Die dritte: ihn nicht berühren. Die vierte, wenn die ersten drei nicht funktionierten: fliehen. Aber da war Mara. Sie konnte nicht fliehen. Außerdem konnte sie sich schlecht die Hände abschneiden.

«Gut», sagte Carla.

Ihre Ohren, ihr Geist, ihr Körper, alles war angespannt, um auch nur die kleinste Veränderung im Druck auf ihre Handgelenke wahrzunehmen. Sie blickte jetzt darauf, wie auf etwas Fremdes, das nicht zu ihr gehörte. Und doch waren es ihre Handgelenke.

Plötzlich ließ er sie los. Der Tisch zeigte noch die Spuren des Fests – Besteck, Teller, Flaschen, Geschenkpapier, Schleifen. Und doch schien ihre Feier so weit entfernt. Das einzig Spürbare, Wahre war der Albtraum, der ihr ganzes Leben gewesen war. Als wären nicht zwei Jahre seit der Scheidung vergangen. Als wären sie immer zusammengeblieben.

«Darf ich mich eine Minute setzen?», fragte Vito.

Er wischte sich den Schweiß ab und zerzauste dabei seine Haare. (Am Tag der Hochzeit war Vito so schön, in der Nacht, als sie sich zum ersten Mal liebten, war er so schön. Auch da hatte er zerzauste Haare. Sein Geruch war wunderbar. Bis zu jenem Tag war Vito so liebenswürdig gewesen.)

«Ja.»

«Setz dich auch.»

Man hatte ihr erklärt, dass es seinen Zorn anfachte, wenn man ihm gehorchte. Sie sollte sich nicht setzen. Sie setzte sich.

«Bist das immer noch du, Carla? Bist du das? Bin ich das?»

«Ja.»

«Nimm das Geld an, das ich dir für sie geben will. Und sag mir, ob ihr die Puppe, die ich ihr geschenkt habe, wirklich gefällt. Es ist mir wichtig, Carla.» Er senkte den Blick. «Wenn sie ihr nicht gefällt, such ein anderes Geschenk für sie aus. Du weißt ja, was sie mag.» Er sah sie an. «Ich darf sie ja nie sehen. Es ist deine Schuld, dass ich es nicht weiß.»

Carla schwieg. Um nicht tatenlos dazusitzen, begann sie, das Etikett von einer Wasserflasche abzukratzen. In Gedanken versunken riss sie kleine Streifen ab und häufte sie auf dem Tisch an.

«Wenn ihr die Puppe nicht gefällt, kauf ihr was anderes, das sie sich wünscht. Vergiss es nicht.» Er rückte seinen Sessel näher an sie heran. Nahm ihre Hände von der Flasche und legte sie auf seine Knie. «Ich lege Wert darauf, Carla», sagte er. «Versprich es mir! Und auch auf das Geld. Lass mich teilhaben am Leben meiner Kinder.»

«Du warst immer ein guter Vater», flüsterte sie.

Für einen Moment herrschte Stille. Es schien für immer. Doch da bekam sie eine SMS. Das Handy lag auf dem Tisch. Beide blickten gleichzeitig darauf. Wie hatte sie es nur auf dem Tisch liegen lassen können? Es gibt nur den Zufall, nichts anderes. Sie griffen beide danach. Vito war schneller.

«Vito», sagte Carla.

Er las die Nachricht. «Es ist Rosa. Sie schreibt: *Alles gut mit Papa? Baci, gute Nacht, Mami.*»

Er heftete den Blick auf Carla. «Unsere Tochter ist also besorgt? Ist es das, was du unseren Kindern über mich erzählst?»

Es war nicht die Stimme des wütenden Vitos. Er klang verzweifelt.

«Gib mir das Telefon», sagte Carla. «Ich antworte ihr.»

Die Regeln besagten auch, das Gegenteil von dem zu verlangen, was man gerade will. Aber was heißt das schon, die Regeln? Gibt es überhaupt welche? Vito behielt das Telefon. Er begann runterzuscrollen.

«Wer ist Manuel?»

Und wieder klang es nicht wütend, sondern verzweifelt.

«Niemand», sagte Carla.

Es gibt nur den Fehler eines Augenblicks, nichts anderes. Es gibt nur Selbstzerstörung.

Fünfte Regel: nie das Offensichtliche leugnen, nie.

Es ging mit einer Ohrfeige los. Sie fiel zu Boden. Ein lauter Schlag war zu hören, der Stuhl kippte mit ihr um. Im Zimmer nebenan machte Mara ein Geräusch wie eine raschelnde Möwe.

Vito stand auf. Er schleuderte alles hin, was auf dem Tisch war. Glas, Besteck, zermatschtes Essen. Er sah sie an. Mara seufzte im Schlaf. Vito war ein wunderschöner Riese.

«Lass es», sagte sie, am Boden liegend.

Es gibt keine richtigen Dinge, es gibt nichts.

Er sah voller Verzweiflung um sich.

«Ihr fehlt mir», sagte er.

Sie stand vorsichtig auf. Was war die Regel, aufstehen oder nicht? (Ich weiß es nicht.)

Sie standen sich gegenüber. Dann bückte sie sich, um wahllos etwas von den Sachen aufzuheben, die auf den Boden gefallen waren, und sagte die Wahrheit: «Du fehlst mir auch sehr.»

Er näherte sich ihr. «Carla», sagte er. Er streichelte sie, half ihr hoch. «Es tut mir so leid.»

Sie sah ihn an, leidenschaftlich und so nah. Da nahm er sie, wie er es so oft getan hatte. Sie schien so leicht in seinen Händen. Er hob sie hoch und schleuderte sie auf den Tisch.

Das Geräusch des aufschlagenden Kopfes kannten beide, Carla und Vito, gut. Es gibt keine Regeln. Es gibt kein Krankwerden, es gibt kein Gesundwerden, es gibt nur das Nichts.

Carla blickte auf die weiße, leicht abgeblätterte Decke von Onkel Francos Wohnung. Er schlug ihren Kopf noch einmal auf den Tisch. Und noch einmal. Ihr wurde bewusst, dass es diesmal anders war als sonst. Sie dachte, dass sie als letztes Bild lieber diese abgeblätterte Zimmerdecke als Vitos Fratze gesehen hätte. Lieber diesen gebrochenen, weißen Himmel. Wieder schlug er ihren Kopf auf den Tisch. Langsam verlor sie das Bewusstsein. Sie dachte an Nicola, an Rosa und Mara, an ihren Vater und ihre Mutter. Eines Tages, als sie beim Rechnen etwas nicht verstanden hatte, sagte ihre Mama: Ich helfe dir, kein Problem ist unlösbar. Sie dachte an ihren Vater, der sie nach einem Schwimmwettbewerb umarmt und gesagt hatte: Du bist stark, du bist gut, das darfst du nie vergessen, was auch immer passiert. Sie dachte an das letzte Mal, als sie sie gesehen hatte. Sie dachte an das Lächeln ihrer Kinder. Und sie rief, kurz bevor ihr die Sinne schwanden:

«Töte mich nicht, denk an unsere Kinder, Vito!»

Noch mehr Wut flammte in ihm auf. Drohend stand er über ihr, doch er hörte auf, ihren Kopf auf den Tisch zu schlagen.

«Sei still! Ich will dich nicht töten. Ich töte niemanden. Ich denke immer an unsere Kinder.» Er drückte seine Hände auf ihren Mund. «Sei still! Still!»

Aber sie redete weiter.

«Es gibt für alles eine Lösung. Bitte, Vito!»

Sie weinte, er schlug sie ins Gesicht.

Das Haus, in dem Carla, Franco, Papa und Mama immer Ferien machten, lag direkt am Meer. Wenn sie abends nach Hause kamen, war alles voller Sand, und sie mussten sich die Füße unter der Gartendusche waschen, sonst schleppten sie den Sand mit ins Bett. Sie fühlte sich immer weniger werden, immer mehr verschwinden. Er schlug sie weiter ins Gesicht. Und sie sah wieder ihre Kinder. Sie sah Nicola, als er geboren war, auf ihrem Arm und auf Vitos Arm. Sie hatten vor Glück geweint. Sie sah sich selbst tot. Getötet von der Hand des Vaters ihrer Kinder. Was würde aus ihnen werden? Wie sollten sie weiterleben? Sie suchte tastend nach einem Teller, einem Glas, einer Flasche, nach irgendetwas, womit sie sich wehren konnte. Und sie fand viel mehr. Sie fand die Geflügelschere. Bevor Vito ihr Leben so beenden würde, mit so vielen Schlägen, und bevor sie das Bewusstsein verlor … Willst du wirklich so sterben? Was werden deine Kinder denken, wenn sie dich – tot – finden? Welches Leben werden sie haben, nachdem sie dich – tot – gefunden haben? Sie dachte an den Tag, an dem ihr Vater ihr das Moped geschenkt hatte, damit sie alleine zur Schule fahren konnte. Ein Jammer ist es, so zu sterben. Ein Jammer ist es zu sterben. Und während ihr die Augen zufielen und sie spürte, dass sie bald nicht mehr da sein würde, nahm sie die große Schere. Sie legte einen Arm um ihn, das letzte Mal. Dann stach sie zu. In den Rücken ihres Exmannes, ihres einzigen Mannes, ihrer Liebe, Vito.

Er schreckte hoch und sah sich um. Jetzt hätte sie Zeit gehabt, unter seinem Körper hervorzukriechen und zu fliehen. Er schwankte, sah sie entgeistert an und versuchte, sich die Schere aus dem Rücken zu ziehen. Doch es gelang ihm nicht.

«Hilf mir, Carla», sagte er bestürzt.

Aber sie wich zurück. Er taumelte, verlor Blut. Er wurde blass, und seine Bewegungen wurden langsamer. Da war so viel Blut. Sie sah das Ungeheuer. Es kam auf sie zu, und sie wich ihm aus. Doch das Zimmer war so klein. Wenn er ein Ungeheuer ist, wird er nicht sterben. Ungeheuer erstehen immer wieder auf. Wenn er dein Mann ist, ist er ein Mensch und kann sterben. Ich will nicht, dass er stirbt. Dann hilf ihm. Carla hielt einen Moment inne und suchte nach etwas, um ihm zu helfen.

Hier war das Zimmer zu Ende. Er stolperte, und alles mit sich reißend, stürzte er auf sie. Sie fielen zusammen zu Boden. Arm in Arm. Er keuchte.

«Vito? Geht es dir gut?», sagte sie.

Überall war Blut.

Vito röchelte: «Mach dir keine Sorgen, amore.»

Sie sah auf die Wunde und erschrak. Blickte sich um nach etwas, womit sie das Blut stoppen konnte. Dann nahm sie all ihren Mut zusammen und zog ihm die Schere aus dem Rücken. Er stöhnte auf. Plötzlich zog er sie an sich. Gesicht an Gesicht. Er sah sie an.

«Du bist tot, Carla.»

Er nahm ihr Gesicht in seine Hände und drückte es zurück, immer weiter zurück. Sie spürte, wie ihr Hals sich nach hinten bog, zu sehr nach hinten.

Jetzt erst bemerkte sie, dass sie noch die Schere in der Hand hielt. Sie war wie ein Kind, das zu verschreckt war, um sich zu wehren. Und da sagte sie sich, du bist kein Kind. Und einen Moment bevor er ihr das Genick brechen würde, stieß sie ihm mit ihren blutigen Fingern die Schere in den Hals. Es gibt keinen Schmerz, es gibt keinen Tod. Alles ist süß.

Das Blut sprudelte heraus wie das Wasser aus den Brunnen in Agrigent in einem anderen Sommer. Ihre Mutter war nur mit einem Pareo bekleidet gewesen, und ihr Vater fotografierte sie. Es war wunderschön, und es war so heiß. Auch sie spürte ihre Kräfte schwinden. Ihre Augen brannten. Ihr ging durch den Kopf, dass sie vor kurzem – vor einer Minute, einer Stunde, hundert Jahren – mit dieser Schere das Huhn für Maras Geburtstagsfest zerlegt hatte. Sie hatten alle auf Mara angestoßen. Sie dachte an die Puppe, das Abendessen. Und sie dachte an einen Herbstabend, an dem Vito und sie aus irgendwelchen Gründen allein gewesen waren. Er hatte sie zum Essen ausgeführt. Ein heiteres Geräusch umgab sie. Waren das die Zikaden? Nein, im Herbst konnten es keine Zikaden sein. Er legte seinen Kopf auf ihre Schulter, sie umarmten sich.

Er schien tot. Wenn er ein Ungeheuer ist, stirbt er nicht. Wenn er mein Mann ist, ist er tot. Dann spürte sie einen Griff an ihrer Wade. Das war nicht ihr Mann, das war etwas Übernatürliches. Sie hatte es immer gewusst. Vito brach in Tränen aus und starb.

Sie blieben umarmt.

Sie sah nach, ob Mara schlief. Dann griff sie sich an den Kopf, in der Hoffnung, dass da nicht zu viel Blut war. Dass ihre Verletzung nicht zu schwer war. Sie war nicht schwer.

Sie zitterte. Rief Manuel an. Wie eine Verrückte lief sie in ihre Wohnung hinunter. Sie wusch sich, verarztete sich und zog sich um. Blut überall. Sie frisierte sich so, dass man die Wunde nicht sah. Sie war nicht sie selbst.

Manuel traf sie in der Bar Castel Sant'Angelo. Ihre ganze Hoffnung lag auf ihm, ihr Leben in seiner Hand. Doch Manuel half ihr nicht. Was sollte sie nun tun? Mit der schlafenden Mara im Arm kehrte sie im Taxi nach Hause zurück. Und als sie Onkel Francos Wohnung betrat, sah sie das Grauen. Was hatte sie getan? Doch sie musste stark bleiben, für ihre Kinder. Du wirst sehen, für deine Kinder bist du zu allem fähig, hatte ihre Mutter ihr nach ihrer ersten Geburt gesagt. Sie fing an zu putzen. Sie nahm ein Laken und rollte den Körper der Liebe ihres Lebens darin ein. Seine Augen waren offen. Er sah sie an.

Dann schob sie ihn in einen Müllsack. Sie werden mir meine Kinder wegnehmen. Meine Kinder werden keinen Vater und keine Mutter mehr haben. Sie kontrollierte, ob Mara noch schlief. Hoffentlich wachte sie nicht auf. Dann ging sie den Nissan Micra holen. Er wollte nicht starten, machte einen Sprung nach vorn, ging wieder aus. Sie schob ihn die wenigen Meter bis vor das Haustor und ließ ihn dort stehen. Sie lief in die Wohnung. Noch war es Nacht, aber nicht mehr lange. Mit aller Kraft zog sie den Körper in den Aufzug. Sie hatte keine Wahl: Auch wenn es ihr nicht gelang, das Auto zu starten, würde sie den Körper – ihren Mann – hineinlegen. Im Erdgeschoss angekommen, zog sie weiter. Für ihre Kinder war sie stark. Sie nahm den Sack mit dem toten Mann und warf ihn sich auf den Rücken. So trug sie ihn zum Auto. Sie fiel hin. Sie stand wieder auf. Sie ließ ihn in den Kofferraum gleiten. Sie war so stark. Sie werden dir deine Kinder wegnehmen. Dann ging sie zurück in die Wohnung. Sie musste die schlafende Mara holen und mitnehmen. In eine Decke gehüllt legte sie das Kind ins Auto. Und wohin jetzt?

Sie wusste nicht einmal, ob sie es schaffen würde zu fahren. Sie war so selten gefahren – und immer mit Vito. Es wird nicht klappen. Sie sah die Gesichter ihrer Kinder vor sich, während diese den toten Körper ihres Vaters und auch den lebenden Körper ihrer Mutter verschwinden sahen. Sie drehte den Schlüssel. Das Auto machte einen Sprung nach vorne, der Motor ging aus. Es fuhr. Es fuhr nicht. Sie erinnerte sich, wie Vito mit ihr zum Üben vor das Stadion gefahren war. Los, hatte Vito gesagt, drück, hab keine Angst. Sie lachten. Beide hatten Angst, aber sie waren im Adrenalinrausch und heiß aufeinander. Danach hatten sie sich im Auto geliebt. In diesem Auto. Es fuhr.

Sie fuhr zu dem einzigen Ort, der ihr einfiel. Wahrscheinlich gäbe es hundert nähere Orte. Aber sie war nur eine Mutter, die ihre Kinder retten musste. Was wusste sie schon von guten oder schlechten Orten? Sie fand sich auf der Müllhalde wieder. Zog die Leiche ihres Mannes aus dem Auto. Sie fiel hin, stand wieder auf, zog weiter an ihm, stieß ihn mit Händen und Füßen, schuf sich Platz in diesem Müllhaufen. Abfall und Tiergerippe klebten an ihrem Kopf, an ihrem Mund, an ihrem Körper. Sie stieß die Leiche ihres Mannes da hinein. Der Abfallberg verschlang ihn. Sie schrie.

34

Das war Carlas Version. Carla war rot und erhitzt wie nach einem Wettrennen. Sie hatte zu Ende gesprochen.

«Ist es möglich», fragte die Staatsanwältin den Gerichtsmediziner, «dass sie ihn so getötet hat, wie sie es eben erklärt hat?»

Die Leute im Saal weinten. Es war kein leises Weinen. Sie schluchzten laut.

«Es ist möglich», sagte der Gerichtsmediziner.

«Auch wenn man bedenkt, dass die Frau siebenundvierzig Kilo wiegt und der Mann hundertdrei Kilo?»

«Ja», bestätigte der Gerichtsmediziner.

Die Leute sahen Carla an und schluchzten. Rosa war wie gelähmt. Nicola hielt den Kopf zwischen den Händen.

«Signora Romano, selbst wenn Sie den Mord beabsichtigt hätten, könnte man ihn auf jeden Fall als Notwehr interpretieren. Nicht wahr?», sagte die Staatsanwältin. Ihre Augen glänzten. «Wie Sie selbst sagten, um sich und Ihre Kinder zu retten. Das hat auch Ihr Sohn Nicola gesagt: ‹Früher oder später hätte er sie getötet.›»

«So ist es», sagte Carla.

«Ich habe keine weiteren Fragen.»

«Sie können nun den Saal verlassen», sagte der Richter und sah die beiden Frauen an.

35

«Verstehst du endlich, Nicola, es ist alles meine Schuld!»

Völlig außer sich lief Rosa in der Wohnung hin und her.

«Das schmeckt!», sagte Mara und drehte einen Finger an der Wange. Ihre Augen glänzten. Sie kaute lächelnd ein Stück Pizza.

«*Ich* habe ihr diese SMS geschickt.» Rosa hielt sich die Hände an den Kopf. «Aber es war doch nur für mich, um mein Gewissen zu beruhigen.»

«Das schmeckt sehr gut!» Zufrieden rollte Mara das R, das richtig auszusprechen sie gerade erst gelernt hatte. Sie schluckte den Bissen hinunter, immer noch lächelnd. «Noch ein Stück Pizza!» Sie zeigte darauf. Da es ihr keiner gab, nahm sie es sich selbst.

«Und ich habe dir nicht Bescheid gegeben, dass sie mir nicht geantwortet hat. Ich habe einfach nicht daran gedacht. Ich habe getanzt, während mein Vater starb!» Jetzt hämmerte Rosa sich mit den Fäusten an die Stirn.

Mara wirbelte das Pizzastück durch die Luft wie ein Dirigent seinen Stab. Sie saß auf einem mit Kissen erhöhten Stuhl.

«Scheiße, was habe ich mir nur gedacht bei dieser SMS …? Es war doch alles so vorhersehbar, so klar … Es ist alles meine Schuld!»

Rosa sah auf Mara und raufte sich die Haare. Sie wollte gar nicht mehr aufhören damit. Nicola ging zu ihr und nahm sie in den Arm. In der Wohnung war es düster.

«Was haben wir uns nur dabei gedacht, sie allein zu lassen, Nico …?»

«Ich war es doch, der dir gesagt hat, dass du nicht mehr auf Papa zu warten brauchst, Rosa», sagte er.

«Wir sind eben beide schuld. Aber ich bin mehr schuld als alle. Ich habe diese verdammte SMS geschrieben.»

«Ach, Rosa. Wenn du so denkst, ist es die Schuld von uns allen dreien. Mara hat Mama überredet, Papa zum Fest einzuladen. Ich wollte früher gehen. Du hast die Nachricht geschickt … Aber im Grunde ist keiner schuld.»

«Ich, Nicola! Ich war es!»

«Was redest du da? Das sollst du nicht einmal denken.» Nicola drückte sie fest an sich. Wie lange hatte er sie nicht mehr im Arm gehalten. Sie war schön. Er hielt sie fest, und sie schloss die Augen. Sie lehnte sich an seine Brust.

«Sag das nie mehr wieder, mein Schatz. Du hast nichts damit zu tun. Keiner von uns hätte sie retten können. Früher oder später hätten sie sich getötet, das weißt du.» Er streichelte sie und küsste sie auf den Kopf. «Es ist nicht unsere Schuld. Es ist nicht unsere Schuld.»

Er hielt sie fest im Arm und küsste sie auf die Stirn, die Wangen. Sie war so warm, so schön. Endlich waren sie sich wieder nah. Und sie hätten sich noch näher sein wollen.

36

Mutter Courage titelten die Zeitungen. Erst war sie die Verkörperung des Bösen gewesen, nun verwandelte sie sich zu einer mythologischen Figur. Sie war die Mutter aller Mütter. Plötzlich glaubten ihr alle. Der Richter sowie das Publikum im Saal bekamen ein immer weicheres Herz. Und Carla verlor ihren schreckhaften Blick und wurde wieder die Frau, die sie vorher gewesen war – zumindest versuchte sie es.

Doch jetzt war sie die Frau, die eine lange, ungerechte Haft hatte erleiden müssen, schreckliche Anschuldigungen, unzählige schlaflose Nächte, die Pein ihrer Kinder. Wer weiß, ob sie je wieder Frieden finden konnte? Aber ja doch, gewiss. Denn sie wollte nur eins: aus Rebibbia entlassen werden und Nicola, Rosa und Mara in die Arme schließen.

37

Er kam von der Arbeit zurück, und er fand sie nicht vor. Er fand auch nicht die übliche Notiz vor, die sie ihm hinterließ, wenn sie weggingen. Es war nach zehn Uhr abends. Um diese Zeit gingen sie nie alleine wohin. Sie müssten längst im Bett sein. Im ersten Moment erschrak er, dann beruhigte er sich. Vielleicht waren sie im Kino? Oder machten noch einen Spaziergang? Es war ein lauer Frühlingsabend, der bereits den Sommer ankündigte. Aber die Uhrzeit ... Er rief sie an. Ihr Handy war ausgeschaltet. Nun bekam er es wirklich mit der Angst zu tun und begann, sich in der Wohnung umzusehen. Er bemerkte, dass von einer der beiden Sachen fehlten; nicht viele, aber wesentliche. Nach all dieser Zeit wusste auch er, was wesentlich für sie war, worauf sie nicht verzichten würde, nicht einmal für ein paar Stunden. Er kontrollierte das Festnetztelefon und entdeckte, dass ein Anruf nach Massafra rausgegangen war.

Er wusste es. Er hatte es eigentlich schon gewusst, als er zur Tür reingekommen war und sie nicht vorgefunden hatte.

Beruhige dich, sagte er sich, es geht ihnen gut. Das ist das Wichtigste, dass den beiden nichts passiert ist. Er nahm seinen Mut zusammen und wählte die Nummer, die er als Letztes in seinem Leben hätte wählen wollen. Die Nummer derjenigen Frau, die auf alle erdenkliche Arten seine Mutter beleidigt hatte, immer schon und jetzt erst recht. Eine fremde Stimme antwortete ihm.

«Mimma ist beschäftigt. Sagen Sie mir, was Sie wollen.»

«Ihr habt sie zu euch geholt», sagte Nicola.

«Beruhige dich. Es ist alles in Ordnung.»

«Ihr wisst, dass das rechtswidrig ist.» Er war stinkwütend. «Ich rufe sofort einen Anwalt an.»

«Ich würde dir nicht raten, dich so aufzuspielen, mein Sohn», sagte die fremde Stimme.

Ihm fehlten die Worte.

«Es geht ihnen gut. Mimma bringt sie her», sagte der andere. «Hier sind sie gut aufgehoben. Kümmere du dich um deinen Kram.» Schweigen. «Ach, und ein Rat unter Freunden: Sprich nicht zu viel darüber.»

«Ihr werdet es nicht wagen …», fauchte er.

Doch der andere hatte schon aufgelegt.

Nicola ging in der Wohnung auf und ab, wie ein Tier, das im Kreis läuft. Eine Hand hielt er an seinen Kopf, in der anderen hatte er das Handy. Wie klein diese Wohnung war, wie feindselig sie immer schon gewirkt hatte, und jetzt umso mehr. Bilder kamen ihm in den Sinn, Erinnerungen. Einmal hatten sein Vater und er gemeinsam eine Lampe montiert, in der Wohnung, in der er und seine Schwester ihre Kindheit verbracht hatten – und in einem gewissen Sinn auch sein Vater und seine Mutter, denn sie waren ja noch so jung gewesen, als alles begann. Sein Vater stand auf der Leiter, versuchte das Gleichgewicht zu halten, während er die Lampe anbrachte. Und er, Nicola, hielt seine Beine fest, damit er nicht fiel. Die Frauen hatten applaudiert, als die Lampe hing. Aber er wollte sich nicht erinnern. Seit sein Vater verschwunden war, wollte er sich nicht mehr erinnern.

Er hätte sich mehr um Rosa und Mara kümmern müssen, doch er hatte nur an seinen eigenen Schmerz gedacht. Er hatte sie gehasst, alle beide. Es war an der Zeit, das zuzugeben. So oft hatte er sich vorgestellt, wie viel einfacher sein Leben wäre ohne die beiden. Wie oft hatte er sich gewünscht, sie würden alle vom Erdboden verschwinden, die beiden, und auch die Mutter. Und jetzt kam die Strafe. Sie waren weg.

Von wegen Familienoberhaupt, ein Egoist und ein Feigling

war er gewesen. Feigling! Feigling! Feigling! Er hämmerte sich mit den Fäusten gegen die Stirn und trat mit Füßen, was ihm in den Weg kam. Auch den Kram von Rosa, auch das Spielzeug von Mara. Diese Dinge taten ihm weh, diese Spielsachen. Feigling! Wir sind allein. Niemand kann uns helfen.

Und dann fiel ihm ein, dass es kein Wir mehr gab. Es gab keinen Vater, keine Mutter und jetzt auch keine zwei Schwestern mehr. Es geht ihnen gut. Die Stimme von Mimmas Mann klang in seinen Ohren nach. Ist das wirklich wahr? Dass es ihnen in Massafra besser geht als hier mit ihm? Seinen Mädchen. Du bist allein, sagte er sich. Es gibt keine Familie mehr. Ein kleines Stück schmaler Mond erschien im Fenster, wie eine Schuppe, kalt, böse.

Es war fünf. Noch war es dunkel, doch die Dämmerung ließ sich bereits erahnen. In Massafra waren Mimma und ihr Mann schon wach. Gekämmt und gestriegelt saßen sie in ihrer engen Küche und tranken ihren zweiten Kaffee. Sie schwiegen. Die Kaffeetassen standen auf einem alten hellgrünen Metalltisch. Die Jalousien waren noch heruntergelassen. Unter sich nannten sie sie *Gelosie*, was eigentlich das Wort für Eifersucht war. Während sie ihren Kaffee trank, fühlte Mimma zum ersten Mal seit Monaten, wie sich der Schmerz in ihr ein wenig aufzulösen begann.

Von der früheren Mimma war fast nichts mehr übrig geblieben. Tag für Tag hatte sie eine Schlacht verloren. Es war schrecklich gewesen. Das Böse war in sie eingedrungen wie ein Ventil. Sie konnte die umfassende Zerstörung von Vitos Körper einfach nicht aushalten. Ihr Vito, ihr einziger und so geliebter Sohn. Sie würde sich vom Schmerz vollständig verzehren lassen, in ihren Kokon einwickeln, sich aufgeben, sterben. Und das war nur gerecht. Es war der einzige Weg, um ihre Schuld zu sühnen. Aber dann war der Anruf ihrer Nichte gekommen.

«Können wir nach Massafra kommen, Tante? Mara und ich? Nur eine Zeitlang.»

Dieser Anruf war wie ein Volksfest in ihrem Körper gewesen,

mit Feuerwerk, Zuckerwatte und einer Lichtshow. Und mit vielen Menschen, die nicht mehr aufhören wollten zu feiern.

Die beiden Mädchen schliefen nebeneinander im Schlafzimmer. Das dunkle Haus, sein alter und abgestandener Geruch, wiegte sie in den Schlaf.

Mimma erhob sich und ging zu ihnen, um sie lange anzusehen. Dann kam sie zurück.

«Gehen wir einkaufen», sagte sie zu ihrem Mann, «damit sie etwas zum Frühstück haben, wenn sie aufwachen.»

Enzo seufzte erleichtert. Seine Frau war zurückgekehrt.

38

Am Eingang hatte der eine oder andere versucht, ihr die Hand zu drücken. Jetzt saß sie auf der Anklagebank und suchte mit den Augen ihre Kinder. Doch sie sah nur Nicola, mit einem schrecklich verlorenen Blick. Milena war da, hinten im Saal; Paola war nicht mehr gekommen. Auch Mimma fehlte. Carla durchmaß mit dem Blick den Saal, auf der Suche nach ihren Mädchen.

Die Verhandlung wurde vertagt. Als Carla den Saal verließ, wurde da und dort applaudiert. Ihr Anwalt hielt Nicola auf der Treppe an.

«Ihre Mutter fragt, warum Rosa nicht da war», sagte er. «Und wer auf Mara aufpasst. Sie ist sehr besorgt.»

Nicola senkte den Blick. Die Frage traf ihn wie ein Blitz. Er schwieg. Dann sah er den Anwalt an. «Sagen Sie ihr, dass es ihnen gutgeht. Sie sind in Sicherheit, und sie sind zusammen.»

«Was soll das heißen? Ihre Mutter will wissen, wo sie sind.»

Doch Nicola ging schon weiter, die Stufen hinab, mit starrem Blick. Der Anwalt hielt ihn an der Jacke fest. «Das ist keine Antwort, die ich Ihrer Mutter geben kann.»

Nicola drehte sich um und sagte mit zusammengebissenen Zähnen: «Wagen Sie es nicht, mich noch einmal zu berühren.»

Der Anwalt wich zurück. Wer hatte ihn eben angesehen, Nicola oder Vito?

Nicola wandte sich ab und verschwand durch den Ausgang. Er bahnte sich seinen Weg durch die Journalisten und Neugierigen, als hätte er Messer an Händen und Schultern, Füßen und Beinen. Bereits ein Monat war vergangen, seit seine Mädchen weggegangen waren.

Er stieg von seinem Motorroller. Es war noch sehr sonnig. Dunkelheit wäre ihm lieber gewesen. Er nahm den Helm ab und sah jemanden neben der Haustür stehen.

«Nicola», sagte die Person.

«Was machst du hier?», fragte er. «Mara und Rosa sind nicht da. Sie kommen nicht wieder.»

«Ich weiß», sagte sie. Sie wich nicht zurück. Sie hatte das Gefühl, Vito vor sich zu haben. «Ich bin vorbeigekommen, um dir die Schlüssel zurückzugeben. Und ich wollte wissen, wie es dir geht.»

Er nahm die Schlüssel von dieser ihm so fremd gewordenen Wohnung entgegen. Noch nie in seinem Leben hatte er so viel Platz gehabt. Abends hatte er sich angewöhnt zu trinken, alleine, bis er auf das Bett sank, in dem seine Mutter, Rosa, Mara geschlafen hatten. Er steckte den Schlüssel in das Schloss und sperrte das Haustor auf.

«Gehen wir noch etwas zusammen trinken? Es ist das letzte Mal, dass du mich siehst», sagte Milena.

Er hielt inne. Sein Blick wanderte zu den beiden Wohnungen hinauf, zu der von Onkel Franco und seiner Mutter.

Sie saßen an einem Tisch in der Bar Mike. Hier hatte er auch mit seiner Schwester Rosa gesessen, in einem August, der nun schon so weit weg schien. Er bestellte einen Wodka pur.

«Wie du dich verändert hast», sagte sie. «Du ähnelst deinem Vater sehr, weißt du das?» Sie lächelte.

«Sag mir, warum du gekommen bist, und lass es uns zu Ende bringen.» Er bestellte noch einen Wodka. Bei einem Blick in sein Portemonnaie verzog er das Gesicht.

«Ich lade dich ein», sagte sie. «Auf alles, was du willst.»

Sie legte ihre Hand auf seine. Sie fühlte sich gar nicht wie Haut an. Er erstarrte.

«Ich wollte nur ein wenig mit dir zusammen sein. Ein letztes Mal.»

Sie schwiegen.

«Weißt du, meine Tochter Paola ist mit einem Mann weggegangen.»

Er sagte nichts.

«Vielleicht ist sie schwanger. Er hat Vitos Alter. Er könnte ihr Vater sein.»

Nicola trank noch einen Wodka aus, und noch einen. Sie bestellte gar nichts. Dann stand er auf.

«Ich muss jetzt gehen», sagte er.

Sie sah ihn mit einem verliebten Blick an. Er rauchte.

«Wie schön du bist. Alle seid ihr so schön, ihr Geschwister.»

Er wurde von der Wut gepackt. Schnell kehrte er ihr den Rücken zu und ging.

«Ich habe dich gesehen», sagte sie.

Er blieb stehen.

«Ich habe dich gesehen.»

Er war Vito. Er drehte sich um und sah sie an.

39

DAVOR – 6. AUGUST 2012

Ein leichtes Lüftchen war aufgekommen, als er und seine Schwester die Wohnung verließen. Die Luft roch gut.

«Livia?», sagte er ins Telefon.

Seine Schwester war mit Freunden vor dem Mads verabredet, und er rief bei laufendem Motor seine Freundin an.

«Nicola, ich wollte dich auch gerade anrufen …»

«Was ist?», sagte er. Er machte den Motor aus.

«Es tut mir leid, wir können uns nicht sehen. Meiner Mutter geht es nicht gut.»

Er betrat die Wohnung allein, ohne Livia. Ein Mitbewohner machte sich fertig zum Ausgehen, ein anderer kochte Spaghetti aglio e olio. Er ging in sein Zimmer, öffnete die Balkontür, warf einen flüchtigen Blick in den Hof und auf das Gatter, das wie gewöhnlich offen war, hinaus auf die dunkle Straße. Es war wieder so schwül. Er zog sich im Dunkeln aus und begann eine Serie zu gucken, die Livia ihm mitgebracht hatte. Den runden Mond konnte man durch seine Balkontür nicht sehen. Mitten in der Folge schlief er ein.

Das laute Möwengeschrei weckte ihn. Es war dunkel, bis auf das Mondlicht. Und in diesem Mondlicht sah er eine Gestalt im Hof stehen. Sie hielt etwas im Arm. Erschreckt setzte er sich auf. Dann glücklich. Livia! Die Gestalt kam näher. Es war seine Mutter.

Grau im Gesicht und schweißtriefend stand sie da, mit seiner toten Schwester Mara im Arm. Ihre Haare, so gelb wie Getreide, hingen leblos an ihr herab. Er stand auf und ging in den Hof.

«Mama!»

Hinter ihr war das offene Gatter. Hitzedunst lag über der Straße.

«Sei still, Nicola, bitte», sagte sie mit einer Stimme, die nicht mehr die ihre zu sein schien. Sie blieb an der Schwelle stehen und kam nicht herein. Es wirkte, als könne sie es nicht.

Er fasste sich ein Herz. «Was ist los? Mama? Was hast du?» Er schaffte es gerade noch, ihr Mara abzunehmen, bevor seine Mutter zusammensank. Er stützte sie. «Mama», sagte er.

«Hilf mir, Nicola.»

Er tastete seine Mutter und seine kleine Schwester ab, um zu sehen, wo sie verletzt waren.

«Papa», sagte seine Mutter. Sie legte ihm eine Hand auf den Kopf. Sie zitterte. Dann streichelte sie Mara in Nicolas Arm. «Ich habe es für euch getan.» Der Mondschein erhellte sie. «Hilf mir.»

«Nico.» Mara lächelte im Halbschlaf.

«Ich bin da», sagte er. «Schlaf schön, wir gehen jetzt nach Hause.»

Und das Mädchen schlief wieder ein.

Vor der Bar sah Nicola Milena an. Der Himmel war voller schwarzer Wolken. Das Ende der Welt war endlich gekommen.

40

Das Telefon klingelte an einem schweißtreibenden Morgen. Das zusammengewurschtelte Laken bedeckte nur einen Teil seines Körpers, die Haare klebten ihm an Stirn und Schläfen, sein Magen brannte. Er tastete nach dem Handy, fand es aber nicht. Das Klingeln durchlöcherte sein Trommelfell. Als er den Kopf hob, spürte er einen stechenden Schmerz, der vom Nacken ausging und sich in seinem Kopf ausbreitete, dann auch im Rücken und in den Beinen. Er hatte einen schrecklichen Geschmack im Mund. Aber inzwischen war er daran gewöhnt. Immer noch suchte er nach dem Telefon, das nicht aufhören wollte zu klingeln. Er nahm das Tütchen mit dem Oki-Pulver, das er neben dem Bett liegen hatte, riss es mit den Zähnen auf und schluckte das Pulver. Die Bilder jener Nacht verfolgten ihn im Schlaf und auch jetzt noch. Wie er das Laken um seine Mutter legt – das Telefon hörte auf zu klingeln –, wie er in der Dämmerung aus der Tür tritt. (Ich habe dich gesehen, hatte Milena gesagt, ich habe dich gesehen.) Er sah auf das Display, der Anwalt hatte ihn angerufen. Sein Vater, der in seinem Blut schwimmt. Das Herz schlug ihm bis zum Hals. Mit einem Ruck setzte er sich im Bett auf. Ein Würgereiz befiel ihn. Er rief zurück.

«Ciao», sagte der andere. «Hören Sie mich?»

«Ja, ich höre Sie», sagte Nicola mit einer schwarzen Stimme.

War er bereit? War er nicht bereit? Es war unwichtig. Der Moment war gekommen.

«Habe ich Sie geweckt?»

«Was gibt's?», erwiderte Nicola. Er fuhr sich mit der Hand durch die Haare. Der Schweiß trocknete auf seiner Haut. Er begann zu zittern. Verdammte Milena. Verdammte, verdammte Milena. Verdammt sei der Tag, an dem dich mein Vater getroffen hat.

«Kommen Sie zur Sache.» Sei ein Mann, Nicola. Er stand auf.

«Warum so eilig?», fragte der andere.

Man konnte ihn tief einatmen hören, wahrscheinlich zog er an seiner Pfeife, mit der er sich Haltung zu geben versuchte.

«Sagen Sie schon!»

«Gute Nachrichten.» Er atmete ein, atmete aus. «Ich bin optimistisch. Die Dinge nehmen eine gute Wendung. Jetzt geht es nur mehr darum, die gesetzlichen Fristen abzuwarten. Allzu optimistisch will ich nicht erscheinen, aber ich glaube, der Richter wird die Beendigung der Untersuchungshaft verfügen. Das heißt, dass Ihre Mutter bald freikommen wird.»

Man hörte ihn triumphierend lachen. Dann war es still.

«Sind Sie noch da?»

«Wie lange noch?», fragte Nicola.

«Ganz genau kann ich das nicht sagen, aber …»

Aber Nicola hatte das Telefonat schon beendet. Er sprang unter die Dusche und wusch sich ausführlich. Dann rasierte er sich, zog sich frische Sachen an und goss sich ein Glas Amaro ein, sonst war nichts mehr im Haus. Doch plötzlich hielt er inne, mitten im Zimmer, mit dem Glas in der Hand. Er musste jemanden anrufen.

Sie fuhren gemeinsam auf der A1. Um sie war nichts als Leere. Er hatte getrunken und hielt eine Weinflasche in der Hand. Es war später Nachmittag, doch der Himmel hing voller dunkler Wolken, und es schien bereits Nacht. Man sah nur die Scheinwerfer der anderen Autos, die in Höchstgeschwindigkeit an ihnen vorbeisausten wie Raketen. Sie fuhr. Sie hatte zu viel Schuld auf sich geladen, um ihn nun allein zu lassen. Und auch er war voller Schuld, nur war seine Schuld viel größer als ihre. Aber das wusste sie nicht. Die Schuldgefühle ließen sie den Fuß noch fester aufs Gas drücken. Er fühlte sich von allen Seiten bedrängt. Versteinert saß er auf dem Beifahrersitz und trank. Es gelang ihnen nicht zu reden.

Laut knallend hatte er die Wohnungstür seiner Mutter zugeschlagen. Warum habe ich die beiden nicht beschützt? Warum haben wir diesen Moment nicht zusammen erlebt? Warum war ich hart zu ihnen, wo ich doch hart zu mir selbst hätte sein müssen?

«Ciao, Nico», hatte sie gesagt, als sie ihn abholte.

Es kam ihm vor, als hätte er es mit einer Unbekannten zu tun. Er erkannte ihre Gesichtszüge und ihre Gesten nicht wieder, die ihm doch für so lange Zeit vertraut gewesen waren. Damals, als sie zusammen geschlafen hatten, in seinem Zimmer, in seiner Wohnung. Wer weiß, wer nun in dem Bett schläft, das nur zwei Blöcke von der Wohnung seiner Mutter entfernt ist, zwei Blöcke und ein ganzes Leben. Damals, als sie sich geliebt hatten. Hatten sie sich wirklich geliebt? Danke, hatte er gesagt, wenn sie mit ihren Büchern zu ihm nach Hause gekommen war, um bei ihm zu lernen. Er döste vor sich hin, und sie war da. Komm, hatte sie gesagt, die Balkontür geöffnet und ein schuldbewusstes Lächeln aufgesetzt.

Livia versuchte ein paar Worte zu reden, aber er antwortete nicht. Er presste sich an die geschlossene Fensterscheibe, schwitzte und knabberte an seinen Fingernägeln. Er musste die beiden nach Hause zurückbringen, in Sicherheit, zurück zur Familie. Er war das Familienoberhaupt, stattdessen hatte er sich verhalten wie ein Feigling. Er hätte das schon vor langer Zeit tun müssen. Doch nun tat er es. Er holte seine Mädchen zurück nach Hause. Gemeinsam würden sie darauf warten, dass ihre Mutter aus dem Gefängnis kam. Und dann würden sie wieder zusammen sein, wieder eine Familie. Siehst du, Nicola? Nichts ist unwiederbringlich. Nicht einmal dann, wenn du deiner Mutter hilfst, die Wohnung von den Blutspritzern deines Vaters zu reinigen. Nicht einmal dann, wenn du ihn in zwei Müllsäcke steckst, ihn dir auf die Schulter wirfst und seinen toten Körper in einen Kofferraum legst. Nicht einmal dann, wenn du mit bloßen Händen in Tierkadavern und in der Scheiße wühlst, um die Leiche desjenigen zu verstecken, der dich gezeugt hat, der dich nie auch nur mit einem Finger angegriffen hat, der dich über alles geliebt hat und den du über alles geliebt hast. Und du steckst ihn in eine Müllhalde und gehst weg. Du weißt, dass er in der Hitze verwesen wird, dass ihn die Würmer fressen werden, die Tiere. Und du hoffst von ganzem Herzen, dass sie ihn ganz auffressen und er von niemandem je gefunden wird. Du hast deinen Vater über alles geliebt?, erhob sich eine Stimme in ihm. Das Autofenster, der Sitz, das Autodach schienen sich Tausende Kilometer von ihm zu entfernen. Sein Gesicht wurde immer länger, unendlich lang, zwischen Gesicht und Gehirn lag jetzt eine unermessliche Distanz. Wenn du ihn wirklich über alles geliebt hättest, hättest du dann deiner Mutter geholfen, sich seiner zu entledigen? Ich habe es für unser Wohl getan, sagte sie. Und du, für wen hast du es getan? Weiterhin fuhren sie schweigend.

«Soll ich hier abfahren?», fragte Livia.

Zum ersten Mal sah er sie an. «Ja.»

Das Unwetter verzog sich. Sie bogen von der Autobahn ab und nahmen die A16 in Richtung Bari. Wie oft war er diese Strecke mit seiner Familie gefahren, oder ganz früher nur mit seiner Mutter und seinem Vater? Sie hatten das Spiel mit den weißen Autos gespielt, wer am meisten weiße Autos zählte, lange bevor Mara oder Rosa auch nur in Gedanken existiert hatten. Wo war ich, bevor ich geboren wurde?, hatte ihn Rosa einmal gefragt. Sie lagen aneinandergekuschelt unter der Decke. Er erfand eine Geschichte, während ihre Mutter leise in der Küche weinte. Du warst da, sagte er und griff sich an den Kopf. Sie flitzten auf dem unwegsamen Asphalt dahin.

Du hast deinen Schwestern vorgetäuscht, den Vater mit ihnen zu suchen, wo du ihn doch selbst begraben hast. Du hast mit ihnen geweint und gebetet. Du hast gehofft, dass ein unschuldiger Mann an deiner Stelle verurteilt würde. Und als dieser unschuldige Mann entlastet wurde, wurdest du von blankem Schrecken erfasst. Seine einzige Schuld war es gewesen, deine Familie zu kennen. Dich zu kennen.

Sein Kopf begann zu glühen. Die Erinnerungen an die Familienausflüge mit seinem Vater, seiner Mutter, den beiden Schwestern wurden immer eindringlicher; er erinnerte sich an die freudigen Gesänge im Auto oder an das schreckliche, angstbeladene Stillschweigen. Sie waren aus Furcht vor ihrem Vater erstarrt, der der Mutter mit der Faust drohte, während er mit der anderen Hand lenkte.

Die kurvenreiche Strecke der Hügellandschaft von Irpinien begann. Livia fuhr, so schnell sie konnte. Sie mussten ankommen. Sie mussten die beiden Mädchen holen. Um halb acht abends waren sie auf der Landstraße in Richtung Taranto.

Vor dem Sonnenuntergang klarte der Himmel ein wenig auf. Doch weder ihr noch ihm gefiel das liebliche Licht, das durch die dunklen Wolken drang.

«Fahr», sagte er zu ihr.

Sie drückte aufs Gas.

Er öffnete wieder den Mund, und diesmal sah er sie an. «Danke.»

Sie lächelte ihn an. O Nicola, das bist du, dachte sie.

Wer war der Mann, mit dem Livia ihn so lange betrogen hatte? Warum? Wie hat sie es nur geschafft, jedes Mal, nachdem sie mit dem anderen zusammen gewesen war, zu … War sie immer mit dem anderen zusammen, wenn sie nicht ans Telefon ging oder eine Verabredung verschob? Wenn sie nicht bei ihm war, war sie dann immer bei dem anderen? Das war nicht der richtige Moment. Er trank. Livia seufzte, und er musste sich mit aller Macht zurückhalten, um nicht mit einem Fausthieb die Fensterscheibe in tausend Stücke zu zertrümmern. Um halb neun kamen sie in Massafra an.

«Trinken wir noch einen Kaffee?», fragte sie schüchtern. «Ich bin ein bisschen müde, ich würde gern …»

«Ja.»

Sie hielten an einer Tankstelle, die in diesem Stadtteil mit seinen Neubauten und Grünflächen unübersehbar war. Nicola stieg aus dem Auto. Er atmete tief ein. In der Abenddämmerung lag Massafra vor ihm wie ein lebendiger und bedrohlicher Körper, der sich seine Schwestern einverleibt hatte. Und wenn sie sich nicht beeilten, würde er sie ganz verschlingen. Sie tranken den Kaffee, einer neben dem anderen. Wie lange war das nicht mehr vorgekommen.

«Livia», sagte er. «Du weißt gar nicht, wie einsam man sein kann.»

Sie verdrehte die Augen, als hätte man sie geschlagen. «Nicola», sagte sie. Sie sah ihn an. Wer weiß, was sie alles hätte sagen wollen? «Es tut mir so leid.»

Er schob die Tasse von sich und wollte bezahlen, aber sie kam ihm zuvor. Er nahm noch eine Packung Marlboro Light und ein Bier.

«Kann ich?», fragte er.

Sie nickte.

Er ging hinaus und begann zu rauchen und zu trinken. Sie kam hinterher, ging an ihm vorbei und setzte sich ins Auto. Rauchend und trinkend ging er mit großen Schritten auf und ab, eine Hand in der Hosentasche, den Kopf leicht zur Seite geneigt wie sein Vater. Doch Livia sah die Ähnlichkeit zwischen Nicola und seinem Vater nicht. Die Haare, die Augen. Solange sein Vater noch bei der Familie gewohnt hatte, hatte Nicola Livia nie mit nach Hause genommen. Um dich zu beschützen. Er schleuderte die leere Bierflasche auf den Boden. Sie zersprang in tausend Stücke. Dann stieg er wieder ins Auto.

«Tu nicht so, als wärst du heilig. Du hast deinen Vater vergraben», sagte sie.

«Was?», fragte er.

Sie sah ihn an. «Ich habe gesagt: Gibst du mir eine Zigarette?»

«Klar.» Er nahm eine aus der Packung. «Fahr geradeaus.»

Sie durchquerten die Peripherie auf den breiteren Straßen. Dann, nach der Brücke, zum Zentrum hin, wurden die Straßen enger. Massafra entfaltete sich vor ihnen, mit seinen immer schmaler und schwieriger zu befahrenden Wegen. Ein Gewirr von flachen, weißen oder roten Häusern, ein Gemisch aus Alt- und Neubauten. Die Stadt endete plötzlich an einem Felsüberhang. Und aus jeder der ausgehobenen Höhlen – so schien es Nicola – kamen animalische Geister, halb Mensch, halb Tier. Livia und er standen mit bloßen Händen mitten in der Murgia, bei den ersten Anzeichen der Nacht. Die Geisterwesen lugten verstohlen hervor und verschwanden wieder. Das Licht scheuten sie, in der Dunkelheit wurden sie übermütig. Je dunkler der Himmel wurde, umso weiter wagten sie sich aus der Höhle hervor. Der Erdkern schien sie ausgespuckt zu haben. Schwer hing der Himmel über ihnen. Beide wurden von einer Art Schwindel erfasst. Sie hatten keine Orientierung, seltsamerweise auch Nicola nicht, der Massafra von Geburt an kannte. Sie ließen das Auto stehen und fühlten sich wie zwei Mörder.

Eine Straße glich der anderen. Sie suchten das Haus von Mimma. In einer kleinen Straße hinter der Piazza Pio XI. fanden sie es: ein massives, gesichertes, überhebliches Haus. Die Außenwände blätterten ab. Ein einziger wie mit Rüschen verzierter Balkon, Locken aus Stein schienen ihn zu halten. Hier hatte die Zeit hundert Jahre lang stillgestanden. Es lag eingequetscht zwischen zwei sehr viel moderneren, grauen, verlassenen Häusern. Unter einem Gewölbe rostete die Metalltür vor sich hin, rechts und links neben ihr zwei heruntergelassene Rollläden. Eine kleine, namenlose Klingel war zu tief angebracht, als wäre sie nicht für menschliche Wesen gedacht.

Sie blieben stehen. Der Himmel lastete immer schwerer auf ihnen. Sie waren verschwitzt von der Suche. Nicola sah Livia an.

«Los», sagte er.

Er kniete sich vor die Klingel und läutete. Niemand reagierte. Also drückte Livia das große verrostete Tor nach innen, und es öffnete sich ächzend und quietschend.

Sie wurden von der Dunkelheit verschluckt.

«Wenn du willst, kannst du draußen auf mich warten», sagte er.

«Gehen wir», sagte sie.

Das Tor schloss sich hinter ihnen. Er suchte den Lichtschalter. Eigentlich wusste er, wo er war. In diesem Haus war er von Kind auf gewesen. Doch er fand ihn nicht. Sie wollte das Tor wieder öffnen, um ein wenig Licht hereinzulassen, aber es ging nicht auf. Sie zog daran und tastete mit den Fingern nach dem Entriegelungsmechanismus. Nichts bewegte sich.

«Blockiert», sagte sie.

Ihre Stimme klang seltsam. Sie leuchteten sich, so gut es ging, mit ihren Handys und begannen die Treppe hinaufzusteigen. Die Stufen waren hoch und schmal. Dicht aneinandergedrängt kletterten sie hinauf. Das Treppenhaus war ein enger niedriger Schlauch. Livia blieb stehen und holte Luft.

«Alles gut?», fragte er.

«Ja», sagte sie. «Echt eng, diese Treppe.»

Es war das Haus von seiner Tante und ihrem Mann. Wie oft hatten er und seine Schwester auf dieser Treppe gespielt. Und wie oft hatte er seiner Mutter geholfen, die Koffer hochzutragen. Mit Mühe kam er oben an, gab vor, nicht erschöpft zu sein, und konnte ihr ein Lächeln entlocken.

Eigentlich war ihm diese Treppe vertraut, und doch erschien sie ihm jetzt fremd und unendlich. Kein Laut war zu hören.

«Ist es noch weit?», fragte sie keuchend.

Ich weiß es nicht, hätte er antworten wollen. Doch er sagte: «Wir sind da», und erschrak über den Klang seiner eigenen Stimme. Ein harter Ton, der nicht ihm gehörte. (War es der Ton seines Vaters?)

Sie waren vor der Tür angekommen. Sie klingelten. Niemand

öffnete. Sie warteten schweigend. Erst nach einiger Zeit vernahmen sie ein lautes Stimmengewirr im Inneren. Sie klingelten nochmals. Man hörte schlurfende Schritte näher kommen.

«Wer ist da?» Nicola sah Livia an.

«Ich bin es», sagte er streng, als würde er da drinnen erwartet.

Stille. Sie sahen sich an. Dann hörten sie ein Geräusch, als würde jemand mit den Fingernägeln leicht über die Tür fahren. Sie ging auf. Eine untersetzte Frau in einem dunkelbraunen Kostüm stand da, der Rock reichte ihr fast bis zu den Knöcheln. Sie machte ihnen ein Zeichen, ihr zu folgen.

Mimmas Wohnung war dunkel, alt, eine Ansammlung von Heiligen, Madonnafiguren, Kreuzen, Fotos verstorbener Verwandter, künstlicher Kerzen. Sie folgten der Frau durch einen langen dunklen Gang, vorbei an vielen verschlossenen Türen. Nur eine Tür war offen, am Ende des Flures. Ein gelbliches Licht drang wie Schleim aus ihr. Von dort kam das Stimmengewirr.

Nicola ging entschlossen hinter der Frau auf das Licht zu. Livia folgte ihnen. Sie betraten einen breiten, tiefen Raum. Er war in der Höhe zweigeteilt, erinnerte sich Nicola. Die Empore war relativ hoch, man konnte aufrecht stehen. Nicola sah hinauf.

Ganz Massafra schien in dem Raum versammelt zu sein, den sie betraten. Sie redeten laut und alle auf einmal. Fast alle waren in Mimmas Alter oder älter, mit Ausnahme von ein paar Bohnenstangen, die ihre Schwestern, Mütter oder Väter begleiteten. Niemand schenkte ihnen Beachtung. Und auch als Nicola laut «Guten Abend!» sagte, drehte sich keiner um. Livia versteckte sich instinktiv hinter ihm. Sie sahen sich suchend um. Eine Gruppe von Leuten scharte sich um eine Person. Nicola sah näher hin. Er konnte nichts erkennen, aber er hörte eine vertraute lachende Stimme. Während er auf diese Stimme zuging, rief jemand in seinem Rücken. «Nicola!»

Mimma. Sie hatte wieder zugenommen, und in ihre Wangen war Farbe zurückgekehrt. Ihre Augen glänzten. Sie wirkte jünger.

«Guten Abend», sagte sie. Sie streckte Livia die Hand hin.

«Erfreut, Mimma.»
«Erfreut, Livia.»
«Nehmt Platz.»

Niemand beachtete sie. Es waren über fünfzig Leute da. Sie unterhielten sich, gossen sich Rotwein in Gläser, denen man die Gebrauchsspuren ansah. Die Leute standen eng beieinander. Die Männer rauchten Nazionali oder Merit, sie rauchten sie bis zum Filter und ließen überall Aschereste zurück. Die älteren Frauen saßen auf Stühlen, sie waren klein, ihre dicken Beine reichten oft nicht auf den Boden, sie baumelten im Leeren. Mit Fleischstücken beladene Keramikteller machten die Runde. Die Leute aßen, tranken, lachten und unterhielten sich. Erneut war die lachende Stimme zu hören. Und noch eine andere Stimme, auch die vertraut.

«Iss, los!»

Nicola sah sich um, doch er konnte niemanden erkennen. Da stellte er sich darauf ein, sich in dem Gedränge Platz zu verschaffen und zu kämpfen. Doch dazu kam es nicht.

«Ich bitte um ein wenig Aufmerksamkeit», sagte Mimma.

Die Stimmen verstummten. Alle drehten sich zu ihr.

«Das ist mein Neffe Nicola. Erinnert ihr euch an ihn? Als er klein war, hat er immer die Ferien hier verbracht. Doch dann, wenn sie größer werden ... Massafra kam ihm plötzlich viel zu klein vor ... Oder findest du es öde hier, he, Nicola?»

Nun sahen sie alle auf ihn. Ein Gemurmel erhob sich. Sie wurden mit einem Mal sehr ernst und konnten einem Angst machen. Mimma hob eine Hand. Es trat wieder Ruhe ein. Und plötzlich stürzten sie sich auf ihn, mit Küssen und Umarmungen. Er wies sie ab.

«Wo sind sie?», fragte er Mimma.

«Rosa? Mara?», rief Mimma lächelnd.

Der kleine Kreis von vorhin öffnete sich, und Rosa war zu sehen. Sie hatte einen fröhlichen Gesichtsausdruck, wirkte gepflegt, hatte ein wenig zugenommen. Sie trug eine gewürfelte

Bluse und einen langen Rock. Mit den Händen im Schoß saß sie da, während eine Frau mit einem lilafarbenen Lippenstift Mara mit roten Linsen fütterte. Die Kleine saß auf dem Schoß einer anderen Frau, die eine dicke Goldkette trug. Auch sie hatte etwas zugenommen, auch sie machte einen ordentlichen Eindruck.

«Und jetzt du», sagte die Frau mit dem lilafarbenen Lippenstift zu Rosa und reichte ihr den Löffel. Mara öffnete den Mund.

«Nico!», rief sie, als sie ihn sah.

Sie wirkte fröhlich.

Nicola stürzte auf seine beiden Schwestern zu. Die Menge teilte sich und ließ ihn durch. Er umarmte Mara und hob sie vom Schoß dieser anderen Frau hoch, die ihn gewähren ließ.

«Gehen wir!», sagte er.

«Nico!», lachte Mara.

Er nahm Rosa bei der Hand.

«Gehen wir», wiederholte er ernst und bestimmt.

Rosa antwortete nichts, aber sie stand auf und ließ sich vom Bruder wegziehen. Erst als Mimma den Mund öffnete, blieb sie stehen.

«Seid ihr sicher, dass ihr gehen wollt?», sagte Mimma. «Wollt ihr nicht zum Essen bleiben?»

Alle lächelten.

«Mach Platz», sagte Nicola.

Mimma ließ ihn lächelnd vorbei. Dann packte sie ihn am Arm.

«Wie gut dir das steht. Du bist ganz wie Vito. Du bist ein Mann wie dein Vater», sagte sie.

Nicola befreite sich mit einem Ruck. «Mach Platz, hab ich gesagt!»

Er dachte, dass das vielleicht ein Spiel des Schicksals war, Mimmas Spiel. Er war der Vater. Rosa stand wie angewurzelt da.

«Rosa!», sagte Nicola, und es klang wie ein Befehl.

Sie ließ sich von Nicola wegziehen und drehte sich nur einmal kurz zu der immer noch lächelnden Mimma um. Livia holte ihr Handy aus der Tasche, um den langen dunklen Gang etwas zu beleuchten. Auch sie wandte sich für einen Augenblick zu Mimma, die ihr zulächelte.

«Guten Abend, Signora», sagte sie und folgte Nicola, Rosa und Mara durch den langen Gang.

Nicola hielt Mara auf dem Arm. Er war entschieden, er ging entschlossenen Schrittes, nicht wie ein Fliehender. Seine Mädchen waren bei ihm. Eine hatte er auf dem Arm, die andere an der Hand. Livia leuchtete ihnen mit dem Handy. Auf der Straße blickte er zurück und sah Mimma am Fenster stehen. Sie nickte ihm zu, immer noch mit diesem Lächeln auf den Lippen.

«Ciao, Vito», sagte sie.

Gegen ein Uhr nachts kamen sie in Rom an. Sie glitten durch die halbleere Via Palmiro Togliatti. Livias Augen waren geschwollen. Hin und wieder fielen sie ihr zu, doch sie öffnete sie immer sofort wieder. Rosa schlief mit Mara im Arm. Auch Mara war eingeschlafen, mit ihrem kleinen Mund am Hals der Schwester. Es sah aus wie ein langer Kuss. Nicola und Livia schwiegen. Er sah auf die Straße.

«Wie gern ich eine rauchen würde», sagte er.

«Tja», sagte sie.

«Komm, rauchen wir eine. Was meinst du? Bleib hier stehen.»

Livia lächelte und hielt an. Sie stiegen aus dem Wagen, und er reichte ihr eine Zigarette. Für einen Moment lang berührten sie sich.

«Wie geht es dir?», fragte er sie.

Sie senkte den Blick und zog an der Zigarette. Es war kalt und dunkel. Sie schloss ihre Jacke noch enger um sich. Sie fror. Das Unwetter war zurückgekehrt.

«Gut», sagte sie und sah ihn von unten an. «Und dir?»

Er schüttelte den Kopf und hob die Schultern. Er brachte kein Wort heraus. Gut, schlecht, er hätte alles sagen können. Nicola warf die Zigarette weg. Sie rauchte noch weiter. So schön und jung war sie vor der Schwärze der Nacht.

«Wir könnten uns wieder manchmal sehen», sagte er, «vielleicht auf einen Kaffee, oder?»

Er sah sie an. Wenn du wüsstest, was ich getan habe, würdest du diese Hände nie wieder berühren. Aber wenn es mir gelänge, dir zu erklären, dass meine Mutter keine Schuld trifft, und auch mich keine Schuld trifft, und auch Rosa und Mara nicht, dass wir alle unschuldig sind. Wenn es mir gelänge, dir das zu erklären, dann wärst du wahrscheinlich die Einzige, die mich verstehen würde.

Ein eiskalter Wind wehte. Livia warf die Zigarette weg. Sie lächelte und sagte: «Ja, ich ...»

Sie näherte sich ihm, und sie waren sich so nah. Wie lange waren sie sich nicht so nah gewesen? Ein Windstoß ließ Livia erschauern, und sie kam noch näher. Nicola sah sie an und versuchte, *seine* Livia wiederzufinden. Da war sie.

«Hilfe!», hörte man aus dem Auto.

Nicola lief zur Hintertür und öffnete sie.

«Was ist los, Rosa?»

Auch Mara war von dem Schrei ihrer Schwester aufgewacht und sah sie nun verwirrt an, unentschieden, ob sie weinen sollte oder nicht. Rosa blickte um sich, ohne etwas zu erkennen. Sie befühlte ihre Arme und Beine. Ihre Augen waren verweint.

«Rosa, was ist los?» Nicola kniete sich neben sie. «Rosa.»

Sie sah ihn an und erkannte ihn erst jetzt. «Nichts», sagte sie, «verzeiht, nur ein Traum.»

Mit diesem verlorenen Blick in den blauen Augen, den Augen seiner Mutter, und mit ihren langen zerzausten blonden Haaren um die Schultern war sie schön, so sehr die Seine. Nicola nahm sie in den Arm. Sie lehnte ihren Kopf an seine Schulter.

«Wie warm du bist», sagte sie.

Er drückte sie fest an sich und streichelte sie, und beider Herz schlug laut.

«Du bist warm, Rosa.»

Livia betrachtete sie von außen, dann stieg sie ins Auto, auf den Fahrersitz. «Wollen wir?», sagte sie. «Wir sind gleich da.»

41

Die Tage vergingen langsam, während sie auf eine Nachricht vom Anwalt warteten, aber es war eine süße Langsamkeit. Alle sprachen darüber, dass Carla freigesprochen werden müsste: die Zeitungen, das Fernsehen, die Menschen in der Bar und beim Friseur.

«Mama!», sagte Mara, wenn sie das Bild der Mutter im Fernsehen sah, bevor Rosa schnell den Sender wechselte. «Wo ist Mama?»

«Der Mama geht es besser, und bald kommt sie zu uns zurück. Freust du dich, Mara?»

«Ja», sagte das Mädchen und streckte Rosa ihre Arme hin.

Rosa schob den Teller mit den Spaghetti mit Tomatensoße beiseite, die ihre kleine Schwester gerade aß (alleine, hatte sie gefordert, und Rosa hatte sie gelassen) und nahm sie in den Arm.

Mara gab ihr Küsschen. «Ich hab dich so lieb.»

«Ich dich auch», sagte Rosa, «mehr als alles auf der Welt.» Sie wischte ihr den Mund ab, räumte die Teller ab und sah auf die Uhr. «Machen wir ein kleines Schläfchen?»

Als Nicola zurückkam, lag Rosa im Bett, Mara in ihren Arm gekuschelt, und las ihr eine Geschichte vor. Die Kleider des Mädchens lagen sauber und ordentlich in der Schublade. Er lächelte Rosa zu, sie sah ihn an und lächelte zurück. Da er nicht stören wollte, ging er in die Küche. Der Kühlschrank war voller Essen für die Kleine.

«Noch mal, Rosa!», sagte Mara im anderen Zimmer.

Sie flüsterten sich etwas zu. Dann hörte man sie lachen.

Der nächste Tag war ein Sonntag. Nicola wachte von Maras Geräuschen in der Badewanne auf. Rosa seifte sie ein und erzählte ihr währenddessen, wie es war, als sie ein Kind war.

«Bereit für das Fest?», fragte Nicola an der Türschwelle.

«Mach die Tür zu! Mara hat nichts an», lachte Rosa.

Auch die Kleine kreischte lachend. Kurz darauf war sie fertig, und Nicola wartete auf sie, um sie zu einem Kindergeburtstag zu bringen. Rosa hatte sie schön angezogen.

«Viel Spaß, meine Süße.»

Das Mädchen umklammerte ihre Beine. Rosa reichte Nicola Maras Rucksack mit ihren Sachen. Bevor sie rausgingen, steckte sie ihr noch den Pulli in das Röcklein und fuhr ihr über die Haare. Sie sah sie liebevoll an.

Nicola gab Rosa einen Kuss. «Wir sehen uns gleich», sagte er. «Und du bist so toll mit ihr», flüsterte er ihr noch zu.

Rosa errötete und lächelte. Sie waren sich nah, so nah. Ein Mund so nah am anderen. Die Augen. Er war ein Mann und sie eine Frau, nein, nicht eine Frau, seine Frau. Wie schön du bist.

«Gehen wir, Nico?», fragte Mara.

Hand in Hand standen sie im Aufzug.

«Rosa ist so nett», sagte Mara.

Und Nico dachte, sie ist so nett, seit sie aus Massafra zurück waren. Mimmas böswilliges Lächeln kam ihm in den Sinn, aber er verscheuchte das Bild. Er wollte nicht daran denken. Sie waren glücklich.

Auch in der überfüllten Tram Nummer 5 hielt Nicola Mara noch an der Hand. Sie stiegen in Termini aus.

«Hoppla», sagte Mara, während sie heraussprang.

«Bald hast du auch Geburtstag, Mara», sagte Nicola.

Er atmete den Geruch des Sommers ein. Ein neuer, herrlicher Sommer. Und er dachte, er müsse nur noch eine kurze Zeit lang stark sein, dann würde Mama wiederkommen und sich um alles kümmern, auch um ihn. Sie würde ihn in ihre Arme nehmen.

«Mein Geburtstag? Jippieh!» Mara macht große Augen. Dann wurde sie plötzlich nachdenklich.

«Was ist los, Kleine?», fragte Nicola.

«Nichts.»

Sie gingen weiter. Die Stadt war vom Sonnenlicht erfüllt. Mit einem Mal fragte Mara: «Kommt Papa?»

Sie sah Nicola an. Es traf ihn wie ein Fausthieb in den Magen. Alles drehte sich vor seinen Augen. Er sah seine Mutter mit Mara auf dem Arm, wie sie ihn um Hilfe bat. Hilf uns. Mach es für uns vier.

«Ich weiß nicht, Mara … Papa …»

Er versuchte, Zeit zu gewinnen. Dann dachte er, auch wenn es traurig ist, man muss es ihr sagen. Kinder lügt man nicht an. Sie erinnern sich an alles, und es ist nicht richtig, ihr Hoffnung zu machen, dass ein Vater kommt, der nie mehr kommen kann. Und doch fand er keine Worte.

«Bringt er ein Geschenk?»

Nicola blieb stehen und beugte sich zu ihr hinunter. «Es tut mir leid, Mara, aber Papa …»

«Ich will Papa nicht.» Sie sah ihn an. «Macht nichts, wenn es kein Geschenk gibt. Ich will Papa nicht.»

«Warum?», fragte Nicola.

«Ich habe Angst», sagte Mara.

«Aber warum, mein Schatz? Warum hast du Angst?» Wir haben alles getan, dachte er, um sie die Todesangst nicht spüren zu lassen, und sie ist doch in sie gedrungen. «Du musst keine Angst haben, Mara.»

«Doch. Er macht Mama Aua. Wie Mara am Spielplatz.» Sie berührte ihre Narbe.

Das war es also: Mara hatte Angst vor Papa, nicht vor dem Tod. Sie war noch so klein, aber auch sie hatte ihre Dosis von der Tragödie abbekommen. Aus der Zeit, bevor Carla und Vito sich getrennt hatten, und auch danach, als er sie verfolgte. Aber wenn sie Angst vor dem Vater hatte, warum hatte sie ihn dann unbedingt an ihrem dritten Geburtstag dabeihaben wollen? Warum hat sie so sehr darauf bestanden? Es ist nicht Maras Schuld, wiederholte er sich zum hundertsten Mal. Aber er konnte sich nicht zurückhalten und sagte:

«Warum wolltest du dann, dass er zu deinem Geburtstag kommt, im letzten Jahr, erinnerst du dich?»

Mara wurde ernst. Sie setzten sich nebeneinander auf eine kleine Mauer. Eine Schar Möwen kam von oben und stürzte sich auf eine überfüllte Mülltonne mit geöffnetem Deckel. Die Vögel pickten und fraßen und versanken dann flügelschlagend in dem Abfall. Nicola und Mara betrachteten sie. Mara schienen die Möwen nicht zu erschrecken.

«Na, Mara?», hakte Nicola nach. Hör auf damit, das Mädchen zu quälen, dachte er. Was kann sie dir schon sagen? Es ist alles meine Schuld. Bring sie jetzt zu dem Geburtstag und lass sie einfach Kind sein.

«Mama hat aua», sie blickte zu Boden, «Papa hat aua.»

Nicola bekam es mit der Angst zu tun. Was hatte ihr Vater ihr getan?

«Mama hat aua, Papa hat aua», wiederholte Mara.

Nicola erstarrte. «An deinem Geburtstag?», fragte er.

Du hast nichts verstanden, dachte er, rein gar nichts. Mara zeigte auf die Möwe.

«Eine Taube», sagte sie.

«Mein Mädchen», sagte er und versuchte, seine Stimme so ruhig wie möglich klingen zu lassen, «willst du mir sagen, dass du an deinem Geburtstag gesehen hast, dass sich Mama und Papa Aua gemacht haben? Beide, Mama und Papa?»

«Es ist ein Geheimnis», sagte sie leicht verärgert.

«Ein Geheimnis? Mit Rosa und mir gibt es keine Geheimnisse, mein Schatz. Wir sagen uns alles. Oder?»

Mara dachte nach. «Ja.»

«Dann sagst du es mir also? Mit wem hast du das Geheimnis?»

«Mit Mama.»

«Mit der Mama? Gut, aber wie gesagt, es gibt keine Geheimnisse zwischen Rosa, mir und der Mama. Wir sind eine Familie. Wir haben keine Geheimnisse. Klar?»

Mara blieb weiterhin nachdenklich.

«Wirklich?»

«Ja», sagte Nicola. «Frag Rosa oder Mama.»

Mara schien über seine Worte zu brüten.

«Mara, willst du es mir jetzt sagen, dieses Geheimnis?»

«Und wenn Mama böse mit mir wird?»

«Mama wird nicht böse. Sie freut sich, wenn wir uns alle Geheimnisse sagen. Das bedeutet, dass wir uns gern haben. Ich verspreche dir, sie wird nicht böse mit dir. Glaubst du mir?»

Mara sah ihn lange an. Die Möwen in der Mülltonne kreischten und hackten aufeinander ein. Das Mädchen starrte auf die Tonne.

«Eine Taube», sagte Mara. Sie schlug mit den Füßen gegen die Mauer.

«Mara, mein Schatz.» Nicola kauerte sich vor sie und nahm ihre Hände. «Hör mir zu, bitte. Warst du wach in dieser Nacht? Als Papa sich Aua gemacht hat in der Wohnung vom Onkel?»

Das Mädchen sah ihn an.

«Mein Schatz, das ist kein Geheimnis. Ich weiß es, und Rosa weiß es auch. Die Mama hat uns gesagt, wie brav du warst.»

«Wirklich?» Maras Gesicht hellte sich auf.

«Sicher», Nicola lächelte ihr zu, «du bist so ein mutiges Mädchen. ‹Niemand ist so mutig wie meine Mara›, hat die Mama gesagt.»

Mara hörte ihm zu.

«Die Mama hat gesagt, dass du dich gefreut hast, dass Papa zu deinem Fest kommt. Und dass du traurig warst, dass er sich weh getan hat.»

Maras Gesicht verdüsterte sich. «Es ist ein Geheimnis», wiederholte sie.

Nicola wusste nicht mehr, welche Worte er noch finden sollte.

Er sah auf das Kind, sein Herz klopfte, seine Kehle schnürte sich zu.

«Was für ein Geheimnis, mein Schatz?» Er versuchte zu lachen. «Ich habe dir gesagt, es gibt keine Geheimnisse zwischen Mara, Rosa, Nicola und Mama.»

«Es ist kein großes Geheimnis. Es ist ein kleines Geheimnis.» Sie zeigte mit den Fingern, wie klein das Geheimnis war.

«Erzähl es mir.»

Mara schüttelte entschlossen den Kopf.

«Gut. Dann spielen wir *Wasser, Glut, Feuer.* Magst du? Aber ich wette, ich werde gewinnen, ich bin sicher.»

«Nein, ich!» Mara war plötzlich ganz aufgeweckt.

«Wir werden sehen. Bist du bereit?»

«Ja!», rief sie aufgeregt.

«Du wolltest Papa zum Fest einladen.»

«Wasser!» Mara stieß einen Siegesschrei aus.

«Dann wollte die Mama, dass Papa zur Feier …»

«Rate! Rate!»

«Es war die Mama», versuchte Nicola zu raten, «die dir gesagt hat, dass Papa zur Feier kommen soll.»

«Glut», sagte das Mädchen verärgert.

Nicola hielt einen Moment inne und dachte nach. «Hilf mir, komm! Wenn du mir einen Tipp gibst, kriegst du zwei Punkte.»

Mara dachte nach. «Und kaufst du mir dann ein Geschenk?»

«Klar, mein Schatz. Also, was ist dein Tipp?»

«Geschenk!»

Geschenk. Nicola griff sich mit der Hand ans Herz.

«Dann hat dir die Mama gesagt, dass Papa dir ein Geschenk bringen wird?»

«Ein großes Geschenk!»

Sie breitete die Arme weit aus, und ihre Augen leuchteten. Nicola dachte nach.

«Mama hat dir gesagt, wenn du Papa zu deiner Feier einlädst, bringt er dir ein großes Geschenk?»

«Feuer!», rief sie aus. «Hab ich jetzt verloren?» In ihren Augen schimmerten Tränen.

«Nein, mein Schatz. Wenn du mir noch eine Sache sagst, hast du gewonnen, okay? Dann kauf ich dir das größte Geschenk, das du willst.»

«Mhm.»

«War das das Geheimnis zwischen Mara und Mama? Du solltest sagen, dass du möchtest, dass Papa zu deiner Feier kommt?»

Mara nickte mit ihrem blonden Köpfchen.

«Und du wolltest Papa gar nicht dabeihaben, richtig?»

«Feuer! Feuer! Feuer!» Das Mädchen sprang auf und tanzte lachend um Nicola. «Hab ich jetzt ein Geschenk gewonnen?»

«Ja, mein Schatz. Was du willst.»

«Okay.»

Doch während sie sich erhoben, um weiterzugehen, schien sie schon nicht mehr daran zu denken.

«Nico?»

«Ja, mein Schatz?»

«Stimmt es, dass die Haare weiter wachsen, wenn man tot ist?»

42

Die Wärterin mit den gesträhnten Haaren öffnete Carlas Zelle. Carla schrieb gerade in ihrem Notizheft, während ihre Zimmergenossin fernsah. Hier und da warfen sie sich ein paar Worte zu und lachten. Sie hoben den Blick. In der Zelle war es angenehm kühl, obwohl draußen eine sengende Sonne schien.

«Romano», sagte die Wärterin.

Carla und die Zimmergenossin sahen sich an.

«Ich gehe mal gucken, was die wollen», sagte Carla.

Sie hatte ein wenig Farbe bekommen. Ihre Zimmergenossin sah sie voller Zuneigung an.

«Mich findest du immer hier.»

Sie lächelten sich zu.

Die Wärterin führte Carla durch weiße Gänge mit blauen Sicherheitstüren. Alle fünfzig Meter kam eine solche Tür, die geöffnet wurde, um sie durchzulassen, und sich hinter ihnen wieder schloss.

«An welch schönen Ort bringst du mich denn?», fragte Carla.

Doch die Wärterin mit den gesträhnten Haaren war eine, die nicht mit den Gefangenen redete. Der Gang führte in den Besuchsraum.

Der Besuchsraum war überfüllt wie immer. Inzwischen waren sie es gewohnt. Es fühlte sich fast wie zu Hause an, da ja ihre Mutter hier war. Sie kannten die Gesichter der anderen Häftlinge. Sie wussten, wie sie sprachen und sich bewegten, wer sie besuchen kam. Sie kannten zum Teil auch ihre Geschichten, denn manchmal hatten sie Gesprächsfetzen mitgehört. Einige Häftlinge hatte die Mutter ihnen auch vorgestellt.

Carla entdeckte ihn und ging lächelnd auf ihn zu. Sie war so schön. Umarmen durften sie sich nicht, doch sie berührten sich an den Händen. Sie setzte sich. Sie war sehr dünn, aber fröhlich. Und sie schien nur aus ihren Augen zu bestehen, diese blauen Augen, die sich einem ins Gehirn bohrten.

«Mama, wie geht es dir?», fragte Nicola.

«Sehr gut, mein Schatz. Und dir? Erzähl mir von euch.»

«Uns geht es gut, Mama.» Er streichelte ihre Hand.

«Und Rosa und Mara?», fragte sie. «Ich kann es kaum erwarten, sie zu sehen.»

«Es geht ihnen auch sehr gut, Mama. Uns allen geht es gut.» Nicola drückte ihre Hand fester. «Du solltest sie sehen, Rosa und Mara ... Sie sind so schön ...»

Carla erzitterte vor Freude. «Erzähl», sagte sie. «Damit ich alles weiß, wenn ich nach Hause komme. Weißt du, Nicola, der Anwalt sagt, es wird sehr bald sein.»

«Mama», sagte Nicola.

«Wir werden glücklich sein, mein Schatz. Wir werden uns an all das nur wie an einen schlechten Traum erinnern. Wir werden von vorne anfangen, und ich werde euch nie mehr verlassen.» Sie lächelte ihn an, überglücklich.

«Mama.»

Carla sah ihn an. Nicola beugte sich zu ihr.

«Ich weiß alles», flüsterte er.

Carla sah sich um.

«Alles was, mein Schatz?», lächelte sie.

Sie verstand nicht.

«Komm näher, Mama.»

Carla rückte näher an ihn heran. Dieser Geruch, der Geruch seiner Mutter, machte ihn wahnsinnig.

«Ich habe mit Mara gesprochen, Mama», sagte Nicola leise.

Und sie waren so nah. Wenn es doch nur uns beide gäbe, mich und dich, Mama.

Carla rückte schlagartig von ihm ab. Sie schnappte nach Luft. Ihr Atem schien auszusetzen.

«Brauchst du Hilfe, Carla?»

Eine Wärterin kam näher. Der Raum war voll mit Wärtern, es war ihre Pflicht, hier aufzupassen. Aber was war seine Pflicht? Als Sohn, als Familienoberhaupt, als Mann? Das, was er jetzt tun und sagen würde, würde für immer sein Leben bestimmen, sein Wesen prägen. Es würde für immer ihn ausmachen, Nicola. Was soll ich tun, Mama? Wie sehr möchte ich dich fragen, was ich tun soll.

«Ich bin okay», sagte Carla zu der Wärterin.

Sie schien so dünn. Die Wärterin entfernte sich wieder und begann ein Gespräch mit einer Kollegin.

Was soll ich tun, Mama? Nicola blieb stumm. Er sah sie nur an. Bist du wie Papa geworden, Mama? Oder bist du immer gewesen wie er?

Carla drückte seine Hand und lächelte ihm wieder zu. «Hat dir Mara gesagt, dass ...»

Sie atmete tief. Er sah sie an, und es war, als würde er durch sie hindurchsehen. Du hast uns benutzt, Mama. Du hast deine Kinder benutzt, uns alle drei. Wer bist du, Mama? Du hast ein Kind benutzt. Wenn ich Rosa und Mara die Wahrheit sagen würde, würde ich sie retten oder verdammen? Und dich, Mama? Und mich. Carla sah ihn schweigend an. Wer bist du, Mama?

«Mama ...»

Immer noch blickte er durch sie hindurch. Was soll ich tun, Mama?

Sie atmete hörbar.

«Wie auch immer du entscheidest», flüsterte sie lächelnd, «ich bin an deiner Seite. Hab keine Angst, Nicola.»

Sie legte ihre Hand auf seine. Er wollte aufstehen, doch sie hielt ihn zurück.

«Du weißt, dass er mich früher oder später umgebracht hätte.»

«Ich glaube, das habe ich immer gewusst, Mama. Und ich habe alles getan, damit es nicht passiert.»

«Ich weiß», sagte sie.

Und Nicola fühlte sich als ihr Vater, ihr Mann, ihr Liebhaber.

«Nicola, wirst du es sagen?»

Nicola sah sie an. «Ciao, Mama», sagte er.

«Nicola?»

Sie blickten sich in die Augen. Und dann, gegen alle Regeln auf der Welt, fielen sie sich in die Arme.